To
最美召飞,

KUWEI
酷威文化
图书 影视

江南不渡

吕亦涵 —— 著

四川文艺出版社

CONTENTS 目录

楔子　　　　　　　001

第一章　雾都　　　003

第二章　盛夏　　　011

第三章　入戏　　　029

第四章　裙摆　　　079

第五章　陷阱　　　109

第六章　雨夜　　　121

第 七 章	高烧	141
第 八 章	风暴	173
第 九 章	反转	197
第 十 章	套路	223
第十一章	认输	255
第十二章	此岸	287
番 外 一	致友谊	293
番 外 二	初遇	299
番 外 三	恶趣味	309

楔子

"Hi,I'm Sumor.（你好，我是 Sumor。）"
"Hi,I'm Caesar.（你好，我是 Caesar。）"
"May I rent your house?（我可以租住你的房子吗？）"
"For how long?（住多久？）"
"For ever.（永久。）"
"For what?（你为什么而来？）"
"For living.（为了生活。）"

以上对话，发生在某租房 APP（应用程序）的对话框里。他是英国房东，她是中国房客。

你为什么而来？ For living——为了生活？

不，或许，不过是为了……活下去。

第一章

雾都

素末抵达伦敦的这一夜，天与地之间全是雪。

盛大的、浩瀚的、洁白的雪，难得地出现在温带海洋性气候带之中。有时一大片一大片，鹅毛般；有时细微如同冰冷的泪；有时不过是小小的一点。雪渗入到外套纤维里，瞬息不见。

她长年居住在闽南四季如春的江海市，此时此刻，只觉得冷。拖着巨大行李箱的身子就像是被细针刺入了皮，抵到了骨，冷得那么揪心。

那位叫"Caesar"的房东在APP上给她留言：伦敦今夜有雪，我在房子里为你留了热可可和司康饼。

看似温情与贴心，可事实上，字里行间既没有问好，也没有任何实质性的协助。英国绅士骨子里儒雅的傲慢，她曾经熟悉的那一种傲慢，从APP的对话框里溢出来。

不好意思，我不太认得路，你可以来接我吗？

下了飞机打开手机时，她曾如此回复过他的"温情与贴心"。

可是——抱歉，不方便。你可以打车过来，伦敦的交通十分发达。

呵，绅士！

绅士是什么呢？是任何时候都会礼仪完美地同你说"Thank you（谢谢）""Sorry（抱歉）""Welcome（欢迎）"，可任何时候，都和你存有距离。

房子坐落在Central London（伦敦市中心）闹中取静的别墅区，十二月冷冬，皑皑白雪覆满了这区域里的每一栋维多利亚式建筑，看上去就像是幼时在童话书里看过的圣诞雪景。屋内是明亮的灯火，而屋外的门前，当她拖着和十指一样冻僵了的行李走近时，就看到小别墅外挂着的门牌：Sumor's House（Sumor 的房子）。

Sumor's House？素末微微蹙眉——二十几个钟头前刚订好的房

子,为什么门前已经挂上了她的名字?

还有从门的另一边飘出来的香气……她心中一凛。

如果一分钟前她心里还有迟疑,那么此时,当敏锐的嗅觉系统辨出了那室内飘荡着的正是热可可混合着红酒与迷迭香的气息,素末手提的行李"砰"的一声跌进了雪地里。

然后,大门被拉开了,缓慢地,庄严地,如同地狱之门。

在她因惊恐而瞪大的瞳孔中,一张英俊的面孔从屋内的光亮里映出来。刀削般深刻的五官,挺拔的身姿,带着从地狱里腾起的冰冷微笑:"Hi,Sumor.(你好,Sumor。)"

笑音低低,在十二月隆冬凶悍的风雪中,笃定地,胜券在握地,加了一句:"My Sumor.(我的 Sumor。)"

屋外风饕雪虐,屋内的火炉燃得正旺,空气里暖暖地淌着热可可的香。明明是温暖的令人垂涎的气息,可不知为何,她竟觉得冷——比之前在屋外承受风雪的时候,还要冷。

男人绅士地替她脱下外套时,迷人的嗓音就环绕在她耳畔:"看上去你在发抖,"一只手漫不经心地游到了她的脖子上,"冷吗?"

素末只是牙齿打战,说不出一句话。

炉火烧得正旺的房子里弥漫着淡淡的迷迭香与浓烈的热可可香,混合着刚出炉的司康饼的热气以及微微熏人的红酒的香气。她努力将注意力从他手上转移,想辨一辨那微弱的酒香——是梅洛和赤霞珠混酿而成的成熟果香?还是樱桃与橡木酿造而成的带着果酸味的香?

可男人不给她机会,他的一只手还游移在她颈间:"知道我为什么拒绝到机场去接你吗?"

素末喉头轻微颤动。

"因为不听话的孩子,都是需要受点惩罚的。"他微微一笑,俊美得无与伦比,看上去真像是地狱来的使者。

可她知道,这一切,不过是开始。

果然,这话音甫落,他突然恶狠狠地扳过她面孔:"好玩吗,尹素末?"

一时间温和的假面统统退去，英俊的面孔罩下来。

素末瞪大眼，就听到冷得结冰的声音："缠着我给你提供调香室，几年来用我的、住我的，哄得我儿子都叫你妈，现在竟敢怂恿我手下的人背叛我？尹素末，你这是嫌日子过得太安逸，还是愚蠢得想挑战人性？"

他手再一用力，唇角伪善的笑意全部退去。

素末被那凶狠的力道箍得下巴都要碎掉了："好痛……"

"痛？从你教唆付冉那蠢货撤掉香水的那一秒开始，就应该清楚有这么一天。说，为什么要那么做！"

他不过是回伦敦总部处理一些事，不到一个月，人还没回国，就听说C&J发布会上的香水全撤了，调香室被搬空，三楼房间里她原本还留下的零零碎碎也全都被带走，就连向来和这丫头站在同一阵线的老管家都不敢再包庇她："尹小姐她……呃，的确是好几天没回来了。"

紧接着，这丫头竟胆大包天，罔顾和他之间的合作协议，匆匆办了加急护照，匆匆在租屋网上订了这栋房，甚至对着连底也没摸清楚的房东说"Forever"——永久居住！

"有意思吗，跟我玩这种欲擒故纵的游戏？"

她的一双唇已经渐渐失去了血色，却仍倔强地死抿着。

"说，你这是什么意思？"

素末："……"

"开口！"他加大了手上的力道，完全不知轻重，疼得她眼泪一下全滚了下来。

这回素末终于开了口，嚅动着唇说了句什么。

"大声点。"

"我说，是你逼我的……"

"我逼你？"男人却像是听到了天大的笑话。

他是江玄谦，近年来热度最高、名气最盛的品牌策划师，他永远胸有成竹，永远不像个普通的男人，永远不会犯愚蠢的错误，所以，在听到"笑话"的这一刻，他只是淡淡地挑起唇角："我逼你什么？"

声音甚至是温和的。

素末说不出话来了。

大概一个月之前，在学校挑选校企合作作品的最关键的时候，她将自己不眠不休调制了好几个星期的香水拿去参赛。可与她同校同专业甚至喊同一个人"爸爸"的尹娉婷，竟通过这个男人，将素末的成果调包到了自己名下。

整整两年半的学习，经过一百多次失败才调制出来的成果，就这样莫名其妙地变成了别人的。她震惊、愤怒、难以置信，当她红着眼到他面前要求一个说法时，这个男人用不为所动的语气说："一开始我们就说好的，你在万花庄园里调出来的作品都属于我。"

一句话，她的努力全都付诸东流。而原因，不过是那个叫尹娉婷的女子当时正与他打得火热——在女友的卑鄙行径受到阻碍时，他选择了牺牲她。

而她，甚至在事发的前一天还在考虑着该怎么给他儿子过一个完美的周末。

可笑吗？更可笑的是，如今这人千里迢迢地追她到伦敦，竟只是为了向她要一个"背叛自己的原因"。

"你，嫉妒尹娉婷，是吗？"

素末没有回答了。

她嫉妒尹娉婷吗？在那些辗转难眠的深夜里，其实她也曾如此质问过自己。

"我一开始就说过了我们两个不可能，可是你，因为嫉妒娉婷，所以选择了背叛我，是吗？"英俊的面孔上竟然还挂着笑。

只是，那笑太绅士也太优雅，一如他平素每一个完美的姿态，漫不经心地刺痛她的双眼。

素末忍不住将目光游移到了窗外。雪还在下，天地之间，莹白如新，多么像一个所有肮脏与龃龉都泯灭了的世界。

耳旁又传来了低沉的嗓音："你说，我该怎么惩罚你才好呢？"

她的目光还是没有从那场盛雪中收回来："怎么惩罚？杀了我吗？"

千里逃亡却又被捕获的惊恐渐渐退散后，她脸上也渐渐不再有表情——世间大难千万种，最差不过是一个"死"字，反正人生自古谁无死？反正，她孑然一身，了无牵挂。

江玄谦却像是听到了什么好笑的话："傻孩子，杀了你有什么意思？"

"要不然？"

"你看，"他走近她，"好好的发布会被你破坏了，C&J 的计划变得一塌糊涂，现在呢？现在竟然连捧个小模特你都要插手，弄得我这么不开心，"那只指节分明的手伸上来，暧昧而温存地抬起她的脸，"要不然，想想办法让我开心？"

桃花眼里慢慢聚起了危险的风暴，直勾勾地对向素末瞪大的瞳眸。

她心头一紧，然后，听到了含着低笑的粗嘎嗓音："把衣服脱了。"

"什么？"

"不是想让我开心吗？"他的长指慢条斯理地摩挲着她锁骨旁的衣扣，轻声诱哄，"该怎么让一个男人开心，我们末末不至于现在还不懂吧？"

素末整个人都僵住了："你在开玩笑……"

"怎么会，我很认真。"

不，不可能的！她一定是听错了："你明明说过、你明明说过对我没兴趣的……"

然后，就在这一刻，几乎连过渡都没有，所有的亲密戛然而止。

就在她心跳狂飙，整个人如同坠入云里雾里什么也想不明白时，他所有暧昧的姿态、温柔的表情全都收了起来。英俊的脸上只留下了淡淡的冰冷的神色，似笑非笑，似讽非讽，却立竿见影地让人心底的羞耻统统蹿起。是，那一刻，电光石火的那一刻，她的第一反应竟不是拒绝，而是担忧他的"没兴趣"。饶是之前再怎么佯装淡定，当最致命的问题出现时，她最先反应过来的，不是自己的意愿，而是他对自己的"没兴趣"！

素末的指甲深深地陷入掌心里——尹素末啊尹素末，你怎么能把自己的伤口剖开来，鲜血淋漓地展现到一个恶意看戏的人面前？你怎么能，这样冲动又不经意地……交出了全部的自己？

江玄谦退到沙发上，动作优雅得如同一头满足的豹："原来你也知道,我对你没兴趣。"

她脸上陡然间白得没有一丝血色。

明亮灯光下,江玄谦替自己倒了一杯酒。他的手轻轻地晃着,杯中猩红的酒液也轻轻地晃着,片刻之后,才开口:"末末,我原谅你了。"深幽的黑瞳对住了她无神的眼,他说,"这一次,我不计较了。"

可明明,他已经计较了。

全世界最知名也最英明的策划师,他一步步引她到这里,一步步循循善诱。他太通人性,太了解愚笨如她会在什么样的场合下说出让自己羞愧至死的话,太清楚怎么样才能让她死心——"你明明说过、你明明说过对我没兴趣的……"他步步为营,他逼她承认自己始终不敢承认的事实,他在惩罚她,而且,惩罚得彻彻底底。

雪还在下着,隔着一扇门,无声无息点缀着温带海洋性气候带一贯湿冷的天与地。

她笔直地站在那儿,和行李一样冻僵了的十指还维持着之前的姿势,直到大脑一阵空白又一阵混乱后,那手才终于动了动,提起行李。

打开门,漫天飞雪混着风从外头卷进来。男人的声音听上去懒洋洋的:"去哪儿?"

素末没有应,只是提着行李走出去。可走不到两步,她又觉得手提的东西一轻,江玄谦不知什么时候已经来到了身后:"晚餐时间到了,去吧,把厨房里的东西端出来。"

话音宠溺而温和,可在刚刚那番羞辱后,这样的温和说多讽刺就有多讽刺。

素末忍不住想拨开他:"放手!"

"傻孩子,好不容易才逮回的猎物,你说我能放手吗?"他低笑,将行李从她手中拉过去,往楼梯上走时,动作优雅得仿佛不过是端了杯香槟,"二楼左拐第一间房是你的,都让人安排好了。这回再出什么幺蛾子,"他走上楼,声音极轻柔地道,"末末,别怪我不客气。"

二楼左拐的房间就像是在这儿等了她一辈子,全然的尹素末风

江海不渡

格:白色系家具,木质地板,橡木质大架子上工工整整地摆着她这两年来调制的香水以及来自世界各香精公司的原材料。

床罩是她喜欢的纯棉灰色。再往上看,床头柜上摆着一张年代并不久远的照片:男人亲昵地抚着女子的发丝,在众目睽睽之下,俯下去说话的唇几乎要吻上她的耳骨。

那是江玄谦与尹素末,摄于当年的夏末。不过小半年光景,世事变幻,恍若梦境。

素末伸出手,小心地抚过照片上的那一双男女——姿态多么亲密,亲密得让所有人无须猜想,便知这两人一定是在说什么甜言蜜语。

可事实上他说的是什么呢?众目睽睽之下,那时的他俯首到她耳旁,说:"来,帮我挡一挡这群傻子。"

口气有多温和,说出的话就有多恶毒。不过,这就是江玄谦不是吗?

"这群傻子"指的是那时殷勤地邀请江玄谦去参加聚会的一席人。话说回来,这在当时也算得上是美谈一桩了吧,知名策划人回国休息了两年半以后,复出接手的第一个策划,就让濒临破产的老企业起死回生。

素末的目光沉沉,透过照片上这对亲昵的男女,看到了那一晚。

第二章

盛夏

半年前，盛夏。

衣香鬓影，灯火阑珊，城市最冰冷的棋局往往发生在推杯换盏的酒会上。

素末记得很清楚，半年前的盛夏，就是在TANG的新装发布会上吧，台上的走秀进行到最热烈的部分时，她在观众席上打了第三个盹儿。

身边的好友推推她："累了吗？要不然和江BOSS说先回家休息？"

素末摇了摇头，再睁开眼时，下意识地看向了T台对面的江BOSS。他唇角微勾，依旧是那款招牌式的绅士又优雅的笑，在一派大肚的肥胖的胆固醇过高的企业家中间，越发显得丰神俊朗。

"传闻大老板这次回国是为了做四个策划，你说给TANG策划的这个发布会，该不会就是其中一个吧？"付冉没注意到她的神情，只顾着一边看展一边做她的记录。

素末淡淡地收回目光："应该不是吧。我听管家说，他那几个策划在国外时就已经安排好了。"

"是吗？"付冉耸耸肩，"不过不管是不是，你看这回他能把一家濒临破产的企业整得这么漂亮，接下来江海市民的重点讨论对象准是他了。"

可不，付冉话甫落，T台上那些强劲的聚光灯便转了方向，落到江玄谦身上。明明是最低调的角落，可此时众人的目光还是随着灯光流转，生生将最低调的角落转成了今夜星光的汇集地。属于江玄谦的时间——到了。

其实事情大体是这样的：老牌服装企业TANG在濒临破产时，花重金聘请了江玄谦，就为了让这位大名鼎鼎的策划师替他们在今秋策划一场"能让我们起死回生"的新品发布会。

第二章 盛夏

发布会一结束，TANG 的老总就激动得热泪盈眶，在众目之下，紧紧握住了策划师大人的手："谢谢！真的谢谢你啊，江先生，我们 TANG 好久都没有过这么热闹的场面了！"

江玄谦微微一笑，不着痕迹地抽出了那只被 TANG 的老总紧紧握住的手。

嗯，情绪太激动，握得太紧，他手心里似乎被 TANG 的老总抹上了一层薄薄的汗——江玄谦厌恶地虚握起那只手，抬头在周遭扫了一圈，寻起某道纤细的身影来。

没有人注意到这个细节，当然，更无人想象到这男子的洁癖竟严重到无法忍受陌生人碰触的程度。周遭人潮依旧在涌动，在这场对 TANG 而言具有划时代意义的发布会上，她和他被人群分到了两端。等素末穿越人潮走到江玄谦身边时，江玄谦已经握起了那只刚被握过的手。

他一定很难受了，素末赶忙拿出湿纸巾，仿佛很自然地道："不是说肚子饿了吗？钟先生把点心买回来了，到车上吃如何？"

她一面说，一面将消毒湿巾交到江玄谦手上："先擦个手吧，否则待会儿钟先生又要说你不尊重他的劳动成果了。"

他也挺自然地接过，纵使手心被那层汗烙得又黏湿又让人难受，可擦拭动作还是优雅得看不出一丝破绽："这老钟，就数他规矩最多！"

一来一回间，两人默契的互动引起了旁人侧目："这位小姐是……"

不过这话还没问完，很快就已经有人认出了素末来："呀，这不是尹小姐吗？"

其实都是江玄谦惹的祸：这厮素来应酬多，虽然大部分都被他推了，可不应酬则矣，一应酬就得带上尹素末。谁能脑洞大得猜到他这是洁癖严重，一握手就需要素末递消毒湿巾啊？看他次次出门都带着此女子，旁观者也不过是凡夫俗子，在花花世界里泡久了，自然只懂得自作聪明地往两人头上吹粉红色泡泡："哎呀，果然江先生出现的地方就有尹小姐呢！"

话说得再暧昧不过。

江玄谦也不否认，只是向没见过她的人简单介绍道："尹素末。"

"呀，原来是尹小姐，幸会幸会！"

尹小姐是谁，其实无人知，江玄谦的介绍又太简单。只不过他长年定居在国外，咬字上难免有些生硬有些轻，简单的三个字溢出喉，也不知是有意还是无意，竟平添了些许暧昧。

于是旁人你看看我、我看看你，然后，心照不宣地笑了："哟，原来是尹小姐……"乱哄哄地又笑成了一团。

此时正有TANG的员工从外头进来，走到他家老总身边："唐总，都安排好了。"

素末抬起眼，就见唐总屏退了那个人，转头笑眯眯地看向江玄谦："江先生，这段时间真是辛苦了。既然大功告成，我们到附近小聚一下如何？"

"唐总太客气了。"

"不不不，哪算得上客气，江先生可是让我们TANG起死回生了，这大恩大德，要搁古代都得让女儿以身相许了！"

旁边顿时又一阵咋咋呼呼的哄笑，有人开始调侃："唐总您再说，小心尹小姐不高兴了！"

"就是啊，可别给我们江先生制造家庭问题哪！"

自以为聪明的老板们继续往素末头上戴高帽，唐总连忙笑着摆手："抱歉抱歉，尹小姐，唐某只是开个玩笑、开个玩笑哈！"转头再看向江玄谦时，又恢复了他那一脸十万分的诚意："说真的江先生，这回您务必得赏个脸，让唐某做一回东啊！"

众所皆知，但凡衣冠禽兽，大多热衷于在外人面前维持他有风度有礼节的绅士形象。所以，大了自己好几轮的长辈都这么热情地邀请了，绅士哪还有拒绝的道理？

于是江绅士只能欠欠身，彬彬有礼道："那就先谢过唐总了。"

只不过一只脚还没迈出去呢，衣角就被人拉住了。不是别人，正是刚刚才被大家暧昧起哄过的尹素末。众人将目光移过去，就见女孩儿轻轻拉住了江玄谦的衣角，也不管前方已经有人踏出会场，准备赴往下一站，她就是拉住江玄谦衣角："我想回家了。"

前方人士步伐一顿。

短短五个字，轻之又轻，却惹得一众人等纷纷皱眉——包括江玄谦："现在？"

素末轻轻点了一下头。

男人看上去并不意外她会突然来这么一句话，温和地摸了摸她脑袋，眼底的宠溺就像是在安抚一个坏脾气的小朋友："别不懂事，你自己看看现在合适吗？"

"可我不舒服，想回家。"

"哦？哪儿不舒服？"

素末："……"

"说啊，哪里不舒服？说得出来，我就带你回家。"

素末这下终于瞪起眼。谁都知道这表情的意思：是是是，本小姐哪儿都没有不舒服，可本小姐就是不想让你去！

一众人等心思各异，纷纷腹诽这女孩儿的不识大体。可谁知，这不识大体却是将当事人给逗乐了。就见当事人伸出一只手，没有半点谴责意味地弹了弹她脑门："你说你，什么时候才能让我省点心？"

不会吧？江先生这意思难道是……

是。

一点儿也不像教训地"教训"过他的姑娘后，江玄谦转过身："真抱歉唐总，小丫头平时被我惯坏了，这会儿不顺着她，回头怕是又该跟我闹了。"

"这……"

"唐总，实在抱歉。"他得体地欠一欠身。

唐总还能说什么呢？棒打鸳鸯本来就是为人之大忌，更何况眼前这"人"还是自己的大恩人。于是唐老好人只得摆摆手："哪里哪里？尹小姐这是真性情，难能可贵、难能可贵啊！"

接下来，不出意料地，又是诸位"明白人"的一阵阵附和。

素末不咸不淡地勾了下唇角。商场风云诡谲，多少虚虚实实真情假意，不细究谁又辨得清呢？她没有去附和他们，只看着江玄谦："要不然你自己去吧，我先回去？"

那些"明白人"登时很明白地笑了起来。

"哪能让尹小姐自己回家啊？没有尹小姐作陪，江先生怕是哪儿都不想去呢！"

"难怪江先生平时应酬那么少，看来是有原因的啊！"

"就是啊，我们江先生可是典型的新好男人，不贪杯不应酬……"

一众人等全都笑开来，原本热烈地邀请着江某人去"小聚"的，此时全变成了热烈地欢送江某人回家。

不过最后一句话倒说得不假，平素里的江玄谦，不交际，不应酬，没有桃色新闻，更别提像这样在大功告成后和雇主们去小聚一下。只是看今天这情况，想来也不是江先生高冷，对这等娱乐不感兴趣吧？恐怕是他身边那女孩儿……叫什么来着？尹素末？是那尹小姑娘不肯让他到花花世界里去"娱乐"吧？

每一场无聊至极却偏偏又推不掉的应酬结束后，江玄谦总在众人心中留下这样的印象。

"每次带你出来都这么省事，"司机已将车子开到了发布会现场门口，两人坐上车，用一扇车窗隔绝了外头那帮"明白人"之后，江玄谦又摸了摸她脑袋，"下个月还有个聚会，再陪陪我？"

素末不着痕迹地避开了他的手："我实验很多的。"

从车外到车内，不过短短数秒，她在角色上已经完成了从"女朋友"到"工作伙伴"的蜕变。此时的素末神情依然寡淡，却已经没有了方才在众人眼皮下的任性和娇憨——那等神色，都是恋爱中的女子才会有的，而她，并不该有。

"一个晚上而已。"

"我实验很多的。"她还是那句话。

江玄谦眼底盈着深沉的笑意，看起来一副谦谦君子温润如玉的模样："小书呆子，该好好休息了，瞧你这黑眼圈重的。"他笑睨着女子眼下那一片越发明显的乌青，"再这么不眠不休地做下去，迟早有天要累倒。"

素末咬着唇不语，只是将脸稍稍往旁边转了点，藏不住的黑眼圈成功消失在他的眼皮子底下。

就像以往的每一次，坐上车后，这人总要舒服地靠到皮质靠背上，然后转过头来，笑意盎然地盯住她不动声色地往边上挪的动作。小丫头就是这样，一不留神就要将自己和全世界隔离开来，看上去安安静静的，可谁知道那脑袋里在打着什么小九九？

"坐那么远干吗，怕我吃了你？"

素末有些尴尬地止住了小动作。

"过来。"江玄谦拍了拍身旁的座位，待素末依言坐近了之后，才开口，"说吧，刚刚他们想带我到哪儿小聚？"漂亮的手再次抚上她的发丝。

付冉总说："你看咱江 BOSS 那只洁癖十级的矜贵手，原本都不会去碰别人的，也不知是不敢碰还是不屑碰。结果有天遇到了个敢碰而且又碰得挺顺手的，他就跟个情窦初开的神经病似的，天天对人家碰啊碰、摸啊摸，没完没了了，你说变态不变态？"

谁说不变态！

素末咬住唇，作为那个被"敢碰又碰得挺顺手"的当事人，她有些气恼地抚平刚被他揉乱的发丝："我今天没洗头……"

结果小声的嘀咕换来了对方似笑非笑的一睨——摆明了不相信嘛！她只好又回到原话题："他们想带你去 TANG 附近的那一家豪朗酒店。"

"哦？理由？"

"唐总的员工刚进来时，身上还残留了一点儿 Flawless 香氛和 DR 香水的味道，但站不到几分钟味道就散了，这说明那些气味是刚沾上的，而且挥发的速度并不慢。"

素末语速慢慢，口吻亦平常，可她永远比常人灵敏一百倍的嗅觉系统让江玄谦信了这话里的每一个字："据我所知，Flawless 是法国香氛品牌 ONE 今年刚为豪朗特别调配的香氛，而江海市的三家豪朗里，离 TANG 最近的那一家，夜总会经理用的就是 DR 香水。"

分析完毕，她抬头看了江玄谦一眼："就这样。"

不过理由听完，江玄谦却不说话了，只眯着双桃花眼睨着她。

素末被瞧得不自在："怎么了？"

江玄谦也不说怎么了，只是轻轻挑了挑眉。

于是素末很快就反应过来，一定是自己又做了什么惹得这人不

017

痛快了，可偏又不知错在哪儿，只好心虚地垂下头："那个，我说完了。"

江玄谦这才收回目光，从前座的靠背里抽出一份报纸，翻了起来。沉默就这样，说来就来。素末原本还垂头等着他的下文，结果等了大半天，空气里只有翻动报纸的声音。老半响，她终于悄悄地吁出一口气，以为这是没事了，可结果，这人却在这时突然开口："你怎么知道豪朗的夜总会经理用了DR香水？"

听似漫不经心的口吻，却令素末心头警钟大响。

"去过？"

"没……"

江玄谦完全不相信："谁带你去的？"

他连头也没抬，仿佛真的是漫不经心的样子，可问话中涉及的人却让素末低呼："糟糕，我把钥匙放在小冉包里了！"

呵，耿直的丫头。

"付冉带你去的？"

"没！我、我自己去的。"

"哦？"

她心虚地垂下眼，却听得身旁突然一声"啪"，车子开到家门口了，江玄谦重重地合上报纸："你是不是以为她犯错会倒霉，你犯错我就能宽宏大量不计较？"

"没……"

"下车！"口气里突然添了丝只有素末才听得出的不高兴，尽管，尽管他脸上依旧温和而平静。

有些人就是这样，永远七分优雅三分邪气，脸上再端着一副谁也瞧不出真伪的笑。但凡初见他的，谁不说江先生风度翩翩绅士有礼？可素末不是初见者，她和他共事了两年半，两年半里不知听付冉多少次评价她们家BOSS："表面之上衣冠楚楚，表面之下衣冠禽兽，可如果身边跟着咱末末，而且咱末末还好死不死地惹了他，呵，那敢情是比禽兽还不如了！"

而此时，因为两人身上都没有带钥匙，禽兽不如的江某人直接走进了别墅附近的咖啡馆。素末也不知他要怎么个禽兽法，只好硬

第二章 盛夏

着头皮跟上去。

咖啡馆正对着江家的后花园,素末曾经听江府的管家钟先生说,江玄谦刚回国那会儿,江海商界不知从哪儿听说了"知名策划人江玄谦回国休息"的信息,这厢江玄谦才刚安家到万花庄园,那厢庄园门前已是商人来商人往,门庭若市。

就因这人令人抓狂的洁癖,每来一拨访客,可怜的钟先生就得把庄园上下打扫消毒一次。次数多了,老头儿受不了,恭恭敬敬地给他家先生提了个建议:"要不咱们将隔壁那家咖啡馆买下来吧?腾一间您专用的包厢出来,让咖啡馆的人每天早中晚各消毒一次,您有地方去了,这些人也犯不着天天来家里。"

一句话落下,咖啡馆的幕后老板从此成了江玄谦。

可想而知,几乎是在江玄谦踏入咖啡馆的第一时间,已经有服务生推开了他专用的那一间包厢的大门:"江先生来啦?"

江玄谦朝她笑了笑,略有异域腔的嗓音听上去低沉而优雅:"谢谢你,小欣。"

名唤"小欣"的服务生只觉得如沐春风。

也难怪人家说英伦男人是全世界最绅士的,你看这江先生,哪回不是一朝他打招呼,他就要回以礼貌又优雅的笑?最紧要的是,他那么大一号人物,竟然还记得住咖啡馆的所有员工的名字欸!

于是这么一番盛情的默赞后,咖啡厅里的员工越发感受到了老板的温暖,一个个诚心诚意地、仔细妥帖地,将传说中洁癖严重的江BOSS的专用包厢,再消毒一遍。所以进了包厢后,江BOSS永远没有不舒适的感觉,真真正正地宾至如归。

素末闷声跟在他身后。江BOSS的光环太耀眼,直到他进了包厢,小欣才看到这号跟屁虫,连忙不好意思地打招呼:"尹小姐你好!"

素末早就习惯了,朝她笑了笑,正要尾随着江玄谦走进去呢,哪知这前一秒还对着别人笑得优雅的家伙,下一秒竟当着她的面,在踏入包厢时随手挂上了那"闲人勿扰"的牌子。

素末一只脚才刚伸进去,冷不防就被这四个字怼到了脑门上。什么意思?她怔住了。

江海不渡

　　江某人已经走到了他的专属座位上，完全没有喊她进门的意思。
　　素末无语地站在那儿，想起方才小欣和一众服务生眼底坦荡又真实的"星星"——绅士吗？绅士才怪！明明就是个从头到脚都腹黑到炸裂的家伙啊！
　　她闷不吭声地盯着那家伙，门里门外，如同楚河汉界。门外的她还咬着唇，一脸欲言又止地站着，门内的江玄谦已经坐到了自己的座位上，拿起桌上的 THE TIMES，继续方才在车上没读完的内容。
　　好半晌，素末才慢吞吞开口："所以……我是闲人吗？"
　　"你说呢？"江玄谦连眼皮也懒得抬一下。
　　素末沉默了会儿，才不确定地问："所以……是？"
　　这下江玄谦连话也不回了。
　　此地无银三百两啊，素末自嘲地笑了下，无声地转身过去。走就走，当谁还乐于杵在这儿当傻子呢！
　　可结果她还走不到两步，身后的人又开口："让你走了吗？"
　　素末顿住脚。
　　"既然知道自己'闲'，还不过来煮咖啡？"
　　无语问苍天！人家说伴君如伴虎，她倒好，伴君如伴一只狡猾的老狐狸，分分钟都得殚精竭虑地揣摩圣意，否则分分钟出局。

　　包厢小小的，里头的咖啡豆却不少，除了他偏爱的蓝山外，还有她喜欢的摩卡以及炭烧啊、曼特宁啊……林林总总来自世界各地的豆子排了一整排。
　　记得上回她惹他不高兴时，这人也是口口声声说"过来泡咖啡"，于是耿直如她，当真又是动手磨豆又是烧水煮咖啡，从他最爱的蓝山煮到最讨厌的炭烧，结果煮一杯，他就说一句"今天不想喝这个"，再煮一杯，他又说一句"今天对这个没兴趣"，煮到最后，那杯炭烧都还在壶里呢，素末正要倒出来，江某人却忽地起身："时间差不多了，回家吧。"长腿一跨，走出包厢，徒留下目瞪口呆的她。
　　那一晚，钟先生颇为同情地将素末拉到了边上："尹小姐请听我一句劝：老钟我可以百分之两百地肯定，我们家先生对于捉弄您这件事始终保持着最高级别的兴致。所以，保重吧，好好保重。"

说着，钟先生同情地拍了拍她肩膀，拍得素末心底一阵阵恶寒。

想到这儿，素末还是决定以史为鉴："今天想喝什么？"

江玄谦眼里添了点取笑："怎么？这回吸取教训了？"

傻孩子，这脑袋瓜里究竟都在想些什么呢？要捉弄你的人会因为你做足了准备而放弃捉弄？他随口道："蓝山吧。"

于是十分钟之后，当素末捧着一杯热腾腾的蓝山来到江某人面前时，他连看也没看一眼："我说了要喝这个吗？"

"是啊，你刚刚——"

"你听错了。"

素末："……"

"换摩卡吧，你不是喜欢摩卡吗？煮两杯一起喝。"

素末目瞪口呆地杵在那儿，简直不敢相信自己听到了什么。

"怎么？还不快去？"

她"哦"了一声，可郁闷地走了两步，又踱回来："确定是摩卡吗？确定？"

江禽兽："当然，不然你以为我吃饱了撑着坐在这儿逗你？"素末这才抱着那杯仍冒着热气的蓝山返回去。

可又几分钟之后——

"弄错了吧，这是你喜欢的，不是我。"

太！过！分！了！他就是吃饱了撑着坐在这儿逗她啊！

"你刚刚明明说要喝摩卡的，我还特意确认过了！"这个人真是、真是太讨厌了！

素末端着那杯被嫌弃的咖啡，气恼地瞪着眼站在他跟前。要不是念着这人给她投资了那么大一间调香室而且还动不动就威胁说要收回去，她才不会站在这儿由他嚣张！

可嚣张的某人似乎并不觉得自己嚣张，毕竟出钱的是老大。

江老大呷了口温柠檬水，搁下报纸，重新端起了他那副讨人厌的优雅微笑："怎么，不高兴了？"

"换了你，你能高兴吗？"

"换了我？"他轻哂一声，眼角眉梢仍是一贯的慵懒与优雅，气质像足了一头蛰伏的豹。

此时这头豹恰好从这傻孩子口中听到了自己想听的，于是从容地接过话："换了我，可不会像你这么不识时务，一边享受着别人的投资，一边在背地里做着他最讨厌的事。明知道我最讨厌那种地方还偷偷跑过去，沾一身细菌回家，这账我都还没找你算，你倒是先闹上脾气了？"

"一码归一码……"

"谁跟你一码归一码？我现在就想跟你算这一码，自己说，谁做错了？"

一句话说得素末耳郭微红，可又忘不了刚刚才被这个人戏弄过，到底意难平，只好咬着唇，倔强地站在那儿。

"说啊，怎么不说了？"

素末依旧闭口不语，眼观鼻、鼻观心，软软弱弱又充满控诉的模样，让人莫名就想起了儿子睿睿在英国养的那只小松鼠。小家伙明明怕他怕得要命，可就是喜欢悄悄地跟在他身后，眨着双无知的大眼睛无知地瞅着他。有时候他被跟烦了，拎起小松鼠的脖子就把它给扔出去，结果隔天那小东西再见到他时，就是这么一副委屈而又充满控诉的样子。

呵，人类进化了几千年，可从本质上，和动物还是脱不了干系的。比如有人天生就是优雅危险的非洲豹，有人是自由却凶狠的鹰，有人则是宜室宜家的小松鼠，弱肉强食，生生不息。

他似乎觉得挺有趣，神色不知不觉地柔和了下来，一只手将她拉坐到自己边上："说吧，付冉带你去夜总会做什么？"

结果一问到付冉，末末浑身的警惕细胞就一颗颗打开来，变得又不那么像小松鼠了："我刚说了，不是小冉带我去的。"

"哦？"

小姑娘睁着大眼说瞎话，一副以为自己不承认对方就拿她没办法的傻样子。

江玄谦轻笑了下，没理她了，漫不经心地拿起手机，拨下号："Joe，停掉付冉这一周的工作，让她回家休息。"

素末："！！！"

怎么能这样？！

电话那头的 Joe 和付冉关系不错，一听这话，比素末还着急："我说哥，你这话没毛病吧？我们小冉马上就要开新装发布会了……"

"没毛病。""嘀"的一声，电话挂断。

从头到尾不过半分钟，这人从容地断掉了当红设计师付冉整整一星期的工作。素末简直不敢相信："江玄谦！"

他微微一笑，收起手机，没事人般地道："说吧，付冉带你去夜总会做什么？"

素末真是要气炸了："这么可恶的命令都下了，还想让我告诉你吗？想得美！"禽兽！

"很好，"禽兽点点头，也不恼，"听 Joe 刚刚那意思，付冉的新装发布会很快要开了是吧？你说这发布会要是突然被老板喊停……"

电光石火，就在江玄谦的手再一次握住了手机的那一瞬，一只纤手冷不防地按住他："等一下！"

两只交叠的手掌，纤细与厚实，柔弱与刚劲，真是奇妙又美妙的对比。

江玄谦不动声色地弯了下唇角，然后，听到她说："我告诉你。"

"其实整件事都是我拜托小冉的，真的，她就只是陪同而已。"
"哦？"
"之前微博和朋友圈里闹得沸沸扬扬的豪朗怪事，你知道吗？"
"嗯，然后？"
"然后，我怀疑怪事和豪朗用的香氛有关。"

江玄谦若有所思。

豪朗的那桩怪事他是知道的，不只他，估计江海市所有刷过微博、玩过微信的人都知道。某个深夜，一群酒足饭饱的客人从豪朗的夜总会里出来后，竟一个个将身上值钱的东西都赏给了豪朗外头的乞丐。那幸运的乞丐十几分钟里就从身无分文变成了几十万身价，原本吃瓜群众还以为这是有钱人在炒作呢。结果第二天，有钱人们便集体聚到了派出所，要求警察替他们追回那几十万。

那些人的说辞是什么？呃——"我们当时全是无意识的！""回到家后才发现钱包没了。""真的，特别奇怪，警察先生，我们该不会是被那个乞丐催眠了吧？"

呵，乞丐要是懂催眠，就用不着在豪朗外面要十几年饭了！

可如今，他眼前这小东西竟然用万分笃定的口吻同他说："你还记得我之前提过的那款 Flawless 吗？其实警方过去调查时我和小冉就在附近，溜进去巡了一圈后发现，并不是每一个包厢都用了 Flawless：最靠近厕所的那间用的是一种和 Flawless 非常相似的新型香。Flawless 的前调是蔷薇混合栀子花，中调是小豆蔻、风信子混合一点儿香草，可那款新型香，"她蹙起眉，迟疑了一会儿后，才慢吞吞地说，"我总觉得，应该是在 Flawless 的基础上又添入了什么。"

可，是什么呢？

到底添入了什么？乱人心智，催人浮想，以至于连她这一只鼻可分辨出近万种气味的人都迷惑了，以至于从里头出来的客人纷纷发了善心，将身上的钱都掏给了乞丐？

素末满脸沉思，男人也满脸沉思，只不过各自沉默的内容有所不同。

这丫头事发时"刚好"就在酒店附近？特意为了个不相干的事偷溜进夜总会？而且在事后，如不是他以付冉相要挟，这丫头已打定了主意瞒着他？看来，这事有意思了。

威逼利诱也好，盘根究底也好，都是谈判胜利的最初级的法宝。在某些有趣的关键事情前，江大神更享受的，是以静制动，让对方主动交代出所有有趣的关键环节。

所以也不急着再追问了，江玄谦重新拿起报纸，拇指在素末额前温和地蹭了下："好了，不折腾你了，去给我泡杯红茶过来。"

素末松了口气。

包厢里的红茶就一种，江大神最喜欢的那一种，武夷山产的金骏眉。香气清爽纯正，喝起来又绵又滑又顺口。从前在英国时他还常常会饮英式红茶或印度产的大吉岭，回到闽南后，临乡新鲜温润的金骏眉每隔一段时间就会被送到万花庄园来，新鲜温润地统领了他的味蕾，以至于现在一说到红茶，江玄谦喝的就只有这一种。

素末领旨而去。

很快茶香便掩过了方才残留的咖啡香，渐渐浸入了人的嗅觉

第二章 盛夏

神经。

在素末将热茶倒入一双色彩明艳的汝瓷茶杯时,江玄谦的声音正好从报纸后面传过来:"说到红茶,我倒是想起了你们江大从前有一位很有名的调香教授,听说她生前曾经以红茶为灵感,替英国一家香水公司调过好几款香水,款款都是经典之作,你听说过她吗?"

素末握着汝瓷茶杯的手一顿。还好在男人发现她的异样前,包厢外突然传来了一阵嘈杂声,成功盖过了两人原本的声音。

奇怪,咖啡馆里几时有这种众声喧哗的场面了?素末竖起耳,让包厢外此起彼伏的讨论一拨拨地传入她耳朵——

"哇,快看,是娉婷欤!"

"妈呀,我女神!"

"我女神真美,而且她身上真的有传说中的百花香欤!"

沁人的芬芳从包厢外面飘过,随着过路女子袅娜的身影,一缕缕渗入了素末过于灵敏的嗅觉系统里。

那是尹素末最熟悉的香,稳定地混合了百合、玫瑰、茉莉等常见花种的香气。

她几乎是条件反射地在花香传来时,迅速往隐蔽处一移。

包厢里突然安静了。

身后的江玄谦原本还在有一搭没一搭地和她闲聊着,可这会儿不知为什么,突然也不说话了。

素末转过头去,就见他正饶有兴致地盯着包厢外,众人目光聚集的那一处,袅娜女子款款地路过包厢门口,走到了咖啡厅中央。

他含笑的目光一路追随着那道袅娜的身影,素末心中突然涌起了股不太好的预感,而下一刻,江玄谦按下了服务铃。

"江先生,有什么吩咐吗?"小欣应铃而入。

他目光还没有从外头移回来,只是饶有兴味地吩咐小欣道:"替我送一杯'龙舌兰日出'过去。"

人未动,手未指,服务生却已经心领神会,明白江BOSS让赠酒的对象是谁。

在他目光的集中处,袅娜女子正娇笑着和一桌子粉丝合影。江

江海不渡

玄谦颇有兴致地盯着她，许是感觉到了这一边的注视，那女子转过头来，就看到这间隐蔽包厢里坐着名英俊的男子。见她转过脸，他便朝她微微地一笑。只一笑，无数流光风华倾泻而出，惊艳了这个平凡的傍晚。

袅娜女子呆住了。

这厢男人依旧笑意盈盈，一双桃花眼盯着她，同时吩咐小欣道："还有，从今天起，她的单都记到我账上。"

敛了满眼别有深意的笑，他将不菲的小费送入服务生手里："明天，我要她所有的资料。"

玻璃落地的声音从一旁传来，原来是素末被热茶烫到手，鲜红的茶汤洒了一地。

江玄谦这才递了记眼神过来："傻孩子，这么震惊做什么？"

他眼底笑痕未退，正视着素末脸上的惊愕。

素末一句话都说不出来。

小欣已经笑盈盈地拿出了手机，不必等到明天了，现在她就能向这位慷慨的BOSS做最详尽的汇报："尹娉婷，江海大学化学专业的大四生，专业方向为香水调制。其父是江海大学生物化学学院的院长，母亲是江海大学调香实验中心主任，一年前开始在网络平台上做直播，教粉丝化妆、穿衣和挑选香水。因出身于书香门第、外形美艳，也因为最近被一众博主爆出她天生自带百花体香，一时间，这奇女子火遍了网络……"

呵，原来是网红啊。

江玄谦满意地点点头，尽管知道消息都是从百度上来的，他也不觉得那小费被浪费了："父亲是江海大学的院长？母亲是实验中心主任？"

他玩味地咀嚼着这个有意思的身份。

小欣说的每一个字似乎都在揭示素末表现得如此不正常的原因，江玄谦转过头："这么说来，她该不会就是你那同父异母的姐姐吧？"

素末只觉得一切都那么荒唐。

"嗯？"

"嗯……"

"那就有点儿意思了。"江玄谦眼里闪过一抹深沉的笑痕。

可不是吗，包厢里一个尹院长的女儿，包厢外又一个尹院长的女儿，只是里头这小的淡漠低调得不讨喜，外头那大的却颇有点儿恃宠而骄的习性——如此厚此薄彼，这尹院长，可真是有意思极了。

如同猎人相中了完美的猎物，他站起身："你先回家吧，就跟钟先生说，晚上不用煮我的饭了。"

优雅的举止里带着某种胜券在握，小欣一看，便知江BOSS的言下之意："江先生真是好眼光，尹娉婷可是妥妥的女神级人物呢。"

"是吗？"素末还在错愕中，那神色一点点儿地被纳入他眼底，就见江玄谦唇角微勾，慢条斯理地点评道，"我也觉得挺漂亮。"

素末胸中陡然升起了一丝凉意："你该不会是想……"

他微微一笑，深杳双目截住了她从震惊渐至黯淡的眼神，话音低沉："是，我想。"

第三章

入戏

她认识他近三年。这近三年里,他身边没有任何亲密伴侣。因为江玄谦有严重的洁癖,熟识他的人都知道。

因为有严重洁癖,江家上下除了管家和极讲卫生的钟点工,再无其他佣工。

因为有严重洁癖,江玄谦生人勿近,但凡有不识相的女子企图靠近他,下场都凄惨无比。

因为有严重洁癖,他甚至在回国前就到孤儿院领养了一名小混血儿,因为——"想来我这辈子是和女人无缘了,为了防止江家绝后,钟先生,我们到孤儿院挑个干净的孩子吧。"从前管家钟先生还向她描述过当年收养睿睿的情景。

可今天,似乎有什么不一样了。

几天后,江海市满城风雨,只因新晋网红和C&J江老板的恋情。

其实一名网红再红,也红不成翻天覆地的效果,可偏偏这回她的绯闻对象是江玄谦——大名鼎鼎的策划品牌C&J的创始人,知名设计师付冉的老板,不知包装过多少名人和名牌、策划过多少颇有影响的营销案。最紧要的是,这人万花丛中过,可从来也没让自己沾上过一片叶子。如今竟栽在一名网红主播的手上?

付冉来到万花庄园时,整个人完全处于震怒状态:"我不同意!老板,你不顾C&J的形象跑去泡一名网红,OK,我是员工,我管不着。可下季度的发布会倾注了我们工作室多少心血你知道吗?我花高价请国际名模来走秀,可你现在让一个网红也一起来走T台?来当我新装发布会的模特?呵,我们家T台还真好逛啊,开什么国际玩笑!"

星期天下午一点钟,庄园里的老管家在睡觉,小朋友在睡觉,末末也在楼上睡觉,好不容易偷了个浮生半日闲,谁知一本《易经》

第三章 入戏

读不到两页，刚刚才在电话里拒绝过他，同时也被他拒绝了她的拒绝的付大设计师就怒气冲冲地闯进来，身后跟着的，正是他那唯恐天下不乱的"好"搭档——Joe，陆乔久。

江玄谦瞥了眼这一双贸然闯入大厅的男女，然后，没事人一样地垂头，继续看他的书。

付冉气炸了："老板！"

"没和你开玩笑，"他将《易经》翻到下一页，不轻不重地说，"这是老板的命令。"

"可如果我不执行命令呢？"

"那么，可以考虑离开 C&J。"

"江玄谦！"

他这才轻蹙了一下眉，却不是因为付冉的不服从。

虽说付冉是他与 Joe 一手捧起来的，想当初，付冉还只是个寂寂无名的设计师时，Joe 在伦敦时装周看到她披着块不知什么风格的破布并自诩"行为主义"后，这两个臭味相投的人就迅速走到了一起。

当然，过程至今复杂得让人难以启齿，主要是他那好搭档一见钟情，陷入了爱河，可这女人用一句"我只是暂时性地对你的好身材感兴趣"，便在那一整夜的"感兴趣"之后，很行为主义地准备和 Joe 撇清关系。天亮说再见嘛，时下人不都是那样的？可陆乔久一点儿也不像时下人，为了保住联系，竟回来同他说："哥你看这市场，服装产业多火啊。不行，我现在就想开家服装公司，捧个超级设计师！"

江玄谦哪会不知道他在打什么主意，只不过难得看他对一个女人那么上心，也懒得阻止，随了他去。于是一贯捧别人和别人家品牌的 C&J 开始捧起了自家产品，服装工作室上了轨道后，在 Joe 的推动下，付冉的名号开始火遍全世界。

当然，最紧要的是，她自己也有才华。

有才华的人多数吹毛求疵，说好听点，叫"有个性"；说难听点，那就叫"情商低"。这不，情商低如付冉，仗着有 Joe 撑腰，此时正不要命地在大厅里指手画脚，音量高得整栋楼的人都听得到。

江玄谦蹙起眉："楼上还有人在午睡，没有其他事的话，Joe，把你的人带走。"

付冉被气笑了："江老板原来还知道要关心午睡的人呢。"

一本杂志被她从包包里抽出来，"啪"的一声，扔到了江 BOSS 面前的木桌上。色彩鲜艳图文并茂的娱乐杂志碰到了红茶杯的杯垫，茶水溅出，沾湿了封面上男人英俊的脸。

那是一对行为亲密的男女——近来被炒得很热的网红尹娉婷正亲昵地挽着江大神的手，旁边再附上一列混账的配文："知名策划人与网红主播热恋的消息不胫而走，这一回，向来低调的江大神竟没有否认恋情……"

见鬼的"没有否认恋情"！

付冉的脾气本来就火暴，当事人这不在乎的模样更是让她心火直往上蹿："好，我不说那些没用的，就这个。"她长指指向了封面上的女人——笑得殷勤又妖娇，向来恃宠而骄的神情里现下又添入了某种小人得志，明眼人随便一看也知道这份"志"来源于谁。

付冉越看越扎眼："江老板，你明知那网红是末末同父异母的姐姐，欺负了她十几年欤！最后甚至还母女同心其利断金将她赶出家，可你现在、现在竟然当着末末的面做这种事？良心不会痛吗？"

江禽兽头也没抬："哦？你觉得那东西我有？"

身旁突然传来一声咳，从头到尾只挂着一脸邪笑看好戏的 Joe 出声了，拽了下付冉的手："我们末末睡醒啦？"

声音似在招呼那头的素末，更似在提醒这头的付冉。

付冉暗呼了一声"糟"，转头，果然就看到好友站在二楼的楼梯口，穿戴完整，抑或她压根儿就没有睡着也不曾脱过外衣？

付冉见到当事人，气焰反倒是有些蔫儿了，明明素末神情淡然，一眼也没往那本暧昧的杂志上瞅，可她就是此地无银三百两，侧了侧身，下意识地挡住了那杂志："怎么不多睡一会儿？还这么早。"

"要去一趟学校，约了人了。"素末朝她一笑，走下楼梯时，众人都看到了她背了包穿了鞋。也不知是无意的还是有心想结束眼下的剑拔弩张，素末问好友："要走了吗？能不能载我一程？"

"虽然本来没打算这么快走，不过既然你需要我，我这就去开车。"付冉伸手揽住她的肩。

因为付冉个头高，两人在一起时，她总习惯性地扣住素末的肩膀。两个女子两种风格：付冉是高高瘦瘦的欧美风，一米七几的身高，深邃的五官，一身在加勒比海沙滩上晒出的蜜色皮肤，一头长鬈发永远散漫地披着或者随意绾成髻；素末则是白，娇小的纤细的白，干干净净的，五官不特别深邃，却也俏鼻大眼红唇，尤其那一头黑发软软地披到了肩头上，那触感，总让江某人的洁癖手流连忘返。

其实随便来个人都会觉得付冉看上去更亮眼，可此时的江玄谦只觉得她搁在素末肩上的那只手挺碍眼。

这下他终于抬起头来，往素末的肩头瞥去："慢着。"

"啧。"Joe玩味一笑。

大老板搁了书，踱步过来，不着痕迹地推开了付冉黏在末末身上的手："脸色怎么这么差？生病了？"一只手习惯性地就要探向她额头。

可素末却往旁边侧了侧，不动声色地避开了："没有，昨晚没睡好而已。"

那手堪堪晾在了空气中。

"这么酷干什么？我哥这是关心你欸！"Joe看到他家合伙人好像挺自然地收回手，在心里狂笑了一阵后，开始打起了圆场。

当然，虽说是打圆场，可你听这话里话外，哪个字不带着浓厚的幸灾乐祸？

"你别看我哥平时一副高高在上的样子，昨天还盼咐老钟呢，说你最近调香调得疲劳过度眼圈发黑，一副随时要晕倒的样子，让老钟给你抓紧时间补一补……"

"就你话多。"淡淡的、来自沙发的声音，原来是江玄谦又退回到沙发上去了。

素末没接这茬话，看起来也压根儿没领情，只是朝Joe点了点头："那我们先走了。"

声音依旧柔柔的细细的，却不知为何，充满冷漠的疏离感。

"看来小姑娘真生气咯！"等人走远了之后，Joe笑眯眯地蹭坐到他哥身边，推了推他，"怎么办？"

江玄谦没理他，又拿起那本《易经》。

Joe才不会放弃，笑眯眯地往他身上更近地坐过去："你说你，没事和那网红搅什么嘛？这下把咱末末都给气到了，你看看她那脸色……"

"什么时候我捧个人还得看她的脸色了？"

是啊，不用看人家的脸色，可你倒是瞧瞧自己刚刚是什么脸色！

当然，这么打脸的话Joe可不敢当着大神的面直接说，眨了眨他那双漂亮的蓝眼睛，英俊的混血儿委婉道："我这不是担心咱末末嘛，你看她那小身板弱的，一副面黄肌瘦发育不良的样子，现在再被你这么一打击，啧啧啧……"

"闭嘴。"

"行，行，我闭嘴。"Joe使劲憋住笑，端端正正地坐在江大神身边，不一会儿，又侧过眼去瞧大神看起来云淡风轻的表情。

也难怪付冉总要说这家伙的出生是用来搞笑的，明明是传说中绅士的英国人，据说他妈妈那边还混了点贵族血统，可奈何为人秉性全遗传了他那来自中国的爸，一笑起来，话一说出来，萌贱萌贱的样子简直白瞎了他那一张帅气的混血脸。

"我说哥，"这么静了几分钟，Joe又坐不住了，"说真的，咱这样对末末好像不太厚道吧？你看，她两年前才被那个尹婷婷赶出家门，你两年后又和尹婷婷……"他用两手食指比了个"一点点"。

江玄谦这才搁下书："对她好有用吗？小白眼狼一个。"

"什么意思？"

江玄谦没有说话。一阵风吹过，窗外万花香又起，争先恐后地从敞开的后门挤进来。

他转头看向那一片绽得正怒的姹紫嫣红，百合开得清新，木槿绽得娇美，一串红盛得鲜艳又热烈，只薰衣草的那一片，近几天突然少了不少。据钟先生说，是被那小东西摘去做精油了。

良久才回过头来，江玄谦重新拿起书，淡淡道："下周回伦敦时把我妈的病历也一起带走，还给Dr.Smith。"

"为什么？好不容易才要来呢，现在为什么又要还给我妈？"

他眼睛眯了眯，看不出是喜是怒，话中意思却是对上了方才那

第三章 入戏

一句"小白眼狼"："你口中面黄肌瘦发育不良的丫头昨晚去翻我抽屉了。你说，她想要什么？"

"什么？你去翻江 BOSS 的抽屉？找死啊你！"付冉一不小心踩狠了油门又速速踩刹车，只差没撞向前头的车辆，"尹素末，你到底在想什么啊？那禽兽心机那么重，没准儿书房里就装了百八十个监控器呢！你做事能不能用点儿脑子啊？更何况你就这么确定他真有你想要的东西吗？"

素末被这一下油门一下刹车晃得七荤八素，知道付冉脾气暴躁，也没急着再说，等到车子和她本尊都平静了之后，素末才低着声说："这几天难受。"

"为江 BOSS 和尹媄婷那事？"

她摇头，可细细一想也不是全然没有的，最后只能讷讷地看向窗外："听我奶奶说，我爸这几天状态不太好。"

"状态不太好你就去翻江 BOSS 抽屉？你以为那禽兽是医生还是他抽屉里有药啊？"

"我只是觉得，如果我妈妈还活在这世上，应该不会是现在这种场面吧？"

"……"付冉喉头紧了紧，一时间，也没话了。

其他人听不出这上句下句之间的逻辑，可付冉到底不是其他人。静静地开了几分钟车后，她问素末："你大周末的跑来学校，该不会就是为了你爸吧？"

"嗯，今天是他的生日，我给他调了瓶薰衣草精油。"素末隔着一层帆布，抚了抚包里的精油。

尽管帆布包的拉链拉得紧紧的，精油盖子也封得紧紧的，但因为过于敏锐的嗅觉，她一路上总闻得到包里隐隐的芳香，薰衣草为主调，同时还掺入了少许安神催眠的迷迭香。闭上眼，深吸一口气，宁静与安详的睡意迎面扑来。

付冉没那么好的嗅觉，自然什么也没闻到，只是一听说她来送礼，脑中便浮起之前见识过的尹爸："既然是送礼物的，那今天可得好好说话了啊。"她口气听起来有些不放心，"嘴甜点儿，多顺着他点儿。你爸那人其实没什么的，就是爱面子、容不得别人反驳他。哎，话说回来，读书人都那样，你懂吧？"

"嗯，我知道。"

付冉无奈地摇摇头，和校门口的保安打过招呼后，将车开进去，停到了办公楼下。

江大的周日下午永远是教职工们最忙的时刻，学生们不用上课，可老师们通通得到办公室报到，只等着下午两点钟例会的到来。

好友离开后，素末又在办公楼下坐了许久，直到办公楼里开始有老师走下来，才起身，往楼上走去。

院长办公室里一如既往，在散会时充斥着尹院长和老师们谈话的声音。

"院长真是好福气啊！咱娉婷不仅漂亮还这么孝顺，这不，过个生日，又是送补品又是送按摩仪的，高兴吧？"

素末原本已经走到了门口，一只手正抬起，准备敲门时，却被这句话生生喊停了动作。

室内的欢声笑语继续传出——

"可不是吗！我们这一伙人都说啊，学院里最幸福的当属院长了：夫人貌美，女儿孝顺，现在就连未来女婿也是个了不得的大人物呢！"

"说到这个，我们娉婷可真是太有福气了啊，听说今晚那位江先生还打算过来接院长和娉婷一起过生日是吗？"

素末的脚步原本已经停下来了，可听到这句话，竟生生往后倒退了两步——江先生？来接爸爸过生日？因为尹娉婷？可那所谓的"江先生"，不是洁癖最重最讨厌在外面吃饭的吗？就算出门应酬，也几乎从不会动筷子，所以从前的她才需要一次又一次装生气扮任性，好把那"把小女朋友宠得无法无天"的男人从饭桌上带走。

如今，风水轮流转，竟是他自己提出的用餐邀请。

讨论声继续传出，一波接一波——

"据说那位江先生好像是特别有名的策划人吧？我记得付冉就是他一手捧起来的！"

第三章 入戏

"看样子我们娉婷爆红是指日可待咯!"

整个办公室里欢声笑语,显然,她来晚了。就算特意不午睡提早出门,也已经晚了。

晚了,却还是听到了不应该听到的话。

尹院长的声音在众声喧哗中响起时,素末已经转过身,静静地离开了办公室。

"大家过奖了、过奖了!只可惜啊,好的只有娉婷,另一个女儿就和她妈一样,成天只知道惹我生气……"

素末自嘲地笑了一下,下了办公楼路过垃圾桶时,将手中精致的玻璃瓶扔了进去。

走廊深而长,散发着细微的尘土气息。时值午后,日光一缕一缕地透过树荫挤进来,在地上留下了浅浅深深的光影,却仍是冰凉。那玻璃瓶撞进垃圾桶时,发出了轻微的一声"哐",瓶盖被砸开了,薰衣草的香气开始散散漫漫地弥漫在周遭。

"你爸最近精神不太好,听说晚上不是失眠就是做噩梦,末末,趁着他生日回去看看吧。奶奶知道你委屈,可父女俩老这么僵着算怎么回事啊?"几天前在电话里,奶奶曾这么劝过她。

所以她将万花庄园里所有具有宁神功效的花都摘了下来,对比,配制,研磨,整整三天几乎不眠不休,调出了这瓶宁神的精油。却忘了时至如今,世上还有娉婷、补品和按摩仪。

正如妈妈过世时,在她和爸爸理应最悲伤最低迷的时刻,她竟然不知道,这世界上其实还有他的另一双妻女。

走出树荫茂密的长廊,夏末耀眼的日光猛烈地朝人罩过来,素末猝不及防地被罩得眼前一黑。

"同学?同学你没事吧?"身后有人迅速扶住她。

原来是她一个不留神,往后踉跄了一下。这一踉跄,使她满眼金星,外头金黄的日光一瞬间全成了惨兮兮的白。贱 Joe 的乌鸦嘴应验了,那一瞬间,素末只觉得眼前忽而白忽而黑,被身后的女同学扶住时,整个人软绵绵的,出不了一丝气力。

"我扶你去医务室。"女生当机立断,"来,慢点,这边走……"

素末迷迷糊糊地跟着她的脚步,也不知自己走到了哪里,只是

037

模模糊糊地跟着走，模模糊糊地躺到医务室，又模模糊糊地听着她说："我打电话叫你室友过来……"

她闭上了眼睛。

鼻息间充斥着消毒水的气味，身下的床单上，还有上一名暂居者留下的洗发水的气息。她的嗅觉过于敏锐，尤其在周遭静寂无声时，陌生的令人不悦的气息扑鼻而来，让人不由得屏住了气。

将她送到医务室的女生说："我打电话叫你室友过来。"

可她哪里有什么室友呢？"我没有住校。"迷迷糊糊中，素末似乎听到自己说了一句。

"那你家里的号码呢？是哪个？存了什么名字？"

家？她沉沉地闭起眼，太累了，真的累了，再也发不出一丝声音。

也不知枕着这些气味睡了多久，乱糟糟的空气里才添进了一缕好闻的木系香，混合着纸莎草轻微粉质熏感的草木气息，以及淡淡的麝香、大西洋杉木的气味。

味道如此熟悉，那不是她亲手调配出来的香水吗？那么久以来，这世上只一个人拥有。

那人有一双永远微笑的眼，有优雅从容的气质，有低沉迷人的嗓音，不知是在梦里，还是在梦外，那人说："医生，她怎么样了？"

素末眼皮一跳，迷糊的脑子瞬时清醒了大半。

"没什么大碍，就是过度劳累再加上吸入了太多催眠的药物。不过话说回来，这同学怎么会有机会接触到催眠药物？"

"她是调香专业的，最近正在调制一款催眠精油。"

医生点点头："这孩子身体素质不够硬啊，熬夜熬的吧？年轻人没好好锻炼身体，再加上长时间接触这种带有催眠性质的高浓度精油，人就犯晕了……"

"谢谢您，回头我会让她注意。"

苍老的声音不远不近，熟悉的木质香倒是伴着男人沉稳的脚步，越来越近。

很快，素末就觉得自己眼皮上多出了一只温暖的手，那手先是抚了抚她眼皮，然后又一路带到了额头，探了探体温。一系列动作

第三章 入戏

全都完成后,那道含笑的嗓音才传入她耳里:"既然醒了,就把眼睛睁开。"

原来早就被发现了装睡,素末不情不愿地睁开眼。所见与她想象的没有丝毫出入,她的视线所及,依旧是一张俊美而高贵的脸,还有她最熟悉的那只手,指节分明,手指修长又漂亮,可偏偏最喜欢往她脑袋上探。这不,探过了额头温度后,那手又探到了她脸颊,确定温度正常了之后,又要探到她头顶。可素末脑袋一歪,避开了。

第二次了。

江玄谦敛起眼底的笑意:"怎么,现在是碰也碰不得了?"

素末垂眸,几近无声地说了句什么。

江玄谦需要很认真地对着她的口型,才知道她说的是"本来就不应该随随便便地碰别人"。他笑了下,俯下身来,逗弄般地挨近她:"哦?你是'别人'吗?"

素末不应声,只是往里面稍稍挪了挪。

可这人锲而不舍,她挪一下,他就进一步:"生气了?"

素末没说话。

"因为八卦消息里写的那些,所以生气了?"

"才没有……"

"是吗?"摆明了不相信的语气。

素末耳根腾起了一片尴尬的红。

本来十岁时毫无预兆地多了个看她不顺眼的姐姐,一路过来,两人什么都得分着用,连父爱也是娉婷多她少地不平等地分着。成年之后,她多么希望自己的人生与那一对母女再无关联,可后来江玄谦进入她的生命里,再后来,尹娉婷竟又进入江玄谦的生命里。

是啊,她不是不别扭,不是不难过,可最不想听到的是"我们末末生气咯!""末末嫉妒姐姐吧?""这孩子真是小心眼!"曾经,这样的取笑盈满了她的青少年时期,几乎全来自父亲。

言者无心,听者有意。

她耳后的那片红迅速蔓延开来,从耳根处开始,飞快地染满了整个耳朵。阳光一照,薄薄的一双耳很快变成了近乎透明的红,看起来竟还有点儿可爱。

江玄谦勾了下唇角，伸手捏捏她耳朵："答得太快，有撒谎的嫌疑。"

素末连忙将自己的两只耳朵全捂住。

江玄谦忍不住笑了，这下还真是没再上前了："不说话了？"

说什么？反正在他面前，解释就是掩饰，掩饰就是有故事，何必？

于是尊嘴紧闭，为了尽可能和这人拉开距离，素末甚至将脸移向了窗外。

不知过了多久，之前晃得她眼花的日光渐渐弱了，只剩下夏蝉声嘶力竭地鸣叫着，像是在挽留即将落幕的阳光。

窗外蝉鸣，窗内沉默，光线渐渐地暗了下来，原来，已经是晚餐时间了。

素末突然明白了这人会出现在江大的原因——"听说今晚那位江先生会过来接院长和娉婷去过生日呢"，过生日的最佳时间快到了，能不出现吗？

耳旁传来男人像是开玩笑的声音："再不说话我可就走了？"

"走吧。"她依旧没回头，双眼只死死盯着窗外。

江玄谦突然笑了一声，轻轻扳过她的脸，两指箍住她纤细的两颊。

素末瞪大眼，就见这张英俊的面孔朝自己俯下来："该怎么留住一个男人，看来我们末末还是得多和姐姐学一学呢。"

她就像是被谁冷不防揭了伤疤："谁、谁要留住你！"

"哦？"江玄谦微笑，那一声"哦"拉得老长，退开身时，眼瞳里狡黠的光就像是在取笑她的不打自招，"没礼貌的小东西。"

素末死死咬着唇，不知有多懊恼自己回应了那句话。

笨蛋，别人根本就什么也没说，你不打自招做什么？蠢死了，尹素末，你真是蠢死了！

某人就像是觉得她这表情挺有趣的，原本已经要走了，可现在又变了主意，就俯在那儿，带着点逗弄的意思淡笑睨着她。

素末恼了："别看了，有什么好看的？"

"是没什么好看的，就普通人的脸，"目光往下一移，"普通人的身材。"看着小东西被他激得又闷又气恼,这家伙才笑出声,不逗她了,"好了,再休息一会儿,晚点钟先生会让司机来接你。"

挺拔的身躯终于直起,慢条斯理地离开了床沿。只是待走到医务室门口时,他又像是想到了什么,步子一顿:"还有,某些原料本身就具有强烈的催眠效果,这几天不准再碰那些东西。让我发现一次,"他声音阴柔地低了下来,"调香室你就别想再用了。"

素末蹙了一下眉,不,不是为了后半句的威胁。

男人话音刚落,她涣散的目光突然又有了焦距,那是脑中有重要东西闪过时的神情。

可素末只是静静地躺着,直到江玄谦的脚步声再也听不见,她才从身边摸出手机,拨下付冉的号码:"还联系得到那晚的当事人吗?我想,我可能知道豪朗的问题出在哪儿了。"

灵感之于调香师,很多时候不过是瞬息跃过的事。比如在工作室里调香时,比如当万花庄园里的第一缕花香钻入鼻中的时候。

还比如,这一刻。

豪朗是江海市顶级的餐饮娱乐机构,旗下设有餐厅、酒店、夜总会,消费皆是一等一地高,尤其那夜总会,奢靡程度简直与"天上人间"无异。

付冉联系不到当事人,不知怎的,事发第二天明明有一群人跑到派出所去寻求援助,可这会儿当付冉再去派出所索要当事人的联系方式时,派出所里的警察竟然说,当事人都不打算再追究此事了。

一个星期后,付冉替她约到的只有豪朗的负责人。

"尹小姐的意思是,当晚我们包厢里的香氛被人做了手脚?"

这人有一张严肃的脸,看上去英俊而且气度不凡,可很明显,并不喜欢商场上拐弯抹角的那一套。一见到素末,他开门见山:"尹小姐有什么证据吗?"

素末也便跟着开门见山:"证据目前为止是没有的,但以一名调香师的直觉,我认为香氛很可能与当晚的怪事有直接关系:第一,当事人一口咬定他们在打赏乞丐时都是没有意识的,这是一个非常奇怪的点;第二,我可以很确定地向关先生保证,事发当晚,包厢里的香氛并不是纯粹的 Flawless。"

"不是 Flawless？"这位关先生看上去挺吃惊，"可当晚我的员工将包厢从头到尾全检查了一遍，并没有人反映说，香氛和其他包厢里的有什么不同。"

"是没什么不同。或者说，普通人根本闻不出有什么不同。"

关竞风不解。

付冉解释道："我这位朋友的鼻子天生比普通人灵敏。那晚我俩不是偷偷跟着警察进去转了一圈吗？我也没什么感觉啊，可当时她就发现香氛的尾调有点儿怪了。"

"对，"素末点点头，每一个字说出口时，都是经过深思熟虑的，"那时候我还想不起差异究竟在哪里，直到前几天。"

直到前几天在医务室里，江玄谦不经意的一句"有些原料本身就有强烈的催眠效果"落下，素末才想起这世上确实还有一些容易让人犯晕，可她未曾知晓其气味的花种——曼陀罗、勃罗特花，甚至……罂粟。

"尹小姐的意思是，那晚的香氛很有可能是在 Flawless 的基础上又加入了某些有催眠功效的成分？"关先生凝眉深思了片刻，似乎也觉得有这种可能，"既然如此，那么尹小姐可否协助我们取得更进一步的证据？"

"这也是我让小冉找关先生过来的目的。关先生，我需要再仔细检查一遍豪朗的香氛，每一间包厢都要，看能不能在其他包厢里也找到那种气味，还有，我需要包厢事发当晚的监控视频。"

像豪朗这种级别的娱乐场所，基本上对外界放出的话都是"我们不会侵犯顾客的隐私，所以包厢里绝不会有监控"，但众所皆知，他们也不过是说说而已。

可素末没想到，关竞风这边说到做到，竟说当真没有"包厢监控器"。

"不过尹小姐随时可以过来检查豪朗的包厢，我带路。"

择日不如撞日，素末当下决定用完晚餐后就去。

大抵怕三人同座，除了豪朗怪事便不知道该说些什么，关竞风买过单之后就先走了，把空间留给了两名女士："酒店里还有些事要处理,我晚点过来接二位。"

懂得左右逢源的商人她这两年里跟着江玄谦见识过太多了,可像关先生这种看着很严肃,其实绅士又体贴的,还真是商业圈里的一股清流。

清流前脚一离开,刚刚在外人面前还有些端着的付冉就开始放飞自我,拍拍素末的手:"话说回来,你最近有和江 BOSS 好好谈过吗?他的神经病到底什么时候才能痊愈啊?"

"什么?"

"你不知道吗?上周那混蛋让我将尹娉婷插到发布会里当模特,这周那神经病又安排她见 TANG 的人,也打算让她到 TANG 的发布会上走秀!搞什么啊?那家伙是疯了吗?还真以为把野鸡捧上枝头,它就能像凤凰一样飞上天啊?有毒!"

素末没接话了。

自那天在医务室里见过江玄谦后,他每天早出晚归,她也日日将自己锁在调香室里,明明住在同一个屋檐下,可好几天过去了,两人竟只是在早晨的餐桌上见过几面。

仿佛没有什么可聊的话题。仿佛,她对他早已经不关心。

"我真是搞不懂他到底在想什么欸,那么精明的一个人,"说到这儿,付冉的声音低了下来,"你说,该不会是因为接了尹娉婷的策划案,所以江 BOSS 才会在媒体前扮成她男朋友来炒作吧?"

素末淡淡地笑了一下:"他是公私不分的人吗?"

"他是不是公私不分的人我不知道,可我知道,他是个不按常理出牌的人。"

"所以你以为,这回可能是为了某一个策划?"素末摇摇头。

怎么可能是为了策划?你看娱记们偷拍到的那一张张照片上,最讨厌外人碰到他的江玄谦,永远任尹娉婷挽着他手臂。

"小冉,他有洁癖。"

"什么意思?"

素末没有往下说了,飘忽的眼神从付冉脸上移到了后方,蓦地,眸色一暗。

"怎么了？"付冉顺着她的目光看过去——说曹操曹操到，曹操的速度真奇妙。此时突然出现在餐厅大门口的，不就是她们口中的男女主角吗？

只一瞬间，付冉便恍然大悟："我的天！"

是，她也发现了，口中的男女此时正出现在餐厅大门口，俊男靓女亲密无间，那尹娉婷甚至还紧紧地挽着江大神的手臂——她们家BOSS可是有严重洁癖的人呢！打认识那家伙起，她可是从来也没敢往他身上碰一下呢！可如今那女人竟如八爪鱼般牢牢黏在他身上！

"要不要换个地方？"付冉回过头来时，好友早已经收回了目光，神色如常地对着上菜的服务生道谢。

"不必。"素末摇了摇头。

此时浩浩荡荡出现在餐厅门口的有一群人，除了江玄谦和尹娉婷，竟还有那日在TANG的发布会之后，热烈邀请着江某人去小聚一番的唐总。

那时他不愿意去聚餐，非拉着自己去当挡箭牌，可如今呢？

一群人不知聊得有多欢乐，浩浩荡荡地往这边走来时，素末还依稀听得到那唐总盛情的赞美："江先生好福气啊，尹小姐人美又有才华，就连我女儿也是尹小姐的粉丝呢……"

只不过这回，此"尹"非彼"尹"。

"真的不用换地方？"付冉又问了一次。

"不用。"反正，那群人已经走过来了。

素末夹了块刚被送上来的柠檬鱼，入口之前，习惯性地嗅了嗅食物的气味，只觉得豪朗不仅娱乐事业经营得好，就连厨师的水平也是一等一的高，新鲜的柠檬香很完美地掩住了鱼腥味，却也更完美地烘出了鲶鱼甘甜的气息。她正想开玩笑说下一款香水可以用柠檬鱼来当主题，可话未出口，一阵宜人的香气已经蹿入了她的感观里。

那是素末最熟悉的百花香。在爸爸家中，在爸爸的调香室里，在过往很多很多的时刻，她曾那么刻骨地熟悉过——

"我们末末啊，真是百花中的小精灵呢！打出生后爸爸调的每一款花系香水都大受好评。等末末长大了，爸爸专门为你调一款百花香，好不好呀？"

"好呀！"女童笑眯了眼。那年春天，百花盛开，撩人的芬芳里有她最美好的往昔，关于阖家欢乐，关于传统意义上的幸福甜蜜。

而如今，爸爸说过的香存在于另一个人的身体发肤里。那个人有装腔作势的笑容和甜得腻人的声音，就连姐妹相逢的场面，也被她演绎得浮夸又造作："呀，是末末啊！"

百花香气已经来到她身旁。

素末抬眼，神色淡淡地对尹婷婷颔了颔首，就像每一场再平凡不过的相遇。

再回过头时，她朝好友比了比那条鱼："你仔细闻一下这条柠檬鱼的味道，我刚刚就想，也许下一款香水可以用它来当主题。"

到底是多年朋友，付冉迅速领悟了末末的用意："食物味的香水吗？那不是很奇怪？"

"怎么会？YSL 有'醉爱'，鲁宾有'琴酒'，祖马龙有'龙舌兰可可'，全是酒味香水，那我们为什么就不能调一款食物味道的香水呢？"

"那你打算以哪个味道作为前调？柠檬香？还是柠檬加上海鲜的香？"

有默契的女孩们看似迅速进入了一个有意思的话题，可事实上，不过是相互配合着，以漠视的方式让不受欢迎的人主动离开。

这一来一回，赶人的意味就甭提有多明显了。

可偏偏被赶的人熟视无睹："来来来，我给你介绍一下，末末，这是江玄谦先生，我的'好朋友'。"

末末："……"

小冉："……"

敢情全情投入地演了一通，这女人就是死活不肯入戏呢？

一众人等纷纷变了脸，尤其是那同时见识过双"尹"的唐总，尴尬得一双老眼都不知该往哪儿搁，新欢旧爱齐亮相，怎么回事？这新欢是在向旧爱示威吗？

只见新欢雄赳赳气昂昂，从头到脚的每个毛孔都流淌着炫耀和

江海不渡

小人得志的气息："对了，我怎么就给忘了呢，末末好像是在 Caesar 手下做事？话说回来，Caesar 你可别因为我就特别优待我妹妹呀，毕竟年轻人还是需要多锻炼锻炼的……"

付冉百无聊赖地翻了个白眼："果然狗嘴里吐不出象牙！"

素末却是不置可否，只以余光扫了眼对面的男子。

还是那一道招牌式的绅士微笑啊，尽管有那么多双眼正暗中觑着他，那么多颗心正悄悄揣测着他与在场两女之间究竟是怎么一回事，可他当事人，却偏偏淡定成了旁观者，清醒、理智、从容得可怕。

那厢尹娉婷还在喋喋不休，素末已经搁下了筷子，淡淡打断她的话："用餐时间到了，诸位是否能动一动，别站在这儿扰人清净？"

话说得一点儿也不客气，余光却是半分也没往江玄谦那儿送去。

哪知另一位"尹"的脸皮厚如墙："既然这么巧在这儿碰到了，不如就一起坐吧？"

"别，可别！"付冉迅速将这建议扼杀在摇篮里，"说实话尹大小姐，您要坐我对面，我还真怕自己消化不良呢。"

她朝尹娉婷一笑，明明嘴里是毫不遮掩的讽刺，可这家伙就是有办法将表情调得自然又甜蜜："再说，我们这儿已经有人了，各位，请你们走好吧。"

有人了？

旁边许久也没动静的江玄谦轻挑了下眉尾。

付冉突然高高扬起手，朝门口的方向使劲挥了挥："关先生，这边这边！"

正是刚刚离去的那位绅士关先生。

半分钟前——

付冉眼见着尹娉婷如狗皮膏药怎么都赶不走，遂一手伸到饭桌下，拿起手机发了条短信：关先生，江湖救急！

半分钟后，高大的男人去而复返，朝他们走过来，同时对着两名女士提了提手中的奶茶："刚素末不是说想喝热红茶吗？来，小心烫。"

严肃、寡言，可举手投足间却透着股淡淡的亲密。

素末怔住了。

就连尹娉婷也瞪大眼："你是？"

男人这才抬起头："敝姓关，关竞风。"目光不经意地对上江玄谦含笑的眼瞳时，他微微点头。

"呀，是关总啊，好久不见好久不见！"这下唐总总算是把人给认了出来，"难得能在公众场合遇到关总哪，幸会幸会！"

关竞风和唐总简单寒暄了一下，又举目看向众人："诸位请随便坐，今天赏脸光临鄙人的餐厅，这一顿就算关某的。"

这下不只尹娉婷，就连素末也错愕了，这么说来，这人就是豪朗的老板吗？

之前小冉只同她说这是豪朗的负责人，可她怎么也没想到，竟是这么大的一个负责人。

付冉愉快地眯起眼，就见娉婷一副受了惊的样子——哈！什么叫有眼不识泰山？尹娉婷是也。

识了泰山后的尹大小姐简直不敢相信自己的妹妹竟能攀上这么一座山："关总和我妹是……"

素末莫名地看向她："什么时候姐姐变得这么关心我了？真是荣幸。"

娉婷的一张脸红成了猪肝色，尤其当关竞风也用一模一样的神情瞥过她，问素末"这就是你姐姐？"时，娉婷尴尬得接话也不是、不接话也不是——简直可以想象这死丫头究竟说了自己多少坏话，所以此时这姓关的才会是这么副表情，可恶！

这念头方过，娉婷便讪讪然地挽住江玄谦的手："呃……Caesar，要不然我们走吧？快没位置了。"

可江玄谦连看也没看她一眼。

那双桃花眼里依旧含着笑，看似无丝毫异样，可不知为何，众人只觉得从脚底蹿上丝丝的凉意。

关竞风将红茶递给素末，江玄谦的桃花眼就盯住那一杯红茶；关竞风似不经意地将手搭到了素末的座椅靠背上，那桃花眼就盯住了座椅靠背。

众人眼底的怀疑如潮涌，人人心中都有一把尺，暗暗丈量着眼前男女表面的非表面的关系。

倒是这尹素末，没事人一样地打开红茶的封口，扭头对关竞风说："我替你叫了份牛油果沙拉。"

一来一去，多么像早就约好了的样子。

江玄谦危险地眯起眼，旁边的人都看着他，他却毫不掩饰地注视着那双亲密的人影。好半晌，他才忽地转身："到隔壁吃吧，这里客满了。"

付冉："客满了？哪儿满了？旁边还有位置呢！"

当然，除她之外，所有人都十分有眼力见儿地确定"客满了"。

一众人跟着江玄谦离开了餐厅，很快，交流声又和谐地响起。

尹娉婷迟了一步跟在他身后，心中犹豫着方才这男人看也不看自己一眼究竟是什么意思，生气了？抑或，只不过是无心之举？

本来嘛，江玄谦这样的男人对一个女人好，怎么好、能好多久，那都是说不准的事。君心难测，她测来测去也测不出个所以然，所以最终还是硬着头皮走上前，就当刚刚那事没发生过一般，将手再度挽入他臂弯。

可这会儿，她手才刚碰上他，江玄谦的声音便起："你知道中国那么多成语里，我最不欣赏哪一个吗？"

"啊？"

"是'狐假虎威'。"声音依旧优雅，笑容依旧温存。

可娉婷只反应了一秒，就打心底蹿上了股恶寒——狐假虎威？这"狐"指的是……

是。

江玄谦在话落之后便抽出了被她勾住的手，转过头："突然想起合伙人还有些事要找我，这样吧唐总，详细的合作方式您和尹小姐谈如何？"他微微一笑，用商量的口气说出不容商榷的建议。

当然，合伙人 Joe 此时正远在英国，能有什么事找他？大家心知肚明。

从这一点上来看，江玄谦这人还是挺任性的——他不痛快了，身边的人也别想痛快。

只不过这些人都不是尹素末,不像尹素末对他那般了解,所以在听到这突来的话时,还有些不敢相信。

可他已经拿起了手机:"钟先生,让司机过来接我。"

关竞风寡言,素末亦寡言,自那群人离开后,她只匆匆扒了几口饭,便说:"我们去包厢里走一趟吧。"

可事实上几十个包厢走下来,素末再也没发现异样。那晚形似Flawless的怪异香氛就这么消失了,她有点儿失落:"很抱歉关先生,我早该想到的,既然香氛是那晚有人特意换掉的,那现在应该就不可能还找得出来了。"

没有包厢里的监控录像,香氛亦查不出异状,就连包厢外的监控录像也因距离太远而看不出客人们具体是谁,离开豪朗时,大家都有些意兴阑珊。

付冉在时倒还好,时不时和关竞风说两句话。等关竞风的车开到了她家门口,付冉离开后,车里就真真应了那一句"静得连一根针落下都听得到"了。明明里头还坐了两个人,可没有一个想说话。车内没开收音机,如此静默,素末却也不觉得如坐针毡。

想来是这两年里被江玄谦练出来的吧,她突然又想起了那个人,想起无数个普通的周末午后,他没出门,她不上课,两人就安静地坐在万花庄园里看一下午的书。

自认识他之后,耳濡目染,素末渐渐地也对古文化产生了兴趣,常常看着看着,便入了迷,有时候看到不解处,还要挪到他身旁,拉拉他衣角:"这句话什么意思啊?"

一个土生土长的中国人,比他还不顶用。

通常这时候,那家伙总要先取笑她两句才拿过书,一只手习惯性地在她发间揉了揉:"你看这一句……"

无数,无数的午后。无数,无数的好时光。

车厢里响起了关竞风的声音,在车子快抵达目的地时:"那么喜欢一个人,为什么不告诉他?"

"啊?"素末还没从回忆中抽出身来,足足反应了一分钟才明白他说的是谁,只是关竞风口气平淡,仿佛所聊不过是一个公开的秘密。

可……是公开的秘密吗？她淡淡地垂下眼皮："怎么会这么问？"

"刚刚将手靠到你的座椅靠背上时，我发现你下意识地看了那个人一眼。"

只一眼，真相已昭然若揭。

素末无力地瘫到了副驾座上。

原来自己那满腔可笑的情意，竟暴露得这么彻底。

那么喜欢一个人，为什么不告诉他呢？

"没有告诉他，自然是因为有不能告诉他的原因吧。"

"比如？"

"比如，他不喜欢你。"

关竟风没有说话了。

车子在并不宽敞的马路上缓缓开着，九点钟的城市，夜已经开始妖娆，满街的车和人匆匆忙忙地赶往目的地，唯霓虹灯耀眼地亮起，火树银花般，勾勒着这城市繁华的风貌。

关竟风在她下车前又说了一句："从男人的角度来看，你那位江先生似乎挺不高兴，我是说，对于你我刚刚的那场戏。"

素末的眼底有一丝压抑的波动，口上却只说："也许关先生还不了解他。"

"也许是尹小姐不识庐山真面目，反倒关某，旁观者清。"

是吗？旁观者清吗？

那一瞬，压抑的波动突然从她眼底直勾勾地降落到心底，就像是什么陈旧的情绪突然间爆裂开。

曾经旁观者小冉还信誓旦旦地同她说："你看江老板那样子，说对你没意思谁信啊？除你之外其他女人他连碰也不敢碰一下，不和你在一起，那家伙是打算打一辈子光棍吗？"

曾经旁观者 Joe 也一次次暗示江玄谦对她的意思："你看看我哥，连儿子也是领养回来的，就因为嫌外人脏，觉得这辈子永远也不会有女人缘。可你看他对你，整天又是摸又是哄又是抱的，我说末末，要不你就把我哥给收了吧？你看睿睿小宝贝多可怜，大家都说他是'没妈的孩子'呢。"

可那时江玄谦只是冷笑了一下,当场让他闭嘴。

是,闭嘴。

没有人知道她与这个人初次相遇时的场景,但凡有个知情人,那这样的馊主意是无论如何也不可能被说出口的。

那时她还未入住万花庄园,初相遇时,江玄谦就清清楚楚地同她说过了:"想让我在万花庄园里给你腾一间调香室,可以,不过我有两个要求:第一,合作关系只三年。这三年里,你调香所取得的所有收益,我要占百分之八十,为此我可以给你提供全世界最顶尖的调香设备以及来自各大公司的精油。第二,你我只是工作关系。"

见她睁大眼,好像不太明白这所谓"条件二"到底什么意思,江玄谦又解释道:"意思就是,让你好好调香,不要学外头那些蠢女人妄想利用职务之便接近我,一旦让我发现你有这倾向,"他微微一笑,说这话时,声音温和得一点儿也不像是威胁,"我会即刻将你'请'出万花庄园,明白吗?"

那时她还不过十八岁,连大学都还没上,简单清明的世界里除了调香和自家那点儿破事外,再无其他。之所以会找上江玄谦,一是因为他的身份,二是听小冉说这人拥有一座繁盛的庄园,里头栽种了数千种常见的不常见的花。她跟着好友来了一次,只一次,素末便爱上了那个姹紫嫣红的世界——全宇宙的花香仿佛都聚在了那里,她灵敏得异于常人的嗅觉第一次感到挫败:是,里头竟然有那么多她从来也没有见识过的香气!

几天后,素末通过付冉联系上了他:"您好江先生,可以和您谈一项合作吗?"

不过是最单纯的建议,哪知这人竟自恋到这程度,直接开口让她"别妄想利用职务接近我"。

素末足足愣了半分钟,才反应过来自己被这人用最温和的口吻给羞辱了,一时间,又是恼又是窘又是怒:"江先生,这个您大可以放心,我只喜欢同龄人!"

结果江玄谦听到这回答,倒是来了兴致。原本一边同她说着话一边还在翻着本《孙子兵法》,这会儿倒好,直接将《孙子兵法》搁到一旁,那含笑的桃花眼睨过来:"哦?尹小姐这意思是,江某太老了,入不了您的法眼?"优雅的微笑从眼底漾开,完美地染到了唇角。

他的气质原本就有些妖,此时又笑得这么魅惑,倒教素末不敢多直视了,一句话说得吞吞吐吐的:"我、我的意思是……"

"嗯?"

俊脸毫无预兆地靠近她,惊得素末连连后退:"是、是……总之,我对江先生绝对不会有任何非分之想!"

他这才满意地点头,口吻温和道:"好孩子,记住你的话。好好遵守约定的话,三年后我会让你成为调香界最耀眼的新星。"

其实成不成为什么"耀眼新星"她倒无所谓,真的,当一个人对自己的事业热爱到了某种程度,外界赞美再盛,也不过是水中月镜中花,比不上在实验室里调制出新香水的那一刻来得欢喜踏实。

可她终究记得他的话。两年多以来,始终牢牢地记着,半分也不敢逾越。

再回到万花庄园时,已经是夜里十点。

一道老绅士的身影候在大门口,看样子已经等很久了。一见素末,老绅士赶忙堆出优雅又和蔼的微笑:"尹小姐回来了?先生在书房里等您呢。"

那是江玄谦的管家钟老先生,素末一听这话就猜出了大概:"他……回来很久了?"

"嗯,有一会儿了。尹小姐还是先上书房一趟吧,我担心先生等久了会不高兴。"

她点点头,速速前往江玄谦书房时,又听到钟先生颇有内涵地添了句:"也不知为什么,今天先生一回来就将自己关在书房里,谁也不理呢。"

素末脚步一顿,心中已经了然了。

江玄谦的管家就和他本尊一样,说话做事永远优雅又得体——"先生今晚不知为什么一直不说话呢",意思就是:我家先生心情很不爽大伙儿小心哪;"先生今儿不知为什么一直没下楼呢",意思就是:你们谁都别去惹他,否则看不到明天的太阳别怪我老钟没提醒你啊;"先生今儿不知为什么一回来就把自己的关在书房呢",意思则更加简单明了：你们谁？谁惹的他自己去送死，快去，不送！

而今晚的素末，属于第三种。

想来是今晚在餐厅里的"卖力演出"惹得那禽兽不痛快了，她无奈地叹了口气，朝钟先生点点头，走了上去。

热爱中华古典文化的江玄谦正坐在书房里，今夜阅读的书为《老子》。

听到敲门声，他应了声"进来"，抬眼见到来人是素末时，口气也没变："这么早就回来？不多玩一会儿？"

依旧温和而优雅。素末腹诽：再多玩一会儿恐怕连门也进不了了吧。可她面上当然一丝痕迹也没敢露出来，只说："到豪朗走了一圈就回来了，只不过刚刚在中途散了会儿步，耽搁了一点儿时间。"

"哦？关总这么不知情趣，还让女朋友走路回家？"

素末："……"

"还是说两人浓情蜜意，嫌车程太短，干脆改成了一起散步？"

这人如果想让你闭嘴，永远有一万种方法。尽管这人脸上还罩着层温和得不得了的微笑，可浑身上下的每个毛孔都透露着同一个信息——你，给，我，闭，嘴。

素末当机立断地闭了嘴，一句话也没敢说。

江玄谦这才愉悦了一点儿。当然，这点儿愉悦也只有在他身边跟了两年多的素末才看得出来，要换了别人，估计这老狐狸情绪都七上八下过好几回了，也没人能瞧出一丝丝端倪。

他法外开恩地招招手："过来吧，给你看点儿东西。"

那本《老子》被反扣着放在书桌上。在《老子》的旁边，是江玄谦工作用的 iPad。

素末依言过去时，就见他划亮了 iPad，屏幕上出现一张奇怪的照片：看上去像是对着沙发的某一角拍的。

"这是……"

江玄谦划动长指，照片往左移，紧接着，出现了第二张照片。

那是一个 U 盘，孤零零的一个 U 盘，映在 iPad 的屏幕上。

莫名其妙。

素末看了半天也没弄明白江禽兽招她过来的用意："一张沙发和一个 U 盘，你让我看这个做什么？"

"图二是 U 盘没错，"江玄谦将照片又移到了上一张，"可图一，你确定看到的只是沙发？"

"嗯？"

朽木不可雕啊，江玄谦摇摇头，没拿 iPad 的那只手扣住她脑袋，按着她的后脑勺将她的脸对向自己："想来是关先生魅力太大，把我们末末迷得七荤八素，才害得这本来就蠢的脑子现在更不灵光了吧？"

素末："……"

"胡说什么呢？"她脸一红，也不知是气的还是心虚的。

她跟关竞风本来就什么都没有，不过是为了呛一呛那嚣张的尹娉婷，才合着在众人面前排了一场戏。眼前这禽兽何等精明，能看不出来吗？

"我和关先生其实——"

"我没兴趣听你俩的故事。"

素末："……"

那到底是谁先开始的话题？干吗还开始这话题？莫名其妙！素末简直无语："那你说，图一到底是什么？"

"你跟着关竞风回豪朗想得到什么，这照片里就是什么。"

"啊？"这下再也顾不得气恼了，素末看向第一张照片上的红光，"你是说……"黑色皮沙发，某个角落里，一个微型监控器正吐着红色的光，"你是说，这监控器就装在事发当晚的包厢里？"

"没错。"

"不可能啊，关先生明明说……"

他眼睛微眯了眯，这下素末就算是脑子反应再迟钝也看出来了，这人虽然老是自己"关总"长"关总"短的，可只许州官放火不许百姓点灯，一点儿也不想从她口中听到关竞风的名字。莫名其妙！

素末讪讪然地咬住了唇。

江玄谦这才满意了些，松开扣着她后脑勺的手，指向 iPad："豪朗这种等级的娱乐场所，当然不可能在包厢里明目张胆地装监控。

第三章 入戏

可老板不这么做,不代表他下面的人也不做。"

说着,他将 iPad 上的照片再往右划,第三张照片露出来了:"还记得她吗?"

素末一看:"豪朗的夜总会经理?"

"没错,正是那个用 DR 香水的夜总会经理。不过付冉去找当事人时,这人就已经不在了,知道为什么吗?"

素末摇头:"为什么?"

"因为,那监控器正是她装的。"

这下子素末更蒙了,喷 DR 香水的夜总会经理在包厢里装了监控器,然后,小冉去找当事人时,她就消失了——什么逻辑?

"我不理解,你说得再明白一些好吗?还有,这监控器和豪朗怪事有关系吗?不然你为什么说这是我想要的?"她絮絮叨叨问了一堆,好半天才见江玄谦张了张他那尊贵的嘴。

可尊贵的声音实在小,素末听不见:"你说什么?我刚没听清楚。"

"我说,你和那姓关的到底是什么关系?"

素末:"……"

难怪她会没听清楚,人家这边谈着 U 盘监控器呢,他倒好,莫名又转到了那个风马牛不相及的话题上!最紧要的是,刚刚是谁说自己"没兴趣听你俩的事"的?莫名其妙!

莫名其妙!

"江老板,我们在讲正经事!"

"我很正经啊。"江老板耸耸肩,一只手顺势关上了 iPad,"你也知道的,我这人没什么优点,就是对一起工作的伙伴比较上心。什么时候我的工作伙伴傍上了关竞风那样的青年才俊,还在餐厅里你侬我侬,恩爱秀了我一脸……"他俯下身,那双桃花眼逼至素末面前时,她突然心惊地发现,里头伪善的温和统统消失了。

素末心头一凛。

然后,听到男人陡然冰冷的声音:"你今晚,简直是在秀智商下限。"

"你!"素末脸暴红。

055

"怎么，生气了？"

她咬着唇，一双黑白分明的大眼衬着暴红的脸颊——不，不是气的，而是昧着本意演了一出可笑的大戏后，被不留情面地拆穿后的羞窘。

这人明明一开始就想笑话她，却偏偏要伴装成好心人，先逗逗她、说点她想听的话，将她引入自己一手编出的迷局后——不好意思，爷现在不想逗你了，迷局至此为止，当然，谜底你也别想听。

可恶！而更可恶的是，江禽兽一点儿也不觉得自己做错了，还是那样含笑地看着她，看着她又羞又恼，整张脸都涨红了，看着她忍无可忍地转过身，大步地朝门口走去。

"我话还没说完，你想去哪儿？"身后传来禽兽凉薄的声音。

"不关你的事！"

"确定不关我的事？"他微笑，"好吧，是不关我的事。不过宝贝儿，别怪我没提前通知你，这门一踏出，后果可是得自负的。"

温和的威胁从身后传来时，她已经握住了门把。

后果自负？呵，好一个后果自负！

门把拉下，大门打开，身后江玄谦已不再说话了，可身前传来了大惊失色的叫声："啊——"

素末被吓了一跳，就在门被拉开的那一刻，两道身影顺着房门滚了进来，咚！跌到地上。

门外，有人偷听。

一老一小，原本偷偷摸摸地趴在书房门上，这会儿大大咧咧地摔到了地上，姿势出奇统一，模样出奇滑稽。

那老的穿一身正装，满头花白的头发被梳得整齐又时髦；那小的有一头又细又软的黑发，却配着两颗象征着混血儿的深褐色大眼，眨呀眨，眨呀眨，眨到他家老爹的脸上时，又心虚地挤出一记又萌又蠢的笑："Hi，爹地！"转过脸，再看向素末："Hi，末末妈咪！"

素末简直无语："钟先生，你怎么又带着睿睿偷听？"

让人哭笑不得的是，这老先生面上看着优雅又绅士，完全是典型的传统英式老管家，可两年来接触越多，素末便越发现这家伙不仅"偷听癌"晚期，还总喜欢拉着睿睿一起偷听她和江玄谦讲话！

不过被偷听的另一名主角却毫不惊讶，就像早算准了门外有人般，江玄谦勾勾手，顺势吩咐起老管家："钟先生，把手机给我。"

"好嘞。"钟先生优雅又抱歉地朝素末一笑，随即，又恢复了他那英式管家的优雅，优雅地起身，优雅地从口袋里掏出一部手机，同时不忘拿出消毒湿巾擦了擦，"先生，手机在这里。"

从容不迫，恭敬自然，就仿佛他趴在门上偷听，其目的也不过是随时等待主人下令。

主人："替我接到 Joe 那边。"

"好的，先生。"钟老头儿笑眯眯的。

一来一去，配合度高得让人无力吐槽。

电话很快被挂到了大洋彼岸，不过不知是时差问题还是 Joe 那家伙正春风得意马蹄疾，钟先生握着手机听了大半天，也不见人接。

小朋友已经悄悄地爬了起来，趁着他家爹地不注意，一步步往素末身边挪。这还不止，挪到了之后，这家伙还得将小小的身子往素末怀里黏，软绵绵地抱住末末的手，软绵绵地操着他那口不标准的普通话："末末妈咪别生气，我们不是故意要偷听的，我们只是担心你。"

"担心？"江玄谦睨了眼他那吃里爬外的好儿子。

他爹好好的一个大活人立这儿，小东西理都不理，一个劲儿地跑去担心别人。江禽兽笑睨着素末："你倒是把我儿子收拾得服服帖帖。"

话音凉凉的，素末哪听不出这话里的讽刺，不过小朋友倒是听不出，还笑眯眯地回他爹地道："因为睿睿喜欢末末妈咪呀！妈咪身上好香，就像是集中了全世界所有的花香。老师说，这叫'妈妈的味道'！"说着，小手还软乎乎地抱着素末的腰。

热情洋溢的告白染红了素末的脸，真是既好笑又无语。偏偏这小家伙还要缠着她："末末妈咪，你今天还没给我检查作业呢，今天老师让我们折一座房子，然后说，今天不能再让爹地签名了，要妈咪签哦，因为她都不知道妈咪的名字呢！"

江玄谦似笑非笑地盯着素末，就想看看这丫头准备怎么回。

不过没等到她回，钟先生已经将电话接通了。江玄谦接过时，就像是想到了什么，并没有直接将电话拿到耳边："对了，刚刚你不是问我豪朗夜总会经理装了监控后就消失是什么逻辑吗？我现在突然有兴致告诉你了。"

见末末眼底瞬间亮起了希望的光，他满意道："因为监控器的像素太高，把包厢里的人都拍得太清楚了。Joe 高价买下监控录像后，以防万一，也为了监控器里的人不找那夜总会经理麻烦，亲自将她送出了国。"说罢，他微微一笑，看着素末如梦初醒的脸，"没错，这就是 Joe 突然'出差'的原因。"

素末："你的意思是，录像已经在你们手上了？"

他却不再回答了，只是将手机移到耳旁："你在电脑前吗？对，就是那个装监控录像的 U 盘……嗯，把视频删了。"

"江玄谦！"他说什么？删了？真是要疯了！

素末赶忙跑到他身边，伸手就要抢手机："别这样！"

可电话已经挂断了。

她想抢过手机让 Joe 别胡来，可这人"高抬贵手"——真的是高高抬起了他的手，欺负素末个儿矮似的，故意将手机举高。于是一高一矮在那儿抢着一个小小的玩意儿，场面甭提有多生动。

钟先生沉默，江睿沉默。一老一小忙低头，不敢多看这惨不忍睹的画面一眼。

三分钟后，江玄谦垂下手，摊开素末的纤手，将手机放入她掌心："来，随便打。"

混蛋，这时候打还来得及吗？素末恨恨地瞪着他，禽兽！

可她一句话也说不出来——用付冉的话来说，这丫头就是在最愤怒的时候永远说不出一句话来，因为脑袋一片空白，可怜的脑容量只够她生气，于是永远任人欺负，永远要到争吵已经完了、最愤怒的时候过了，才如梦初醒地反应过来自己有多蠢，懊恼得恨不得能拉上对方重新吵一次。

当然，永远也吵不成。

此时的素末就是这么个状况，气得眼睛都红了，可偏生江禽兽没有一丁点儿愧疚，反而愉悦地摸了摸她脑袋："傻孩子，做什么非得挑衅我呢？惹得我不痛快了，你以为，我能让你痛快？"

"所以你把我叫进来，就是要证明你不痛快了我也别想痛快，是吗！"

"不然呢？"

混蛋！她气得发抖。就为了证明自己狂跩酷炫的本领，他就把她想要的东西取回来，当着她的面摧毁！混蛋！

睿睿小心翼翼地看着她，看着看着，又小心翼翼地拉了拉她的手，软软地喊："末末妈咪，别生气了……"

结果安慰的话还没说出口，江玄谦的目光就递了过来。阴阴的，凉凉的，充满警戒味道的目光。

老管家生怕这倒霉蛋会被弹成炮灰，速速拉起小朋友的手："宝贝儿，睡觉时间到咯！"

可宝贝儿哪舍得离开他妈咪，他甩了甩手，想将钟先生甩开。

那边某禽兽的目光仍灼灼，这边钟先生无语凝噎："乖了，钟爷爷今晚给睿睿讲个睡前故事——不，讲个大道理好不好？"

"什么大道理？"

"来，一边走一边说——欸，真乖！"

江玄谦这才收回目光。

睿睿已经被拉离了素末身旁，江玄谦又露出了自己那衣冠禽兽的微笑，言下之意，现在就我们俩了，没有了靠山，来，我们来算总账。

谁要和他这种人算账？

"江先生，我和你无话可说。"

"那不妨听我说。"

"没兴趣！再见！"认识以来第一次，素末这么大逆不道地回怼她的投资人。

怼完后，愤怒地转身，准备跟在那一老一小身后离开。

可脚才刚迈开，那钟老头的"大道理"便悠悠传了过来："钟爷爷的大道理就是，睿睿长大以后，可千万别学你末末妈咪。"

素末不由得顿住脚。

当然，江玄谦也听到了，不着痕迹地走到她身后，似乎也挺好奇这老头儿的高见。

睿睿："为什么呀？不是应该别学爹地吗？他那么可恶！真的，超可恶的！"

江玄谦的唇角抽了抽。

钟先生说："你想啊，爹地虽然可恶，可那也是因为妈咪太好欺负了，所以他才能动不动就欺负她啊，对不对？"

"对。"

"所以，睿睿以后是想当那个欺负人的，还是想当那个被欺负的？"

"欺负人的！"

素末："……"

江玄谦："……"

多么言简意赅的讽刺，素末转过头，冷冷地看向小朋友口中的恶人："中国有一句古话，不知江先生想听不想听，"当然她不会让他有机会说出"不想听"，口吻讽刺地接下去，"上梁不正，下梁歪！"

江某人的眼睛眯了眯。不过老狐狸就是老狐狸，哪有那么容易动怒的理？连正面回应她的挑衅也懒得回，这混蛋只闲闲地叫住老管家："钟先生。"

"是。"钟先生停住脚。

"从明天起，你可以回英国了，我会在 Rye 买一栋小房子，让您老人家安享晚年。"

素末简直不敢相信这个禽兽说了什么！

可让她更不敢相信的是，剧情竟然就在下一秒呈现让人气到发笑的大反转——

只见老管家的唇角抽了抽，然后，优雅地松开小朋友的小手，优雅地回过身，优雅地朝他家先生鞠了个九十度大躬："先生，我收回刚刚的话。"

再转过身去，老头儿蹲下身，很认真地看着小朋友："睿睿长大了应该学爹地，因为爹地绅士、睿智、长得帅，可受女孩子们喜欢了。你看，就连那个漂亮又有名的网红尹阿姨，都成天黏着他不放呢！"

江睿:"……"

素末:"……"

江某人呢?就见他微微一笑,看起来似乎挺满意的样子:"时间不早了,带睿睿去睡觉吧。"

素末:"那我的视频……"

他声音轻柔:"删了。"

她真是要被气晕了!

转头,愤怒地越过这老中小三人,素末气呼呼地往自己的房间走。

不客气的关门声传来时,江玄谦收起了捉弄神色,回头吩咐钟先生:"让她给我在家躺三天。"

"啊?"

"为什么呀?"一老一小同时出声,前者钟先生,后者江小睿。

江玄谦走出书房:"你妈咪前几天才在学校里晕倒,你说为什么。"

"啊!"这一回,当江小睿还维持着紧张兮兮的神情时,钟老头已经由紧张转成了正常,然后,一脸了然地摇起头:"啧啧啧……"

啧啧啧,这先生哪,让他老钟说什么好呢?

睿睿还要缠着江玄谦问他妈咪的情况,钟先生却直接将他拉离了现场:"你爹地现在正在气头上呢,别去惹他。"

"谁说的?爹地明明在笑呢!"

"是啊,气笑了。"

"关总这么不知情趣,还让女朋友走路回家""还是两人浓情蜜意,嫌车程太短,干脆改成了一起散步""什么时候傍上了关竞风那样的青年才俊,还在餐厅里你侬我侬,恩爱秀了我一脸……"——啧啧啧,瞧这话说得……多酸哪。

隔天一早,素末从楼上下来时,老钟刚好将他的围裙摘下:"尹小姐来得正好,可以吃早饭了。"

万花庄园里只住了四个人,可每一个早晨,拜醉心于烹饪的钟

061

先生所赐,餐桌上永远摆着超过四人份的美味早餐:清粥小菜、炸油条、咸香肠、牛角面包、茄汁黄豆、素末和小朋友的热牛奶,再来一壶江玄谦喝惯了的金骏眉,中餐西餐,配着从窗外射进的晨光,以及桌上还沾着晨露的郁金香,整张餐桌美好得令人食指大动。

可素末的食指却不动:"不了钟先生,我急着去上课,就不吃了。"

"可先生刚替你请假了呢,你们辅导员说,这三天你都不必去学校了。"

素末原本想摸一摸睿睿那柔软的头发,听到这话,生生停下了动作:"请假?为什么要请假?"

"因为小姐在学校晕倒了呀!"

很快她就反应过来了。当然,没有多想,素末甚至连看也不看那始作俑者一眼,便转身走往了另一边:"那我去调香室。"

"可先生说,调香室外面的花圃要重新翻,这几天就不开门了。"

"那、那我去小冉那边。"

"付小姐已经飞去米兰了呢,说是意大利那边有场秀,江先生让她去看看。"

太过分了!一大早让人飞米兰?这是想让她无处可去吗?

昨晚被硬生生压下的怒气瞬间又腾起,素末气愤地瞪向餐桌最尾端的男人。

可人家还是该看报看报,该喝茶喝茶,最多不过是对着钟先生吩咐一句:"别让尹小姐吃油条,她今天上火。"然后,继续喝他的红茶。

见鬼的上火!

素末气炸了,二话不说,直接扭头上楼。随后任钟先生任睿睿连番上阵请她下楼来吃饭,她就是一句话:"我不饿,你们吃吧。"

早上,中午,晚上,第二天……始终如一。

第三天中午,当钟先生再一次收到那声"我不饿"之后,老头儿终于憋不住了,踱步到他家先生身边,毕恭毕敬地建议道:"尊敬的先生,我说,要不然您就把东西给尹小姐吧,看她天天这么不吃不喝的,胃哪能受得了啊?"

那时江玄谦刚用完了午餐,正坐在沙发上看报纸,闻言只是翻了面报纸，淡淡道："别理她。"

"可是……"

"几岁了还像个不懂事的小姑娘一样，以为闹一闹，想要的东西就会主动飞到她手上？"

"可她最近身体真的很虚弱啊，先生又不是不知道她才刚晕倒过。"

"是，我知道。"

"那……"

"不只我，钟先生你也知道，不是吗？"

"哈？"什么意思？

江玄谦冷笑了一下，这会儿终于搁下报，正视他的老管家："钟先生，有时候我还真挺想知道，给你付工资、买衣服、发红包、挑保健品的究竟是那丫头，还是我。"

"先生您说什么呢！"钟先生差点儿跳起来，"我老钟以自己的人格发誓，老钟对先生绝对忠心耿耿，天可明鉴！"

"哦？"还以自己的人格发誓了，可见这年头人们对于"人格"二字的理解有多苍白。

他似笑非笑地挑了下眉，垂头继续看报，不理那老头儿了。

于是冷战继续，只因男主人不管不问的态度，自然，晚餐时众人也不可能在餐桌上见到素末的身影。

是夜十一点，庄园上下如往常般，很准时地灭了灯。

可不同于往常的是，理应万籁俱寂的一楼餐厅今夜却是热闹得很。尽管大厅灯已灭，可向来只有钟老头儿掌管的厨房里，依旧有隐隐的光亮，以及……隐隐的人声。

"饿着了吧？慢慢来慢慢来，这边还有好多呢。睿睿你别忙活了，那些薯片巧克力你末末妈咪没兴趣。"这是钟先生的声音。

很快，另一道温柔的女声也响起："是啊睿睿，别弄了，快过来吃馄饨。"

厨房里一片其乐融融的温馨样：老中小三人正围在小桌旁，中央一锅热气腾腾的馄饨。江小睿还想到房里拿他的那一堆零食，好在素末及时制止了:"乖了,我们吃馄饨。"

"可人家想吃巧克力……"

"但是吃了巧克力,馄饨就会吃不完哦。"

"既然吃不完,怎么没人想到来邀请我?"旁边突然插进来一道不属于三人的声音。

小朋友一时间没反应过来,还拖着他那口半中不洋的普通话软绵绵地回:"才不会吃不完呢,人家是 David(大胃)……"可一边回,一边往声音的发源地看去——咚!下一秒,勺子落地。

站在厨房门口的高大身影,背着光,噙着笑,抱胸倚在那儿,不知已经盯着这一派其乐融融的景象看了多久。

"爹爹爹、爹地……"小家伙脸绿了。

不只他脸绿,同桌吃饭的两个大人脸也绿了——

"先先先、先生……"

"怎么,半夜三更见鬼了?"那身躯慢悠悠地踱到这边来,踱到三人旁边,拉出椅子,坐下。

中午才豪言要以人格来发誓的钟老头儿立即站起身,江小睿也跳起来,只剩下素末呆愣愣地僵坐在原位——啧,瞧这孩子脸白的,真像是见了鬼。

这只"鬼"舒舒服服地往座椅靠背上靠去:"继续啊,怎么就不吃了?"

锅里还袅袅地腾着白烟,细闻下去,有瘦肉混合小白菜的气息,还有一点儿香菇味、一点儿芹菜味、一点儿红萝卜味,馅里还搁了少许料酒和几近于无的四川干辣椒粉。

酒香宁神又助眠,最适合深夜,可惜素末不喜欢,于是老管家又添入了白胡椒粉中和。

白胡椒粉与四川干辣椒辛辣,吃多了会影响调香师的嗅觉,于是老管家下得少之又少。

可不就是最标准的"尹素末的晚餐"吗?

这下人证有了,物证亦在,江玄谦似笑非笑地睨向尹素末:"不是在闹绝食吗?"

素末的脸"轰"一下,红透了。

第三章 入戏

彻彻底底结结实实地红,比那晚被他说"你今晚蠢得像猪"时还要红。那时的红是被气的,可这会儿的红——就像是你睁着眼睛说瞎话却被当场戳穿,那样尴尬。

素末羞愤欲死。

江玄谦闲适地往椅背上一靠,淡淡命令道:"闲杂人等回房间睡觉。"

三人几乎同时松了口气,无须提醒,自动将"闲杂人"的高帽往自个儿脑袋上罩。

钟先生先走了一步,紧接着,小睿睿也屁颠屁颠地赶上去,可就在素末跟着起身,准备溜上楼时,他却扬起手:"你留下。"

"我?"为什么?这也太不公平了吧!

江玄谦看穿了她心思:"你是闲杂人等吗?"

"我……是啊。"素末心虚得不敢大声说话。

这等心虚助长了禽兽的气焰,他冷笑:"懒得和你计较!"

热馄饨的香气撩人,一点儿一点儿地撩动着人的胃:"去,给我盛碗夜宵来。"

素末迅速转过身,大大地松了一口气。此等剧情此等场景,只要让她离开江禽兽一秒,一秒钟都好,素末都能大大地松一口气。于是在橱柜前,她磨磨蹭蹭地多待了几分钟。因为这个人的洁癖,万花庄园里的每个人都有自己的餐具,用好几分钟磨磨蹭蹭地找出了他的餐具后,素末又磨磨蹭蹭地替他舀了碗夜宵。

奉上御膳后正准备溜,谁知这家伙就跟后脑长了眼似的,敲敲身边的位置:"坐。"

"我……有些困了。"

可是,可是——几乎就在她话音甫落,一道丢人的声响就从素末的肚子里钻出来,"咕"——声音响亮,不容忽视。

江玄谦玩味地挑起一根眉:"饿了?"

"我——"

"咕——"

话未说完,又一道丢人的声音传出,再一次!

真是够了!这该死的胃,她知道它已经从下午饿到晚上了,可是现在这关键时刻,在这关键时刻,这家伙到底要害她丢脸丢到哪个份儿上才够!

素末羞愧欲死,他倒好,一点儿也不客气地当着素末的面取笑完人家后,明知道她饿,又拿起汤匙,轻轻舀动着热腾腾的馄饨汤。诱人的香气慢慢地从碗中腾起,一点儿一点儿地,钻入了人的鼻子。素末伸起手,死死地按住自己那不安分的胃。

江玄谦好像觉得她这行为挺有趣:"这么按着,它就不叫了吗?"一只手将碗捧起,一只手仍握着汤匙,他朝她转过来,"来。"

素末瞪大眼——那么近的距离下,这人竟然舀了一勺馄饨,将汤匙移到她唇边:"吃。"

"你、你……我……"素末惊呆了!

江禽兽在做什么?他他他……他在喂她?用他的专用汤匙?明明受洁癖驱使,这人的专用餐具一天不知要消毒多少次,可这下子,他竟然将自己的御用汤匙"分享"给她?

不,不不不,这隆恩她万万受不起!

素末往后一退:"你、你……你有洁癖,我不敢!"

"现在没有了。"

"明明就有!"

"对你,没有了。"汤匙更近一步抵到了她唇边,带着主人无与伦比的决心,"来,张口。"

她真是要崩溃了。

美食就在唇边,皮囊下的胃更是饿得"咕咕"响。江禽兽法外开恩让她享用他的御用餐具:"乖,张口。"

素末:"……"

"别让我说第三次。"

这、这……这演的到底是哪一出啊!素末心惊胆战,最终还是屈服在禽兽略带威胁的笑眼里,张了口。

结果一口美味吞下肚后,下一口又送上来,贴心地送到了她唇边:"再吃点。"

一来一去,也不知几个回合后,她再也吃不下了,江玄谦才从餐桌上抽出纸巾,轻柔地替她擦拭起唇角。服务到位,全五星好评。

第三章 入戏

可越是到位，她心底那点儿不安就越强烈，江禽兽从来不会无缘无故当好人的，尤其在她伙同着钟先生和小睿睿一起来骗他后，这家伙怎么可能就这么放过自己？

"好吃吗？"男人的声音在静夜中响起，轻柔得如同他擦拭的动作。

"嗯……"

"比中午的那一餐还好吃吗？"

素末顿住，就听他闲闲道："没记错的话，我们末末中午吃的是肉酱通心粉吧？"

目光沉沉，眼睛里含笑。那一道笑，太出色太耀眼，耀眼得让人一个不小心，就要沉溺到这虚妄的夜戏里。

可还好，在沉溺前，她听到了他接下去的话："早上十点吃早饭，下午三点吃午饭，晚上十二点吃晚饭。三餐之外，清晨起床时还有一盅人参茶，因为钟先生说，尹小姐你前几天才刚晕倒，得好好补充下体力。不过人参茶的味道尹小姐又觉得苦，所以睿睿那吃里爬外的小家伙就每天屁颠屁颠地贡献出他的巧克力——我记得没错吧，尹小姐？"

素末的表情一下子变得很难看，而且他每说一句，那难看的程度就上升了一分："你、你怎么知道？"

"在这个屋檐下发生的，你觉得有什么我能不知道？"他微笑，柔软的餐巾纸已经离开了她唇角，取而代之的，是他略有薄茧的长指，一根，一根，爬上了素末发烫的脸颊，"知道吗，在这个庄园里，从公共场地到我的书房，一共安装了十六个监控器。"

素末的心突然间剧烈跳动起来，却不仅仅是因为覆在唇边的长指。

"所以，真是不得不遗憾地告诉你呢，宝贝儿，你在这儿所做的每一件事，其实都发生在我的眼皮子底下。"

剧烈跳动的心口突然"噔"一声，漏掉了半拍。她脸上原本还填满了赧意，可此时，赧色褪尽，只有白，只剩下可怕的苍白，软弱无力地耷拉在这一张脸上。

不是为了三餐，和钟先生和小睿睿也没有任何关系了，她想起了那一夜，因尹娉婷因那家子人而难过得无法入睡的那一夜，她偷偷下楼，趁着暗夜，摸入了他书房……

"那一晚……"

"我看到了。"

素末如置身冰渊。

脸上的长指自她的唇角开始，一点一点，一寸一寸，抚上了她脸颊。指尖下的这一张脸轻轻颤动着，男人的声音轻柔得近乎魅惑："怎么，冷着了？"一边说着，温暖的掌心一整个包住了她脸颊。

可是，更冷了。

夏夜三十九度的风里，她冷得连心脏都在颤抖："你知道我……"

他点了点头。

素末说不出话了。那么久了，住到这庄园里已经那么久了，她每天小心翼翼地藏着掖着，可结果，他还是知道了。

暗夜无声，万籁俱寂，所有该喧口而出的话都哽在了喉头——你知道我是谁？你知道我是谁的女儿？你知道我进书房是为了找你父母的资料？你知道……

"你是苏微然的女儿，我是江振华的儿子，"黑夜中最终有声音响起，却不是她的，也不再含笑，"调香界里最有名的奸夫淫妇的儿女，竟然就这么聚到了一起，末末你说，是不是天意？"

那年她听说小冉被大名鼎鼎的 C&J 聘为服装设计师，在替好友高兴之余，素末问出的第一个问题是："C&J 的创始人是不是一名叫江玄谦的英国华裔？"

"咦？你怎么知道？"付冉吃惊，以她对末末的认识，这家伙的世界里除了调香就是调香，哪里会懂什么 C&J 创始人？

素末说："那年在收拾妈妈的遗物时，我发现那名被污蔑说和妈妈一同殉情的调香师，他的太太曾经给我妈写过一封信，信中说到调香师还有个儿子。后来我花了很多时间，查到了一些关于调香师儿子的信息。"

付冉大愕，好半晌才反应过来好友的意思："那、那个儿子……该不会就是江玄谦吧？"

第三章 入戏

素末默认了。

"你为什么而去？调香？挖掘真相？还是说，只是为了接近一个与你有着同样命运的男子？"因为那一番对话，在正式入住万花庄园的前夕，付冉曾经问过她。

那时的她说："我想调香，也想要一个真相。"

"你为什么还要待下去，既然庄园里没人愿意提那一桩往事，你为什么还要待下去？为了他？"一年前，付冉又问过她。

"我想再等等，再找机会试一试。"

"你为什么还要待下去？末末，你不对劲，你看他时的眼神不对劲，你对他说话时的表情不对劲，他摸你头发摸你脸颊时你的脸红得根本不对劲！末末，其实你喜欢他，是不是？"

真相被揭穿时，如同一块欲结的痂突然被掀开，血肉模糊。

她无法否认，尽管一开始，素末怎么也不愿意承认。

可是小冉说："末末，你骗不了我的，你的眼睛里全是他，你自己难道没发现吗？"

原来喜欢一个人，就是闭着唇锁住心，也会有温柔一点儿一点儿地从眼睛里溢出来。

势不可挡，无止无息。

"那他呢？"

"他？他不喜欢我吧，从一开始就说得很清楚了啊，我们只是工作关系。小冉，他不喜欢我，也永远不会喜欢我。"

因为他是江振华的儿子，他不会，不想，也不能……喜欢我。

窗外的风刮起，天气预报说，今天夜里到明日的清晨，闽南一带将会有台风过境。

"我不相信谣言，我妈妈和你爸爸，江玄谦，他们绝对不是那一种关系！他们是最纯粹的合作伙伴，他们都是世界上最高尚也最伟大的调香师，江玄谦，他们俩——"

"好了，回去睡觉吧。"

"江玄谦……"

"事情都过去那么久了，没什么好提的了。"

069

"江玄谦！"

他打住话。

"江玄谦，可是还有一件事。"

那夜关竟风的话言犹在耳，尽管这几天来，她始终死死压抑住自己奔腾的心绪，一次又一次告诉自己"尹素末你别乱想""尹素末关先生他说的绝对不可能"，可就在这一刻，在这两三年来始终小心隐藏的秘密被他轻描淡写地揭开时，有什么东西"啪"的一声，在她脑中轻轻地裂开了。

"江玄谦，还有一件事——你为什么要生气？"

江玄谦本已经准备离开了，他将被末末吃得见了底的餐具放到水槽中，锅碗瓢盆全留着让钟先生收拾。可她却用一句没头没尾的话，止住了他的步伐："你生气了，那天在餐厅里看到我和关先生在一起，你生气了，对不对？"

江玄谦不语。

黑暗如磐，再一次展现它吞噬万物的魄力：一个男人因为一个女人和另一个男人在一起而生气，这是为什么？按照无数言情小说偶像剧里男女情感的发展模式，一般男人会在这等场景下生气，能是为了什么？素末鼓足了勇气，急匆匆地将这句话抛出来，可抛出之后，换来的只是满屋子的静默。

一记雷打过，厨房里的小灯暗了一下。明与灭之间，一万种讯息越过他的脸，她看不清那上头一闪而逝的情绪，她只听到自己急如擂鼓般的心跳声："江玄谦……"

良久，他说："是。"

他说，是。

氛围不知怎么的，突然又没那么沉重了。好像壁灯重新亮起，人间万物便又重新明媚了起来。

壁灯亮，光线起，她清清楚楚地看到了男人扯开微笑的唇角："当时的确是有些生气的，没想到被你给看出来了。"

外头狂风夹暴雨，而厨房里，他声音低柔得不可思议。

素末的心跳突然间变得好虚弱："为、为什么？"

"为什么？因为，"他顿了一下，"末末，关竟风是我的策划对象。"

第三章　入戏

那眼中的光芒渐渐黯淡了下去，原本那么亮，亮中带着惊讶、欢喜与希望——那种小心翼翼的、害怕多流露出一点儿欢喜就会害美梦化为幻影的、近乎绝望的希望，用尽了所有虔诚才求来的希望，渐渐地，一点儿一点儿，自眼瞳里消失。

真是个孩子，欢喜也欢喜得直白，失望也失望得直白，连掩饰都不知道掩饰一下。

"末末，"他站起身与她拉开了点距离，"答应我一件事，别和他走得太近。"

"因为你那个策划吗？"

"对。"

她低下头，无声地笑了。尹素末啊尹素末，看你问的是什么傻话。不然呢？不然还能是什么原因呢？比如他不喜欢关竞风？比如他为了你好认为关竞风不适合你？比如，比如他爱你？

夜色沉如死，黑黢黢地映着眼前男人挺拔的轮廓。素末的声音响起来时，连她自己也不知道在说什么："不可能在一起的，怎么可能在一起呢？"她失神地说，"再怎么说，他也不是我喜欢的类型啊。"

更不是我喜欢的人。

最后一句话，她留在了心中。

"好孩子，记住你的话。"满意的语气，这是江玄谦上楼前的最后一句话。

窗外的风雨开始肆虐了起来。

隔天果然就是台风天，各大中小学校一大早便下了紧急通知，说为确保学生安全，全市停课，具体的上课时间待定。

最高兴的莫过于睿睿了，那小书包都已经整理好了，一听不用上课，又立即屁颠屁颠地扔下书包跳上床，睡他的回笼觉去也。

倒是整夜没合眼的素末清醒得出奇。

不用上课的台风天，很难得地也不想去调香室，于是泡一杯热可可，在房间里燃一点儿前阵子调制的西柚味精油，站在落地窗前，看着外头狂暴的雨。

天地之间一片白茫茫，她举着手机，听付冉从城市另一端传来的声音:"扯淡吧他,他和关总能有什么关系?还策划对象呢,我不知道你信不信,反正我是不相信!"

付冉口吻斩钉截铁,素末沉默了许久,才淡淡道:"我也不知道该不该相信。"

可不管信不信,他愿意传达出的信息就是这个,不是吗?

小冉在挂电话之前又说了一句:"江老板那种老狐狸,十句话里没准儿连一句都不是真的,末末,你别往心里去。"

她笑了笑,其实心中倒是想着,这一次,她宁愿他说的不是真的。

手中的可可不热了,素末挂了电话下楼,到厨房里重新烧水,想再泡上一杯。

江玄谦就坐在大厅的沙发上,台风天里也不出门,一个人坐在那儿看书。

如是从前,平平常常的什么也没发生的从前,她十有八九会泡杯热饮,找本书,坐到他身边一起看。然后没多久,就会有一道不用上课的小身影冒出来,不找他爹地,却是乖巧地黏到素末身边:"末末妈咪,我想听故事。"

她贪恋那样的温暖,嵌满了人间烟火味,世俗,却幸福。

大厅里突然响起了手机铃声,没多久,她就听到江玄谦接电话的声音:"怎么了?"

不知来电者是谁,也不知说了些什么,没一会儿素末又听到他独特的低沉嗓音:"行,我让人去接你。"像是含着笑,挂了电话后,江玄谦又抬高声音唤老管家道:"钟先生,让司机去江大接尹小姐回家。"

尹小姐?

原来是她。

尹素末小姐就在家中,钟先生自然不会混淆了此"尹"和彼"尹",只不过那句"回家"……

老头儿纳闷地踱步到沙发旁:"先生,恕老钟蠢钝,回的这个'家'是指?"

素末不由得竖起耳。外头也不知什么动静,好半天都悄无声息的,最终江玄谦的声音传了进来:"算了,送她去咖啡馆吧。"

第三章 入戏

"先生的包厢吗?"

"嗯。"

她捧着马克杯的手忽地一阵痛——

"啊!"短暂的惊呼声很快就消失在自己的舌底,素末咬住唇,怔怔看着被烫红了一片的左手。

"怎么了怎么了?"钟先生迅速出现,面色紧张,却似乎还带了点儿做坏事被撞到的尴尬。

可素末看上去比他更尴尬:"没、没事,刚倒水时不小心打破了杯子。"

没人愿意提及刚刚发生在大厅里的对话,尽管彼此心知肚明。钟先生知道她听到了,她知道其实钟先生知道她听到了,甚至他们都知道外头那个同样知道的人连一步也没有踏进厨房里,可是,没有人愿意提,也没人敢去提。

马克杯碎在了地板上,深褐色的液体开始漫延,就像一个丑陋的伤口。她听到钟先生微不可闻地叹了口气,瞄一眼外头无动于衷的江玄谦。

同根所出,相煎何急?

是啊,明明是同根所出,为什么却会有现下的场面?素末突然觉得好可笑,这一切都太荒唐太可笑了,竟然是尹娉婷,怎么会是尹娉婷?怎么会?

她逃也似的上了楼,将自己锁进房里。

窗帘大喇喇地拉开着,透过落地玻璃看出去,世界依旧一片白。几分钟后,在那片白茫茫的暴雨中,一道优雅的黑色身影走出了万花庄园,朝着咖啡馆走去。

她闭上了眼睛。

付冉说江玄谦这人十句话里没准儿一句都不是真的,素末无从得知关竞风的事究竟是真还是假,倒是 Joe 的出现,让小冉的话在某种程度上得到了证实。

台风过境没多久,又是一个不用上课的周末。大中午的睿睿就来拍她的房门:"末末妈咪,陆叔叔回来了!陆叔叔说他给你带了你想要的东西,让你下楼哦!"

睿睿口中的"陆叔叔"就是陆乔久,江玄谦从小一起长大的好兄弟 Joe。相识两三年,素末知道这家伙是小冉名义上的老板实质上的男朋友,他与江玄谦一同创办了 C&J,一同投资了她的调香室,一同为国内外大大小小的品牌、明星、网络红人之崛起贡献了无数的才智。

可此时,对素末来说,这两人一同做过的最令人振聋发聩的事是——删了她想要的监控视频。

"睿睿,你说叔叔给我带了什么?"

"听叔叔和钟爷爷说,好像是什么视频呢。"

她目光一亮:难道是……

揣测过程中素末已不知不觉地加快了脚步。果然,就在大厅的沙发桌上,她看到了那天在 iPad 里见到的 U 盘。

那一刻的心情简直无法描述,也不知是惊多点还是喜多点:"是那晚的监控录像吗?不是说删掉了?"

Joe 贱贱地朝她眨眨眼:"哪敢删啊。要真删了,你还不得跟我哥拼命?"

这家伙和睿睿一样,是名中英混血儿,一双湛蓝色的眼睛随便眨两下都佣傥得能迷晕一众良家少女。

不过显然素末不在少女之列:"怎么可能?我那晚明明听到他打电话让你删了,难道是我听错了?"

Joe 还是笑得贱贱的:"你没听错,你只是低估了我们哥俩的默契。"

那晚听姓江的在电话前说出的那串禽兽不如的威胁,再听末末那压抑中带着震怒的声音,陆乔久就知道他那丧尽天良的搭档……又在做丧尽天良的事了。

他能助纣为虐吗?当然不。

所以,善良又仗义者如陆乔久,只是藏起了视频,默默退居二线,愉快看戏。看够了,时间也差不多了,就连台风都退了,他才捏着那 U 盘"粉墨登场":"其实呢,我哥那天不把东西给你也是有原因的:你说你,前几天才刚累晕吧,大 BOSS 哪能马上把视频给你啊?

第三章　入戏

"万一你又不要命地开始查这个查那个,操劳过度后又晕倒了,怎么办?懂不懂我哥的良苦用心呢你,蠢姑娘!"

"他、他才没那么好心!"

"哦?没有吗?摸着你的良心告诉我,真的没有吗?"贱Joe摇着头,看上去分外惋惜的样子,"可怜了我哥的一片苦心!"

素末被他说得有点儿心虚,从桌上拿起U盘后便紧闭起嘴,不说话了。

Joe见其孺子可教,这才满意地笑开来,顺便"很体贴"地多教了她一些:"你呀,晚上等我哥回来,好好跟他道个歉,这几天我可是听说某人又是闹脾气又是闹绝食的,把我哥给整的,啧啧啧……"

素末尴尬得不知该说什么。

倒是在旁边泡茶的钟先生颇有内涵地一笑:"陆先生,这您可就有所不知了。俗话说'子非鱼,焉知鱼之乐',老钟我觉得分外有理。"

"What(什么)?什么子?什么鱼?"

"意思就是,人人都有他的乐趣。"

陆乔久挑起眉。

这家伙的中文水平着实有限,虽说他父亲早年在伦敦是教中文的,可从小到大,会认真跟着陆爸爸学古汉语的只有隔壁家的江玄谦。两人一起长大,虽说陆乔久总爱套近乎地喊人家"哥",可跟他这半路来的"哥"完全不同,Joe正是传说中的"三天打鱼两天晒网"的货,那些干巴巴的成语啊古语啊,陆乔久从来都是左耳进右耳出,最后落得一窍不通。

不过不通古语不打紧,这厮通人心。在钟先生那看似正经可其实很不正经的表情里,很快,陆乔久就领悟了某种含义:"瞧我哥这恶趣味!"

"懂了吧?"

"懂!"两个男人互相交换了只有男人才能领悟的眼神。

素末只觉得莫名其妙,也不懂这两人在打什么哑谜,看他们坐到茶几前开始泡茶了,估摸着也没自己什么事了,素末便无声无息地攥着U盘,上了楼。

房里依旧弥漫着淡淡的西柚香,台风天燃起的那一款精油,还没见底。素末将窗帘拉紧，然后，无声地坐在电脑前。

她的每一条神经都绷得格外紧——监控器就像江玄谦说的那样，像素太好，将包厢里的一举一动都记录得分外清晰。此时在那视频里，男男女女鱼贯而入，他们在包厢里找位置坐，他们陆陆续续抬头低头，他们转过脸对着监控说话——咔！

素末点下暂停键，将画面放大，再放大。然后，在一众声色犬马之中，看到了她和他。

"所以说，你爸和尹娉婷她妈真在那间包厢里？"

"是的。"

"那尹娉婷呢？"

"也在。"

"其他人呢？"

"不知道了，都是些陌生的面孔。"

房间黑漆漆的，将视频来来回回看了几遍后，外头的天暗了下来。

付冉一收到素末的微信就将电话拨过来。末末之前的预感，自闻到包厢里的怪异香气之后便隐隐发酵的预感，在这一刻，似乎得到了某种验证。只是——

"可即使方宛和你爸都在包厢里，也没法证明那香氛就和方宛有关吧？"

"是的，除非能找到最直接的证据，证明方宛正在研究这种怪异香氛。"

"可证据该到哪里找？"

素末沉默了。

漫长的电话结束后，走下楼，大厅里仍是这个时间点应有的其乐融融。有时素末会想，要不是住进这万花庄园里，她实在很难想象看上去华美又矜贵的江玄谦也会有这么食人间烟火的一面。

此时那男人就坐在沙发上，冷眼瞅着他站在一旁的儿子。而小睿睿则唯唯诺诺地低着头，迎接他家爹地似乎有点儿严肃的目光。

钟先生的投诉声里充满了恨铁不成钢的悲痛："先生您说，我们

第三章 入戏

睿睿这坏习惯可怎么办哪？今天幼儿园的老师可是又向我投诉了，说他特别喜欢欺负同桌的小姑娘。要么揪揪小姑娘辫子，要么变着法子捉弄人家。可一问他，他又说，因为小姑娘漂亮呀，一看小姑娘漂亮，他就忍不住想去逗两下。人家说上梁不正下梁歪，可你瞧他这恶趣味，真是、真是……都向谁学的呢这是！"

江玄谦无语地瞥了老管家一眼。

他儿子倒是一声也不敢吭，很惭愧的样子。

钟老头儿批完之后，又摸了摸小朋友脑袋："睿睿啊，这是错的你知道吗？要是喜欢那姑娘，你就得诚实地说出来，捉弄人家只会把她越推越远呢。"

"我错了，钟爷爷。"

"知错就改，喜欢就追，"钟老头儿回过头去，看向他家睿智得一点就通的先生，"先生，您说是吧？"

一点就通的江玄谦抽了抽唇角，对着钟先生颇有内涵的表情，一时间竟无言以对。

楼梯口有脚步声传来，越来越近越来越近，钟先生回过头："尹小姐下来啦，那咱们可以准备开饭咯？"

"好的。"完全没领悟到刚刚那一席对话的精髓所在，她只是朝老人家笑笑，走到大厅时，下意识地选择了一个离江玄谦最远的位置。

其实不是没有一点儿小心思的，关于他：如果是从前，平平常常的什么也没发生过的从前，这人八成会拍拍身边的座位，朝她招招手："坐过来。"

可……今天呢？

她坐到他对面，从头到尾垂着眼。明明竖起了耳朵盼着听一声"坐过来"，可那目光始终也没与他接触过。

直到那头的声音响起："怎么样，看到自己想要的结果了吗？"

"啊？"

"视频。"

素末这才抬起头，见他表情淡淡的："视频里的内容是不是正好验证了你之前的想法？"

她错愕:"你知道?"

"要是不知道,能让 Joe 去弄这东西吗?"

人力物力财力兼付,要当一头合格的禽兽也不是那么容易的,更何况该禽兽面对的还是只闷头小兽,要不弄明白事情的源头,呵,指不准这小兽还要绕多少弯路!

"那天你提到豪朗的香氛时,我就大概知道是怎么一回事了。"

所以当时的他什么也不说,只是在素末离开后,给 Joe 打了通电话:"豪朗怪事发生的当晚,那一间包厢里具体都有哪些人,你去查一查。"

几天后,Joe 果然把用 DR 香水的夜总会经理给揪出来了,结果也正好验证了他的预料。

"我想你现在应该还有些棘手的问题没解决吧?比方说,那香氛到底是谁调制的?"江玄谦简直就像是素末肚子里的蛔虫,再次料中了她的难处,"想不想尽快解决?"

素末眼睛一亮:"有办法?"

"当然。"他唇边有一抹颇有内涵的笑痕。

素末即刻领悟:"前提是?"

"上回在车上说过的那个聚会,明天陪我去。"

第四章

裙摆

"明天上午付冉那边会送衣服过来，记得先换好衣服，下午五点半我回来接你。"

这厢江玄谦还在吩咐着，素末有些郁闷，却也只能听着；那厢钟老头儿已经"啧啧啧"摇起头，诚心诚意地感叹起自家先生的伟大和神奇。

妙，实在是妙！

由此看来，先生那晚不过是在书房里展现了一回他的禽兽不如，得到的结果就是：第一，很痛快地发泄了自己的不痛快；第二，很顺利地让尹小姐在家休息了几天；第三，很顺利地让尹小姐承诺和关竞风将永不会在一起；第四，很顺利地让尹小姐……不敢有异议地陪他去参加自己明明已经拒绝过的聚会。

啧，一小时内，四个目的同时达成 —— 还有比他更睿智的禽兽吗？

江玄谦自然知道他在想什么，啜口热茶，他慢条斯理道："其实还有第五个。"

"第五个？"钟老头儿眼一亮，"是什么？能告诉老钟我吗？"

"能，只是此事说来话长，"他很大方，在钟先生伸长了脖子准备洗耳恭听时，微笑道，"我懒得说。"

钟先生勾到一半的唇角硬生生地僵住。

付冉隔天就让人送来了衣服，一条浅粉色的连衣长裙，外搭同色系外套，裙摆与外套上缝着相得益彰的流苏，既华美，又俏皮，步伐一迈，流苏摇摇晃晃的，梦幻的少女气息迎面扑来。

美，真是梦幻般的美。可挂到素末身上，却怎么看怎么不合适。试问长年穿白衬衫的女子，如何担得起这样精美招摇的附加品？显然，这不是属于她的裙子。

傍晚江玄谦回到万花庄园时，就见素末坐在沙发上，别别扭扭地盯着身上那一摊流苏，那表情真是一百个不喜欢一千个不愿意。

偏偏跟在身后的贱男 Joe 还要雪上加霜："God！末末你怎么能把这裙子穿得一点儿气质都没有？真是可惜了我们小冉的设计……"

结果话没说完就收到某人警告的目光："再不缝上你的嘴，今晚别去。"

Joe 立即闭嘴，憋着笑坐到了素末对面，同时看着他家伟大的合伙人在警告完自己后，绅士地踱步到素末跟前："我们末末天生美人骨，怎么穿都美。"

男性的臂弯呈到她面前，好闻的木质香水味钻入素末鼻腔，她有一瞬间失神——自那晚之后，两人有多久没这么靠近了？

"来，把手给我。"

素末这才回过神，却没有听话地将手送出去。Joe 这人嘴虽贱，可确实比江玄谦要坦诚得多了，她不是不介意的："可以不穿这件吗？"

"为什么？"

"因为不适合啊，Joe 说得对，我真的穿不出小冉所要表达的气质……"

"可她想表达的并不是'气质'。"

"嗯？"

江玄谦但笑不语，没有解释了，一张俊脸上只挂着他自己才读得懂的高深莫测。Joe 在对面朝他摆了摆腕表，示意时间不早了，江玄谦俯下身："时间差不多了，起程吧。"说罢，臂弯又往她跟前递了递。

素末无奈，只能起身，挽了进去。算了，反正她就小老百姓一个，今晚就算穿再丢人，丢的也是旁边这大人物江玄谦的人，何必太在意？

只是车子开了十几分钟，所行之处却是她日日上学的必经地。素末开始觉得不对劲了："今晚的聚会地点是哪里？"

车子朝城市最偏僻的方向开，越开越远越开越偏。如果她的记忆没出错，这方圆百里内，除了大学城就只剩下一些和鲜亮毫不搭边的小宾馆小饭店了吧？

江玄谦说："就在你们学校。"

"什么？"

"怎么，贵专业今晚举办十五周年庆，你这优等生竟不知道吗？"

江大生物化学专业在业内向来大名鼎鼎，那招考分有时比厦大的金融专业都要高。可直到今天，素末才发现学校的野心不止于此。江玄谦说："你们学校请我来做一个策划，将你们的调香专业重新包装一番，推广成为江海市最大的文化品牌。"

话落，车子往江大门口右拐，径直开到了实验楼楼下。

那处已经有一群人等着要迎接这位"国际知名策划师"了。

素末往窗外看出去，只觉得眼前一花，黑压压的一排人当中，一道华美俏皮的身影脱颖而出，娉然来到了副驾座旁，穿着浅粉色的连衣长裙，外搭一件浅粉色外套，裙摆与外套上缝着相得益彰的流苏。步伐稍迈，流苏与流苏间便碰撞出无限的惊艳来。

长裙，流苏，浅粉色！

素末原本已经要开车门的手生生停下了。

此时站在车门外的，穿着浅粉色流苏长裙的，不是尹娉婷还能是谁？可是——长裙，流苏，浅粉色——什么意思？

她瞪向副驾座上的江玄谦。

这一袭长裙是小冉最新设计的，是他安排人送来的，那么尹娉婷也只可能是同样的情况。

唯一不同的是，浅粉色的少女感太适合娇滴滴的尹网红，可套到她身上，却像是个不合时宜的笑话。

什么意思？！

副驾座上的人倒是无知无觉，一双笑眼只定在副驾座外。

不等他下车，那袭浅粉色已经贴心地替他拉开了车门，随即院领导们鱼贯迎上："欢迎、欢迎江先生！"

不过这回估计是尹娉婷事先说明了江某的洁癖，领导们虽然热情，却一个个心照不宣地没上前握手，只那浅粉色身影亲昵地偎在他身旁："我来介绍一下，这位是我们学院的院长尹泽，这位是调香室总负责人方宛……"

江玄谦眼底划过一丝不易察觉的冷意。

不过很快，就像之前打过照面的那几次，冷意很快就被有礼的微笑替代了。

主驾上的 Joe 还没下车，江玄谦已经领着一路人鱼贯离去，只余下她和 Joe 两人。

素末许久才回过头来，愣愣地看着 Joe："那裙子为什么会有两条？"

"因为你要一条，尹娉婷要一条呗。"

废话！

"可是……"

"好啦，别可是了，我马上就要下车跟我哥一起去迎接众人的膜拜了，"他贱贱地笑了下，蓝眼睛里像是住进了一双小小的恶魔，"至于你，爱往哪儿走就往哪儿走吧。"

"什么意思？江玄谦不是让我来当他女伴的吗？"

"傻姑娘，"Joe 爱怜地拍了拍她脑袋，"蠢不蠢哪？又不是晚宴酒会，哪需要什么女伴？"

"那……"

"为了迎接我们江大神的视察，"Joe 低下声，"这里头的每一间调香室，今晚都开着。"

每一间？

素末脑中有什么"啪"一下，亮了。

目光再移到 Joe 脸上时，这厮还是那么副玩世不恭的样子，可眼底的笑纹越发神秘了起来。素末饶是再缺心眼，这下也反应过来了："就连最顶楼的那几间也开着？"

"也开着。"

明白了。

浅粉色身影稍后就在偏僻的角落里下了车，速速赶往实验楼顶层。果然，平日里都锁得严严实实的重点调香室今晚只是关着门，却没有落锁。她想起昨晚江玄谦的那一句"想不想尽快解决"，莫非，他一早就策划好了？

不，不想了，当务之急就在眼前。

素末走进第一间实验室时,看了眼门口挂着的两个字:方宛。

实验楼总负责人的空间,其实布置也跟普通的调香室差不多。可她知道这里头一定是有文章的:最后面的那块长形桌方宛从来也不让人靠近,原因无他,那是她的调香地。

素末看了眼手表,迅速行动起来。

学校的所谓"聚会"其实就是带来宾开个会,看一看学院近年取得的各种成绩、拿的各种奖,再吃个饭喝点酒,最后,就该带来宾参观江大最引以为豪的调香室了。可既然领导们知道江玄谦有洁癖,肯定不敢在饭局上逗留太久,所以她时间有限。

可方宛的实验成果那么多,即便她鼻子灵光、专业素养高,也必须一款香一款香地比对过去。

手机里渐渐存满了素末拍下来的实验记录,包里也多了几个小容器。她闭眼嗅着最角落那瓶小小的香水时,一道黑影悄无声息地来到了身后,而素末无知无觉。

眼前的小小容器里散发出蔷薇混合栀子花的芬芳。过了一会儿,味道渐渐变了,小豆蔻混合着风信子与微微的香草气息慢慢凸显出来,慢慢地,慢慢地,到了尾调,又转成了另一款香……

"你还有十分钟时间。"

她一惊,手中的瓶子瞬间掉落,却掉进一只突然伸过来的大手里。

素末的神魂几乎一起进出了身体,熟悉的声音非但没给她带来安全感,反而害得她差点吓破胆:"江玄谦!"

可不就是那头爱捉弄人的禽兽吗!禽兽一点儿也没觉得自己有多禽兽,在素末气呼呼地转过身时,还浅笑着,愉悦地欣赏她气恼的神情。

"你想吓死我吗?"素末不敢太大声,却着实怒了,一双原本就大的眼睛被惊慌撑得圆圆的。啧,看起来还真是像英国别墅里养的那只小松鼠。

江玄谦将香水瓶送回她手心:"蠢丫头,成心想吓你的话何必等到现在?"另一只手很顺便地抬起来,轻刮了下她鼻尖。

素末怔了下。

第四章 裙摆

江玄谦像是没发觉她的小情绪:"想要的东西赶紧收一收,待会儿从西边楼梯下去,大概再过十五分钟他们就要上来了。"

"十五分钟?这么快……"

可话还没说完,调香室外的走廊上已然响起了两道熟悉的声音——

"陆先生,我们不等江先生吗?"

"等他干吗?那家伙都不知跑哪儿风流快活去了。"

"可是……"

"别可是了,走走走,看调香室去吧!"

那是……尹泽和陆乔久的对话!

而且话音一路飘近,渐渐地,离这调香室越来越近,越来越近。

"看来,十五分钟已经预支了。"耳旁的嗓音给她判了刑。

素末回过神:"为什么?"

不,现在时间紧迫,已经没空让他们讨论原因了。素末下意识地握紧了双手:"那怎么办?"手上还有方宛调制的香水,手机里还有她偷拍下来的实验记录,怎么办?

江玄谦似笑非笑地睨着这些小玩意儿:"能怎么办?既然情况有变,西边的楼梯怕是走不了了。"

"那……"

"要么把你手上的东西扔掉,和我一起走出去;要么,让他们进不来。"

"进不来?怎么进不来?"

他微微一笑,在素末惊恐的注视下,动手脱下了领带,扔到调香室门口。

"你干吗?你……"

"嘘——"温暖的双臂朝她罩下来,结结实实地抱住了她的身体。

素末整个人都僵了。

外头的脚步声似乎更近了一些,而她身上的这双手,一只仍牢牢地箍着她身子,另一只手下移,再下移……

"你的手!"她真是要疯了,"江玄谦,你的手在摸哪里?"

江玄谦镇定自如:"大腿。"

江海不渡

　　真是疯了！外头的谈话声已经很清晰地传了进来："奇怪了，这江先生到底去了哪儿？"可还没有人应，里头的她也还来不及说什么，大腿上的那只手又移了上来，灵活地一剥，便剥下了她粉色的缀着华美流苏的外套。

　　"江玄谦！"素末只觉得双臂一凉，随即，整个人又被抱进了温暖的怀抱里。

　　外套被孤零零地扔到了调香室门口，含笑的嗓音响在她耳畔，不急不缓地说："咬我。"

　　她惊魂未定："什么？"

　　"咬我脖子。"

　　"什么意思？"

　　脚步声越来越近了，不，已经近到了大门口！可这人从容依旧，带着薄茧的指腹慢慢摩挲着她的皮肤。明明整个调香室里暗香浮动，可她全部的感观里竟只剩下他身上淡淡的木质香气。

　　他说："咬我的脖子，用力点。"

　　素末颤巍巍地将唇移到了他脖子上，木质香气更直接地传入了她感观里。

　　那是她为他专门调制的香水啊，两年多前初遇时，他要求她："先为我调一款香水试试。"春日万花开，芬芳妖娆，可一见到他，她想起的却是生长在大洋彼岸的大西洋杉木，挺拔，坚定，微笑的表面下有不容置疑的意志力。

　　而后来，在香水被调出来后，他一直都用着，从来也没有更换过。

　　耳旁传来男人低沉的声音："快点！"温暖的手同时捏了捏她后颈。

　　素末敏感地一缩，条件反射地张了口，牙齿咬到了他脖子上。

　　"用力点！嘶——"

　　与此同时，调香室的门被推开。

　　男人抱着女子迅速转了半圈，将她的脸压到胸膛里："小东西，咬得这么狠。"

　　轻轻的调笑声从散发着木系气息的胸膛里震出来。闯入者的视线所及处，江大神正一手抱着女子的后脑勺，一手暧昧地放在她

第四章　裙摆

腿上。

调香室的门"砰"一声,被惊慌地关上了。来人退了出去,一张老脸上满是尴尬。

可饶是关门的速度再快,也挡不住那一瞬间男子低低的调笑,还有下一秒,女子压抑的尖叫声:"不要——"

也不知他做了什么事,惹得小姑娘那般慌乱。可某人调笑的声音听上去还一如往常:"真不要?"

素末:"……"

"好吧,这回放过你。"

然后,就没有然后了。

调香室里,男人退开身,看着姑娘布满红晕的脸。她瞪着他,黑白分明的大眼里带着愤怒也带着羞恼,江玄谦无奈地摸摸她脑袋,压低嗓音说:"形势所逼,这不,都退出去了。"另一只手也没闲着,将自己的外套脱下来,严严实实地罩到了她身上,而后转身,拉开了调香室大门。

淡淡的颓靡染上了开门人含笑的眼眸,也带出了一室的风流暧昧。众人瞪大眼,最触目惊心的自然是男人脖子上清晰的红痕,还有那微微凌乱的衣襟。

尽管门开了,可因为角度问题,谁也看不到调香室里究竟是何方神圣。一众压抑着好奇的男女中,只有 Joe 不正经地朝他眨着眼,调侃道:"我说哥怎么突然玩起失踪呢,原来是到这儿来'做实验'了啊。"

颇有内涵的话,似乎证实了众人心头的小九九。

只见江玄谦敛了满眼彬彬有礼的笑:"诸位请稍等,刚有位女同学打破了试管。"话落,稍稍移了移身体。

这一移,就让方宛和尹泽齐齐瞪大了眼睛,大门往内一米处,一条领带和一件女士外套被扔在了地上,浅粉色的,带着华美的流苏。然后,双双再往后一看,娉婷人呢?

尹泽这才想到方才急匆匆地退出来时,似乎看到了那女的穿着一条浅粉色的裙子,就像……作孽了这死丫头!

方宛脸上也红一阵又白一阵,只听江玄谦对着里面的人说:"把东西收一收,出来吧。"

"不、不用了!"方宛几乎是失态地叫出了声,可意识到身后还有一大群领导和年轻的调香室老师,又讪讪然赔笑,"那个,我们还是从基础调香室开始介绍吧。"

对面的年轻人似乎轻蔑地笑了下,那种轻蔑里还夹着点让人发麻的凉意。不知为什么,每次见到这个大名鼎鼎的江姓年轻人,她的脊梁骨总会蹿上这样的凉意。

所以她只好移开目光,对着看上去比较和善的Joe问:"陆先生,您介意吗?"

"我敢介意吗?"Joe愉快地转过身,"走吧,从一楼开始参观。哥你快点哦,可别让大家久等了!"

一众人在陆先生的率领下,浩浩荡荡地走下楼,途中不知有多少人好奇地频频转头,就想瞧瞧那里头究竟会走出哪位"女同学"。当然,谁也看不到。

人群退去后,江玄谦锁了门,捡起地上的粉外套:"之前还嫌弃呢,现在你看,这衣服替你省了多少事。"

挺拔的身躯,信手拈起一件薄薄的粉外套,脸上罩着他惯用的那款讳莫如深的微笑。

此前种种巧合种种疑问排山倒海地全往素末脑海里袭来,他早就策划好了让她穿这套衣服,即使再不合适他还是坚持着不让她换衣服,他甚至让尹娉婷也穿上了同一套衣服!

"你是故意的?"素末几乎发不出声音。

"故意?"

"故意安排这一幕……"

江玄谦很难得地愣了一下,好像不明白她的言下之意。

不过很快,不明白的人反应过来了。然后,这人竟毫不客气地笑出声:"故意安排这一幕吃你豆腐?"那目光里满是"你在和我开玩笑吗"的讽意。

素末被这无声的嘲讽蜇得一句话也说不出来。照理说不该这样的啊,明明吃亏的是她,占理的也是她,可在这么讽刺的目光下,

第四章 裙摆

她竟然脑袋一空，什么也说不出来了。

男人走过来，更近地挨向她："故意趁着外面有人吃你豆腐，让你想怒不敢怒想叫不敢叫？好心安排你上方宛的调香室，就是为了在这破地方搞刺激？"

"我、我只是想说……"

她只是想说，为什么他在策划这一切的时候不选一个更好的方法？明明那晚才在厨房里拐着弯阐明他对自己的无心，为什么在做策划时不能撇开这些暧昧剧情？

可面对着男人嘲讽的双眼，满腔委屈最终只能变成了无力的低喃，再后来，连低喃也没有了。

她孱弱地垂下了眼皮："算了，我只是……只是随便问一问。"

"随便问一问？呵，你随便我可不随便。"

明明吃亏的人是她，可江玄谦的样子像自己才是亏大了的那一个，高冷的目光一点儿也不肯放过地盯着她。

素末被他盯得头皮发麻，原本就混乱的脑袋此时已经乱成了一锅粥，只懂得后退再后退。

可偏偏她退一步，他就进一步，进到她后背已经抵了墙，这人才眯起眼："尹素末，你说你是不是傻？这层楼里有几个监控你知道吗？要不是提前安排你和娉婷穿一样的衣服，你以为楼管能眼睁睁看着你进来，不响警铃不吭声？"

她窘得双颊滚烫，恨不得将自己埋到地下去。

"怎么，现在还怀疑我让你穿这套衣服是为了吃你豆腐？"

多么义正词严的解释，素末根本一句话也应不出来。

江玄谦这才没好气地放开她，退开身子："收完了东西就回车上待着，我再给你十分钟，十分钟后要是还没离开这栋楼，"他拉开调香室的门，扔下一句，"我可没兴趣再吃一回'豆腐'！"

带着薄怒的讽浇了她一头一脸，素末对自己刚刚问出那个愚蠢的问题后悔死了。

明知道这人翻手为云覆手为雨，什么鬼话到了他那儿都能变得好像很有道理的样子，偏偏她一时脑抽，竟问出了那种能让自己丢脸丢到太平洋的问题。

这晚回家时还是陆乔久开车，江玄谦和她一同坐到了车后。

许是方才的场面太尴尬，一路上，素末都闷着头不说话，坐得离他远远的。江玄谦没好气地盯着她几乎要黏到车窗上的身影，Joe 也在前座不停耍宝逗着她，可素末就是"嗯""哦""好"地应着，回到家后，也不敢多说一句话，只匆匆穿过后花园，走进调香室里。

有史以来头一遭，钟先生看到他家伟大的先生黑着脸回来，对着某道落荒而逃的背影冷嗤："什么德行！"

Joe 却像是看了场大好戏，不怕死地调侃着："我说哥，这么生气可不像你的风格呀。"

"要是你被当成登徒子，你能不生气？"

"哦？可我怎么觉得，"他贱兮兮地凑到江玄谦面前，"哥你好像不是在气这个呢？"

一路上瞧着末末越坐越远的身影，这老狐狸的脸就越拉越长、越变越黑。原本在方宛的调香室里，末末那态度已经够让他吃瘪的了，偏偏傻姑娘还一回家就躲进自己的小天地里，跟避瘟疫似的。Joe 不怕死地猛踩狐狸尾："说真的，登徒子我见多了，可像哥你登得这么强势又有格调的，小弟我还真是头一回见呢。"

他崇拜地拍着江玄谦肩膀："厉害了，我的谦！"

"闭嘴！"江玄谦不留情面地甩掉他的手，"别以为我不知道是谁在背后捣的鬼。"

"那么哥哥可还满意小弟的'合理安排'？"

江玄谦危险地眯起眼睛。

尽管他口气平常，可两人到底是从小一块儿长大的，陆乔久还没蠢得听不出这话里的威胁："再有下一次，我会直接将付冉调到伦敦总部。"

"别别别！"Joe 立即呈上那副又贱又帅的笑脸，"我这不是估摸着尹娉婷快回来了，想让你们速战速决嘛。"

因为怕监控室里的保安看到两个穿着同款连衣裙的姑娘会起疑，今晚离开餐厅时，江玄谦就谎称自己将钢笔落在餐厅里，让尹娉婷回去帮他找了。

那可怜的姑娘估计怎么也想不到自己是被故意支开的吧,还在那儿找了大半天。

Joe 讨好地换了个正经话题:"不过话说回来,你确定她回去后不会穿帮吗?毕竟那女人可是个结结实实的蠢货呢,被方宛那老狐狸一问,什么都说出来了也不一定。"

"就是要她什么都说出来。"

"啊?"

江玄谦走到沙发边。尽管 Joe 已经不提登徒子的事了,可他的口气还是凉凉的:"尹娉婷就算再聪明,那也都是些拿不上台面的小聪明,瞒不过方宛的火眼金睛。"

"照这意思,你压根儿就没打算要瞒她们?"Joe 这下真是疑惑了,"没打算瞒她们,又特意让末末穿和尹娉婷一样的衣服?我之前一直以为那衣服是你的障眼法啊!"

"的确是障眼法,只不过藏一半,露一半,让她们起疑,又不给她们答案。"

Joe:"……"

哥哥你好样的,本帅彻底为你凌乱!

此时钟先生正好将两杯热腾腾的红茶送上来,显然,深患"偷听癌"的老家伙已经在旁边听完了全套,于是老脸上堆满了恭敬,同时,也堆满了欠扁。

越欠扁就越说明老家伙已经领悟到了江大神的计划,Joe 看看江玄谦,再看看钟先生:"老钟你说说,我哥这是什么意思?"

"意思就是,想让方宛怀疑我们的尹小姐,可同时,又要让她揪不着证据,毕竟那衣服陆先生也知道的,咱尹小姐平时哪里会穿呢?所以就算是方宛起疑,也不会有人相信的,毕竟,她也找不到直接证据呀。"

红茶已经被送到了跟前,江大神取出方糖,将其一点儿一点儿地浸入茶水里,待浸透了,才松开手。

"扑通!"方糖整颗落入了红茶底。

他取出小勺,搅了搅。整个过程优雅又得当,待糖粒溶化后,他才端起茶杯:"你看,不加点助力,这'姓方的'能溶得这么快吗?"

他看着迅速消失的方糖，可言下所指，怕是另一名"姓方的"了。

Joe 好像开始听明白了："你的意思是……"

"看着吧，好戏很快就要开始了。外头人不都在传'大名鼎鼎的江策划回国是为了四个策划案'吗？不做得漂亮点，哪对得起'大名鼎鼎'这四个字？"

"那哥你接下去，是打算以江大为突破口了？"

"很好的突破口，不是吗？"

你看，这才是他接手江大策划案最本质、最真实的原因。

第二天，在被钟先生打点得美妙无比的餐桌上，睿睿一见到他爹地就惊叫出声："爹地，你脖子上有个好大的包！"

年轻就是这点好，不懂事，特纯洁。

可惜纯洁的话进入不纯洁的大人耳里，那味道就不一样了。钟先生羞红了老脸，假意咳了咳："睿睿，该吃饭了。"

当事人却是不以为意，很淡定地回复他儿子："可能是昨晚被蚊子咬的吧。"

"耶？蚊子有人类的牙齿吗？"

"嗯，一只变异的蚊子。"

睿睿惊得嘴巴都合不拢了，那双混血儿的眼睛瞪得大大的，甭提多可爱。

此时素末正揉着眼睛从后花园走进来——她昨晚一回来就将自己锁进了调香室里，今儿一早又带着两圈黑眼圈从里头出来，不用猜，谁都知她肯定是在调香室里熬了一夜。

也难怪钟先生会说，从前他最佩服的是伟大又精明的江先生，可自从认识了尹小姐之后，他佩服的对象变了，从精明的先生转成了这呆得要命的蠢姑娘——当然，不是讽刺式的"佩服"，是诚心诚意的感慨，试问在这浮躁的二十一世纪，还有多少人能一投入工作就忘了天亮还是天黑？

可睿睿才没兴趣管天亮还是天黑，一见他妈咪，小家伙就亲亲热热地黏上去："末末妈咪我和你说，爹地的脖子昨晚被一只变异的蚊子咬肿了！"

第四章 裙摆

"唔,什么?"素末没反应过来他的意思。

整晚高度集中注意力,一出调香室素末就蔫了,她正想走到自己的座位上,可小朋友匆匆忙忙地跳过来揪住她,硬是将末末揪到了江玄谦身边:"妈咪你看,好可怕的蚊子呀,竟然有人类的牙齿!"

素末吓了一跳:"怎么会这样?"

是,怎么会这样?只见江某人干净的脖子上肿起了老大一个包,就在她昨天咬过的位置上。可明明她只是咬了一下呀,就一下,为什么现在会肿成这样?

昨夜还横在心头的尴尬瞬间被焦虑取代了,素末瞪着那大包,好半晌才想起:"对了,我上个月刚调了款舒缓消炎的精油,这就去拿过来!"

"急什么?先吃饭。"

"可它都肿得那么大了,再不处理我怕会感染……"

话未说完,江某人不咸不淡的目光已经递了过来:"不躲了?"

"啊?"

"昨晚不是还拼命躲着我吗?"

素末:"……"

俏丽的小脸瞬间涨红,素末无语问苍天,竟然忘了!就因为这人长了一个包,她就忘了他昨晚禽兽不如的行径,老天爷,瞧她这感人的智商!

江玄谦冷嗤一声,朝钟先生使了个眼色。老头儿立即将热腾腾的清粥小菜端到素末跟前:"先生说小姐你在调香室待了一夜,早上肯定没什么胃口,所以特意吩咐我多做点清淡的呢。"

老头儿简直是全世界最完美的管家,一边说着,一边还不忘将筷子塞进她手里:"来,多吃点,吃饱了替先生擦个药,擦完了回房好好睡一觉,一晚没合眼,肯定累坏了吧?"

"可是……"

"别'可是'了,老钟知道小姐关心我们家先生,可先生也说了呀,他还在吃饭呢,暂时不需要精油。再说了,那东西黏糊糊的,往脖子上涂个一层两层,谁还有心情吃饭哪?"

好像……也有理吧?

江海不渡

素末被说服了，看江某人虽然顶着一颗硕大无比的包，却毫不以为意，依旧一手端着早茶一手往睿睿餐盘里添了些蔬菜，动作优雅又有爱，她也不由得端起牛奶壶，想往睿睿的杯子里再添一点儿牛奶。

结果却惹来了这头禽兽的取笑："还是照顾好自己吧，瞧你那黑眼圈，比睿睿还不省心。"

"……"真是的！

"嘴那么坏，鬼才给你擦药！"

小小声的咕哝惹来某人似笑非笑的凝视："再说一遍，大点声。"

素末立即闭嘴，非常卖力地扒着她的饭。

手机在不久后响起，那时素末刚喝完粥，只看了眼来电显示，脸色就微妙地变了。

悄悄往江玄谦那儿瞄上一眼，见他只是低着头用餐，素末这才压着声，接起了电话："你好？"

江玄谦径自将牛奶倒进早餐茶里，没理她。

特意压低的声音断断续续地传过来："嗯……是的，昨晚拿到了……可以的……半小时后好吗？嗯……"

挂上电话后，她起身："不好意思啊，我有点儿事想出去……"

结果话没说完呢，饭吃到一半的江玄谦冷不防地对着老管家开口："钟先生，到调香室把那瓶精油拿过来。"

"耶？脖子又难受了吗？"钟先生配合度相当高，"可是，我还不知道尹小姐说的是哪瓶精油呢！"

"我去我去，"素末瞬时连自己要说什么都忘了，匆匆放下手机，"我去拿！"

细影速速赶往调香室，那么担忧又焦虑，感动得钟老头儿直摇头："我们尹小姐啊，真是全世界最好哄的姑娘了。"

你看，前几天还暗自神伤着，昨晚也暗自委屈着较着劲，可今儿一看某人脖子上肿了个大包，就啥都给忘了。

"好姑娘哟，真是好姑娘！将来谁要娶了咱尹小姐，那才是天大的福分！"

江玄谦没空理他的感叹。素末一走，他就朝着对面抬了抬下巴：

"谁的电话？"

钟先生笑眯眯地答："回先生，是那位关竞风先生。刚刚小姐接起电话时，我不小心瞄了眼，就看到来电显示上写着'豪朗关竞风'。"

啧，他就说呢，好好的先生怎么突然想要那一瓶精油了，可不就是为了支开尹小姐吗？

果然，某人听到关竞风的名号后，优雅用餐的动作微顿——尽管，尽管他很快又恢复了寻常。

江某人慢条斯理地喝完了最后一口早餐茶，搁下餐具："等等让她到书房去给我擦药。"

起身，走往楼梯时，同样慢条斯理地再添了一句："马上来。"

马上来马上来，真的，一刻都不让人耽搁。

其实一开始素末还暗暗欢喜着，毕竟自那晚的厨房夜话后，两人就再也没有这么自然地亲密接触过了。可亲密接触的时间越久，素末就越着急，就一个包，小小的一个包，这人竟然要求她按摩半小时！

其间不管她怎么解释："真的不用按这么久，真的，五分钟就差不多了，再按下去就肿得更严重了！

"我有急事，再不出门就来不及了！

"要不然让钟先生来帮你按？"

他从头到尾保持沉默，直到她连钟先生都搬出来了，这家伙才勉为其难地回："我有洁癖，不习惯让别人碰我的脖子。"

"钟先生怎么会是别人？他都跟你那么久了！"

"可从没碰过我的脖子。"

"可他碰过你的手啊，你并没有厌恶感不是吗？"

"是。"

"那……"

"也没有舒适感。"

真是败给他了！

素末心急如焚，也不知有多心不甘情不愿，可另一方面又怕下手重了，反而按肿了他那颗金贵的包，毕竟按了半小时谁知道手重了会不会反变成大包,左右为难之际,对这人打也打不得摆烂也摆烂不得,只好咬着牙气骂:"江玄谦,你、你真是讨厌死了!"

当然,被骂的人毫不以为意:"是啊,在你眼里全世界都是好人,就我最讨厌。"

素末:"……"

"不只讨厌,还禽兽,还热衷于耍手段吃别人豆腐。"

"……闭嘴!"

好不容易挨到江大神说OK,素末终于长长地松了一口气。手一洗,包一拿,小姑娘迅速穿鞋出门。

二楼书房里的窗似乎被推开了,某道深沉的目光从窗口射来,始终投在她身上。

素末如有感应,抬头,果然就看到了那道属于江玄谦的颀长身影。

手机"嘀"一声,有信息进来了。

江玄谦:好好看路。

她心口一暖,唇角在这样寻常的文字下,不期然地翘了起来,好像……又恢复回原来的样子了吧?她和他,好像……又"和好"了吧?

赶到豪朗时,关竞风早已经不在约好的地方了。

"尹小姐,老板等不到您,就和付小姐先去V301了。"

V301就是那晚发生离奇事件的包厢。素末推开包厢大门时,正好就听到付冉在问关竞风:"所以说,那晚在这包厢里的除了尹泽夫妇,其他的都是帮尹娉婷做过宣传的网络红人和大V?"

"是。"

"那就有趣了。"

包厢里只付冉与关竞风二人,俊男靓女,却双双严肃着一张脸。在他们面前摆着的,是一台正在播放着无声视频的电脑,走近了一看,可不就是素末自江玄谦那儿得到的监控视频吗?

那天陆乔久把U盘拿给她后,素末与付冉研究了大半天,也没研究出这视频里除尹泽和方宛外的其他人究竟是什么关系,所以付冉干脆将视频传给关竞风："他是豪朗的老板嘛，本来就有权知道这些事。况且他一做生意的，人脉肯定比我们广呀。"

这不，视频传过来没几天，关竞风就通知她们说，顾客的身份已经都查全了。

付冉朝素末招招手："事情的经过大概弄清楚了：那晚你爸和方宛请了一票网络红人来这儿唱歌，想借由他们的宣传来帮尹娉婷抬高人气。结果那群网红不知怎么的，出了KTV后就一个个跟中了邪似的，猛把身上的钱都打赏给乞丐。"

"你的意思是，那晚在这间包厢里的，除了我爸和尹娉婷母女之外，其他的全是网红？"

付冉点头："不然你以为尹娉婷最近怎么会那么火？"

的确，尹娉婷最近非常火，在和江玄谦闹出那些绯闻之前，网络上早已经热热闹闹地传开了她直播有趣、毫无女神架子、化妆教程独一无二的传说，甚至连"身上带着天生的独特芳香"这种耸人听闻的新闻都出来了，一拨又一拨，看得素末啼笑皆非。

身上带着天生的独特芳香？呵，哪门子的独特芳香！不过是在尹爸的调香室里多待了几年——熟悉尹家的人都知道，尹教授几年如一日地醉心于花系香水的调制，玫瑰、茉莉、薰衣草、小苍兰……各种花香杂糅在一起，待久了，何止娉婷，尹家每个人身上都带着道不明的百花香。结果这么桩小事经由大V们的嘴，就变成了"尹女神乃香妃转世，带着独特的香气出生"。

你看，为博眼球攒名气，各路网红可谓是使尽了浑身解数。网络的水那么深，眼见的都未必为实，可虚假繁荣依旧乱糟糟地衍生着，你方唱罢我登场。何止一个乱字了得！

"到目前为止，"付冉说，"我们已经把人物、时间、地点以及聚会原因都弄清楚了，现在只剩下一个问题：那晚这包厢里和Flawless非常像，可又像是添入了什么其他气味的香氛，究竟是怎么一回事？"

问题甫落，关竞风和付冉的目光便齐齐落到了尹素末身上。

是，刚在电话里关竞风就已经问过她了："听说你昨晚已经找到了那一款香氛？"而她的回答是——是。

素末说:"我昨天在方宛的调香室里发现了一款和 Flawless 很像的香水:前调是法国蔷薇混合栀子花,中调是小豆蔻、风信子混合一点儿香草,至于后调,"她目光炯炯,看着好友的表情几乎是欣喜的,"小冉,还记得我说过那款香氛的尾调味道有点儿奇怪吗?"

"嗯。"

"就是那一款味道!"

前方迷雾似乎渐渐地散了,她们一路跋涉,尽管最终刺破烟雾的那一道曙光在跋涉之初就已经隐隐地泄出了点形状,可当它真的原形毕现时,追逐曙光的人,原来还能感觉到这样强烈的欣喜。

付冉:"看来这件事果然和方宛有关。"

素末:"没错,一早我就觉得除了她之外,没人有能力有条件去调这款香。"

倒是和疑案关系最密切的关竞风没怎么说话,不过他一贯表情严厉,这回看着倒轻松了不少:"我送二位回去吧。"

"不用了,我开车过来的。"付冉站起身,"你送末末好了,我待会儿还有些事,恐怕来不及送她了。"

关竞风点点头。

两人离开豪朗后,关竞风问过了素末地点,就没有再说话了。车子走的还是上回那条路,一路沉默,也不知如此静默了多久,关竞风才开口:"尹小姐似乎有话想问我?"

"有那么明显吗?"

关竞风无声地笑了,岂止是明显,事实上,一路上他已经不知几次在后视镜里发现了她欲言又止的模样。

"问吧。尹小姐帮了关某那么大个忙,有什么疑问,关某定知无不言。"

"就连很隐私的事也能问吗?"

"嗯?"

她犹豫了一下。

远方万花庄园渐渐地逼近了,素末脑中却依旧盘旋着江玄谦的话。那是自今早看到关竞风的名字浮在手机屏幕上时,她脑中便盘桓不去的话语——"因为,他是我的策划对象。"

那一晚，在深夜阒然的厨房里，江玄谦这么对她说。

"尹小姐？尹小姐？"

"啊？"她回过神来。

矛盾话题里的主角就在她眼前，向来严肃的脸上是她愿问他就愿说的诚恳。

既然如此，素末也不再犹豫了："关先生，我想知道的是，您和江先生之间……有过什么合作协议吗？"

"江先生？"关竞风一愣。

不是那种"你怎么会知道"的愣，而是那种"这个人和我能有什么关系"的愣。

"当然，如果关先生觉得不方便回答……"

"不是不方便，只是江先生——你说的是江玄谦先生吧？"关竞风摇头，口吻肯定，"我和他之间并不存在什么合作关系。"

否决来得猝不及防，就像那天付冉斩钉截铁的一句"我不知道你信还是不信，反正我是不相信"。

"那、那会不会是别人和他的合作协议里涉及你？"

"这我就不知道了，"显然关竞风并不是信口开河的人，细细思索了一番后，他说，"虽然不敢百分百肯定，但这种可能性我认为几乎没有——尹小姐？"

"嗯？"

"你怎么了？"

她这才回过神来，茫茫然的样子看上去像是刚从一个缥缈的梦境里醒来："哦，没事。"

"你家到了。"

万花庄园已经近在眼前。

走进别墅里，其余三个人仍在，忙完了厨房琐事的钟先生正在花园里泡着茶听小曲，江玄谦则在大厅里边看书边陪睿睿画画，一如从前每一个周末，满室岁月静好的样子。

她悄然出现在大厅入口处，没有人发觉。

小朋友画着画着，突然将素描纸递到他爹地跟前："这样对不对？末末妈咪的眼睛下面有一颗很小的痣，我画出来了！"

江海不渡

可他爹地不怎么配合,从一本《浮生六记》里抽出目光来,赏了那素描纸一眼:"你妈咪的眼睛没那么大。"

"乱讲,明明很大,而且是双眼皮!"

"内双。"

睿睿不服气:"那爹地来画!"

"行啊。"他取过笔,想也没想,唰唰在素描纸上勾勒了几下。

睿睿眼睛越瞪越大,越瞪越亮,那副既不服气又崇拜的样子,像极了初见那天的模样。

素末微微一笑,突然间,想起了最初相遇的场景。

其实那时她已经在调香室里工作大半年了,纤影无数次穿越万花冶艳的后花园,最终停在调香室里——一百多个日子来,她在这片庄园里的活动领域就只有花园和那间小小的调香室。直到那天老钟来传话:"尹小姐,有适合三十岁女性的香水吗?麻烦您挑一瓶送去大厅吧,我们家小朋友想送礼物给老师呢。"那一次,她才正式和睿睿打了照面。

真是个顶好奇的小家伙,她将香水送到江玄谦跟前时,这孩子就坐在一旁,隔着点距离悄悄打量她,一双混血儿的深褐色大眼眨呀眨。素末朝他笑了下,只一下,小朋友就像是得到了莫大鼓励,在她要离开时,壮着胆子靠近她:"姐姐,帮我检查一下作业好吗?"

素末有点儿错愕,可揪着她衣角的小朋友又乖又萌的,湿漉漉的眼里满是"我很缺爱拜托快来关爱我一下"的可怜样:"好不好嘛,姐姐?"

谁能拒绝?

她很耐心地替小家伙检查了作业,结果检查完后,又被拉着一起吃了晚饭。

然后,在吃过了晚饭后,小朋友又提要求:"姐姐,给我讲个故事好不好?我们幼儿园的小朋友都说他们有睡前故事听,可我都没有呢。"微微落寞的语气,讲完后,还哀怨地瞥向江某人,"爹地从来都不给我讲,我连灰姑娘的故事都是听同桌说的呢!"

真真好不委屈。

第四章 裙摆

江玄谦无语地瞅了他一眼："继续演。"

抬头对上素末询问的目光时，又正了正色，竟然帮腔："要不你就给他讲讲吧，晚点儿我送你回家。"

这话说得真真是动听又巧妙！可更巧妙的是，她竟然信了。

话说回来，这其实也怪不得她，大半年的时间素末都只待在调香室里，跟这家伙接触得太少。所以那晚当她给睿睿讲完了一个又一个故事，当江某人看着外头黑透了的天说"这么晚了，要不你就先在客房将就一晚吧，明天我送你回学校"，素末简直怀疑自己听错了——这家伙，刚刚不是还说天晚了就送她回家的吗？

"那怎么行？无缘无故住你家？"

"有什么关系？天色晚了，房间也空着。"

"可是……"

"怎么，难道你还怕我对你做点什么不成？"

他厚颜无耻地将最厚颜无耻的不可能的现象戳破开来，让素末一时也没好意思再拒绝。更何况那时她和这头禽兽还不熟，哪好明目张胆地拂人的"好意"。

左右寻思了许久，直到那桃花眼又瞥过来："嗯？"

她才慢吞吞地说："那、那就打扰了啊。"

"不打扰，不就是一间客房吗？"

可事实上，何止是一间客房啊？那时候，在什么都还没开始的时候，谁能料到这间房她会一住就是两三年？毕竟谁也不知道，就在事发的前几天，因为和尹娉婷的口角，她被那双母女齐心协力地挤对出家门了。

《格林童话》里说："灰姑娘被后妈和姐姐讨厌着，灰姑娘总是在炉灶旁灰头土脸地工作着，灰姑娘一直住在阁楼里。"

灰姑娘后来，始终没有再回到妈妈的家。

第二天睿睿看上去好高兴："昨晚我梦到了妈咪给我讲《灰姑娘》的故事呢！姐姐，你该不会就是我妈咪吧？"

神逻辑弄得素末哭笑不得。

可更让人哭笑不得的是某位家长的回复。就见那家长收起了报纸，脸上是他最常用的那种衣冠禽兽式的微笑，挺温和地教育他儿子："和你说过多少次了，你没有妈咪。"

"可别人都有妈咪啊！"小朋友噘起嘴，别提有多不服气。

"那是因为，别人都不是你钟爷爷到孤儿院里抱回来的。"

听听、听听！这说的到底是什么混账话啊？素末简直不敢相信自己听到了什么。

一旁睿睿瞪起眼："哼，坏爹地！"可你看那表情，没有一点儿受伤或愤怒，不用猜都知道这种话他铁定是从小听到大了。

真是太过分了！

"你怎么可以这么跟小朋友说话？"

"不然呢？"江玄谦比了比对面，示意他儿子坐好了，才转过脸来看她，"不然你让我告诉他说，妈咪在很远的地方，然后让他一年问我三百六十五次妈咪要回来了没有？"

素末："……"

"我的教育方式就是实事求是，要不然英明的香水小姐，您还有更好的办法吗？"

英明神勇的香水小姐没有更好的办法，可英明神勇的香水小姐在后来很长一段时间里，都身体力行，给了这小可怜不知多少陪伴。

日居月诸，斗转星移，她在这庄园里待得越久，睿睿对她的称呼就越亲密——从"姐姐"到"末末妈咪"，有时甚至直接喊"妈咪"，也喊得自然又顺畅，毫无违和感。恍惚之间，不设防时，被"妈咪妈咪"软软地叫着的人简直要以为，她在此处已经构建起了另一个家。

从那一个被赶出来的地方，到这里，江海那么大，由彼及此，原来不过是一段转身的距离。

吾心安处是故乡。而故乡，就是家吧？

或许，就是吧。

睿睿的声音将她拉回到现实中来："末末妈咪？末末妈咪？"

"嗯？"

"你为什么一直看着爹地啊？还看得那么入迷。"

"啊？有吗？"她迅速转移视线。

要知道这禽兽简直就是自大狂里的 VIP，自己一个不留神往他脸上盯了那么久，这家伙能不趁机取笑自己吗？

果然，不要脸的话很快就从某禽兽口中出来："看得入迷是因为你爹地好看。"

他不满地将睿睿的脑袋转向画纸，示意他专心画画，然后，又挺满意地朝那据说"正入迷地看着他"的姑娘招招手："坐过来——说吧，关竞风和你说了什么？"

"你知道我去见了关先生？"

"我该不知道吗？"那高冷的眼神里明明白白地写着一句话：你傻就够了，可别以为全世界都和你一样傻。

素末被鄙视得有点儿郁闷："关先生说方宛为了替尹娉婷造势，在那晚约了一大群网络红人到 KTV 里谈事情。"

素末讪讪然地走过去，见江玄谦又拍拍身旁的座位，只好坐到他身边。结果，某人又习惯性地抬起手，就准备往她脑袋上摸——

"我今天没洗头！"素末连忙后退，用两手紧紧地护住自己的脑袋，见他不满地皱了一下眉，又急忙解释道，"真的，今天出门时太匆忙了……"

"是啊，赶着见人，自然是挺忙。"

素末："……"

什么叫"赶着见人"？明明是这头禽兽拖时间好吗？一个破包按了整整半个钟头，害得她都没有时间洗头发！素末压着嗓门偷偷嘀咕了两句，也不知有没有被江禽兽听到。

不过不满的表情倒是尽数落入了江某人眼底，噘着嘴，鼓着腮，看上去竟还怪有趣的。

江玄谦不着痕迹地弯了下唇角："好了，方宛约了一群网红去谈事情，然后呢？"

素末这才回到正题上："然后经过昨晚的研究我发现，豪朗事件后，包厢里残余的香氛气味就和我昨天在方宛调香室里找到的香水一样，乍闻下去，和 Flawless 似乎有点儿像，可闻久了人就会有微微的晕眩感。"

"只是晕眩感？"没记错的话，那几天微博上微信上铺天盖地地

江海不渡

渲染着的可不仅仅是"晕眩感"而已。

素末说:"这种晕眩感能给人带来极大的放松和满足感,可如果这时候谁再来上一段催眠,恐怕定力差一点儿的,就不知道自己在做什么了。"

当然,从头到尾,她都没提到自己和关竞风最后的那一段对话。

江玄谦精明的眼微微眯了起来。

那曾经风靡整个江海市的离奇报道说,客人们一出豪朗就自发走向了乞丐,掏出钱,充当起了散财童子,然后,没半点异常地回家了。直到第二天,所有人才反应过来自己有多异常!

这莫名其妙的事情从头到尾摊开来,你说要不是有谁对这群傻子们进行了催眠,那不是活见鬼了吗?

零星记忆在他脑海里陆陆续续地闪过,却似乎,不仅仅是关于报道的记忆。

许久他才又开口:"就这样?"

"啊?"

"你的关先生就讲了这些,没别的了?"那口气听着,啧,怎么就这么奇怪?

可心中有鬼的素末没察觉到怪异点,只是有些不自在地垂下头:"嗯,就讲了这些。"

慌忙异色自眼底一闪而过,分明,就是隐瞒了什么的样子。瞧这不会撒谎的小东西!算了,懒得再计较了,反正计较来计较去,也不过都是些小姑娘的心事。

江玄谦眼中的精光慢慢转成了慵懒,啜口茶,他看向小睿睿的画,画完了他的末末妈咪后,小家伙又开始画爹地,在素描纸的最上方,还有小朋友歪歪斜斜地写下的一个"家"字……

家啊,三个本无血缘关系的人,机缘巧合下组成的一个家。

他突然开口:"既然确定那款香是方宛调制的,接下去你打算怎么办?告诉你爸?"

素末怔了下,半响,声音里淡淡地添了丝落寞:"他会信吗?"

"我想,并不会。"

第四章 裙摆

是，她想，并不会。就像那年妈妈在调香室坠楼，当全世界的流言全指向她，说她不负责任地扔下女儿和调香室的师兄双双殉情时，任凭素末怎么哭怎么喊怎么声嘶力竭地解释，爸爸都不相信。

明明妈妈在提前写好的遗书里清清楚楚地讲到了她正和合伙人在调制一款能够造福人类，甚至能使抑郁症患者心情愉悦的香水，可调香过程太危险，只因某一些原料的特殊性，调香者一个不小心便会陷入迷幻的境地里——明明遗书里已经写得清清楚楚明明白白，那么，她这样一个调香人，一个将自己的生命和生活全摆到了调香之后的人，突然坠楼的原因能是什么？

尽管外界流言再难听，素末也绝对相信，那不过是原料迷幻作用下，母亲无知无觉的纵身一跃。

这样的理解不仅是因为最原始的那层血缘关系，还有一名调香人，对于值得敬重的前辈所怀有的信任、怜悯与慈悲。

可她的爸爸不相信。那一阵子，他和所有传播流言的人站到了同一战线，他将居心叵测的方宛和尹娉婷接回家，他和她们一起，加入了与她对峙的阵营。

十几年前如此，十几年后，在他和方宛的感情越积越深的十几年后，情况会有逆转的可能吗？

答案可想而知。

最终还是江玄谦说："把事情交给我吧，让我来替你处理这一切。"

睿睿还在一旁安静地画着画，那双大眼睛时不时就要抬起来偷瞄大人们一下。江玄谦伸出手，轻轻抚过她眼下那颗小小的痣："至于你，安心调香吧，什么都别想。"

素末有些茫然地凝视着他。

"别忘了，再过两个月，你们学校就该向'爱丽莎'公司提交香水了。"

行内人皆知，一些没有专属调香师的香水品牌，如"爱丽莎"，他们的香水开发流程一般是这样的：首先由公司根据市场情况提出一个总要求，说明需要什么样的香水，再邀请各家香料香精公司来竞标。无独有偶，作为拥有国内顶尖调香的专业学校之一，江大自然也在竞标者之列。而这一季,江大恰好就投标成功了。

"那天到你们学院参观时,我给你们校领导提了个建议:这回上交到'爱丽莎'的香水,学校必须严肃对待,因为我打算以这批香水作为突破口,为江大的调香系进行品牌包装。"

素末茫茫然地睁着大眼。

真是傻孩子,还听不明白呢。他轻叹:"我的意思是,让你去争取。"

"我?"素末诧异道,"可学校只让大四的学哥学姐参加呀!"

其实这并不是江大第一次拿到香水公司的招标项目了,可以往的每一次,学校都只在专业技术成熟的大四生里筛选调香师。

"放心吧,我已经让学校扩大范围了,正式通知这两天就会下来。末末,"他将长指自她眼眶下移开,慢慢往后,往上,慢慢地,包住了她的一整个后脑勺,"路都给你铺好了,剩下的,就靠你自己了。"

"江玄谦……"

"这一颗脑袋只要用来想你喜欢的事就好,其他的,我来解决。"他声音低低的。

包裹着后脑勺的那一只大手紧了紧,温热的触感从那处开始,慢慢淌到了她的每一寸皮肤里。如同他低醇的嗓音,余音绕梁,气息犹存。

付冉曾经问过她:"你究竟喜欢那家伙什么呀?且不说他爸跟你妈到底是不是外面说的那种关系,也不说那老狐狸到底介不介意,就他那个人,又狡猾又难捉摸的,鬼才喜欢呢!"那时面对着好友的质疑,素末回答不上来,真的,搜遍了整个脑子也搜不出一个答案来。

可此时她突然间想到,或许自己喜欢的,就是这样的感觉吧。这个人,他腹黑又难以捉摸,可他永远能在她迷茫时替自己扫清前方的迷雾,在她不知所措时替她指出一条路,甚至在钟先生问她"小姐明早想吃什么"时,替深患选择困难症的她做决定——"明天早上有四节课,给她加一碗馄饨面吧"。

从大事到小事,从宏观到微观。

素末心头微暖,只觉得强守的心门渐渐地,被势不可挡的力道一寸寸地吞噬了。

　　明知道这个人并不属于自己啊，明明知道。

　　可最终她也只是点点头："好。"

　　江玄谦满意地揉了揉她脑袋："去吧，记住了，好好调你的香，其他闲杂人等和无聊的事，都交给我——包括方宛，知道吗？"

　　"方宛？"

　　"你以为潜入她的调香室又偷了她的香水，你亲爱的后妈会放过你吗？"

　　答案当然是……不会。

第五章

陷阱

"爱丽莎"这回给出的目标受众是近三十岁的、从事脑力工作的、有财力有品位的都市精英。将这消息打听回来后，素末很快就否定了自己前不久刚调出来的作品：以小雏菊混合桔梗花为基调的香水，乍闻下去，清新得让人联想起初恋。

　　这当然不是最合适的香水，于是很快便如江玄谦所言，素末推翻之前的成果，开始全身心地投入到新香水的调制中。

　　只是方宛那一边……

　　走出调香室时，素末偶尔还是会想起方宛的那一款香水。从实验室拿走香水至今，已经一个多星期了，可方宛那边竟全无动静。江玄谦曾说："没准你后妈正准备等你放松了警惕，再给你来个出其不意呢。要真有那一天，记得别自己贸然行事，先问问我。"

　　她听话地点头，乖巧地接受，然后，继续窝在她的调香室里。

　　直到那一天——

　　再平凡不过的某个下午，素末上完了专业课，走出教室时，在走廊上遇到了也刚结束了一堂课的方宛。

　　"末末啊，"方宛满脸亲切地把她叫进办公室，"你爸可能是最近身体不太好，想你想得紧呢。你要有空，今晚就回家吃个便饭吧。"

　　"爸爸怎么了？"

　　"还是头痛，老毛病了，就是最近想你想得紧，回来一趟吧，啊？"

　　话说得天衣无缝，让人没有拒绝的理由，加之素末也的确是好长时间没回家了，她想了想："好。"

　　尹院长的家就在江大附近的商品房里。其实学校本来是给他配了教职工宿舍的，与职称相匹配的一百多平方米的公寓，三房两厅，条件还不错，可尹妈妈过世不久后，尹院长就在学校附近买了房。人人都说那是因为旧房里充满了苏教授的气息，尹院长他不想睹物

第五章 陷阱

思人,更不想让他的女儿睹物思人。

可有谁会知道呢,事实上在他们搬到新居后,方宛和尹娉婷很快就住进去了。没多久,便是尹院长风风光光的婚礼。

旧人已去,新人貌美体贴又温驯,看着多么像一场劫后重生的幸福。

至于其中的真相,比如说明明尹娉婷比素末还要大两岁,明明在尹教授与亡妻结婚前她就已经出生了,不论从法律上还是从生物学角度上,她都是尹教授的亲骨肉;比如说明明那尹、方两人二十几年前就是情侣,可为何尹教授中途又娶了素末的妈妈,兜兜转转一大圈,最终才走到方宛身边——谁又会清楚呢?

素末在回家前先给江玄谦打了通电话。江大神说过了,万一方宛找她,让她第一时间就找他商量。可今天估计是有什么要事,素末打了一通,没人接,再打一通,助理说"江先生在开会",素末挂了电话后,还是决定自己先过去。

回到家时,尹爸和方宛都还没回来,家里只有一位给她开门的老阿姨:"末末回来啦?方教授刚打电话来说院长临时要开会,让我先做点好吃的,你先到大厅里看看电视哈。"

电视她向来是没兴趣的,素末百无聊赖地回自己房间待了一会儿。

房间和她离开时并没有任何区别,记得那时候,在她被娉婷和方宛的冷嘲热讽挤对得不想回家的时候,爸爸还打电话教训过她:"你看你方阿姨多好,每天都把房间打扫得干干净净,就等着你搬回来,你倒好!"那时的她嘴那么笨,连该怎么向父亲描述这对母女的面善心恶都不懂,只是心凉地觉得自妈妈过世后,爸爸对自己就越来越冷淡。她在心里赌着气,说:"我住学校也挺好。"

一句话出来,至今两年多了,可笑的是,竟没有人察觉到不对劲,更遑论有人发觉她其实从来也没有住过校。

倒是隔壁房间有了新转变,从爸爸的书房变成了方宛的调香室。素末一走进就敏锐地嗅到了不对劲——是,那一款和 Flawless 相似度极高的味道就在这里,而且,就在离她很近的地方!

目光一转,中央实验桌上摆着的香水瓶映入她眼帘。素末目光沉了沉,走过去,拿起那一瓶香水。

开门声很快在门外响起,继而是老阿姨的声音:"教授回来啦?末末都等了好久了。"

她略微沉思,不消片刻,便退出了调香室。

走到大厅时,素末只见迎面而来的爸爸正沉着脸对着她,而方宛则是一脸紧张样,匆匆越过她,迅速赶往调香室里。

下一秒,惊天动地的叫声传出来:"末末,快把东西还给我!"

尹院长脸色铁青。

一切简直是莫名其妙。就见方宛急匆匆地跑进去又急匆匆地奔出来,那满脸愤然又不失心痛的表情,一如往常般被她拿捏得恰到好处:"娉婷说那晚偷溜进我调香室的人可能是你,我和你爸还不肯相信,结果呢?结果现在我们只不过是稍稍试探了你一下,你就露出破绽!"

一席话让尹院长的脸色更加阴沉。

可众矢之的却一脸茫然:"你们在说什么?"

"说什么?说我放在桌上的香水!别装了末末,我知道你想争取这次'爱丽莎'的项目,可你也不能拿我的香水去充当自己的设计成果啊!末末,你这么做,要是被学校发现了是要开除学籍的啊!快,把香水还给方阿姨……"方宛走近她,下意识就要伸手去搜她的包。

可也是在这时,她尴尬地发现——呃,这丫头身上根本就没有包!

那包正一动不动地躺在大厅的沙发上呢。

方宛有些尴尬,不过还来不及说什么,就听素末开口:"阿姨该不会是想说,我偷了您放在实验桌上的香水吧?"她像是这时才反应过来眼前的"长辈们"都做了些什么,"所以今晚让我回家吃饭是假,测试我究竟称不称得上是一名合格的小偷才是真?"

尹院长原本阴沉的表情似乎有了点破绽,很明显,她说对了。

素末轻轻笑了一下,突然想起了江玄谦的话:"你后妈正等着你回去给她提供娱乐项目呢。"现在看来,可不就是这样吗?

第五章　陷阱

明明看上去依然是从前那个耿直得有点儿蠢的姑娘,可不知怎的,这丫头开口时,口吻神色里的某种奇妙的东西,却让方宛莫名地背脊发凉:"真是抱歉了,我竟然没能遂了您的心愿——方阿姨,因为觉得您搁在桌上的那款香水有异,所以我用调香室的胶布把瓶子封实了,挪到最里头的抽屉里了。"她微微一笑。

如果此时尹娉婷在场,一定会惊讶地发觉她这笑容和老狐狸江玄谦竟有异曲同工之妙。只听素末说:"我本来是想着等等在吃饭时和你们说的,不过看样子……"

剩下的话,已无须说出口。

方宛脸上红蓝青白轮番滚过,不知有多尴尬。

可尹泽却被另一个重点吸引了去:"你说香水有异?什么意思?"

"爸爸还不知道吗?豪朗发生怪事的那晚,包厢里的香氛被人从 Flawless 换成了另一款味道类似的香氛,我刚刚闻着,好像就是方阿姨的那一款香呢。"她沉着声,言行举止间,看上去依旧是从前那个沉默寡言的傻姑娘,可这下子,就连尹院长也觉得似乎有什么不一样了,"您也知道的,我天生鼻子比别人灵敏,闻过的气味基本上第一时间就能辨出来。"

话里的含义让方宛霎时间变脸:"你别胡说!那晚包厢是什么味道你怎么可能知道?"

"因为我和豪朗的老板关先生是'好朋友'呀。"她学着江玄谦露出那种经典的彬彬有礼实则目中无人的微笑,"爸爸您说,那害得一票人等损失惨重的香氛,该不会就是方阿姨调出来的吧?"

"胡说!"

"闭嘴!"

气急败坏的两道声音几乎同时响起,一道方宛的,一道尹泽的。

素末敛起了温和的神色,冷眼看着她的父亲突然间瞪向方宛,可下一秒又朝她瞪过来的滑稽样——那一刻,电光石火之间,他肯定也怀疑起自己的妻子了吧?可马上,就在下一个电光石火间,他又想起了无论如何都应该在"外人"面前维护妻子的声誉。

呵,此情此景,多么多么地,不像妈妈当年被众人指责时的样子。

"爸爸,"她轻声说,"如果您当年能像维护方阿姨一样地维护妈妈,替她说一句好话,我想,妈妈就算是死,也能死得瞑目了。"

可他没有,一句也没有。

所以她的妈妈,清高一世的,年纪轻轻就不知斩获了多少调香类大奖的苏教授,为了所爱的事业而客死异乡,其后的无数个年头里,还得让人戳着脊梁骨嘲笑。

江玄谦曾经说:"这乱糟糟的世界啊,你强大了,一堆人争着跑过来捧你,你失势了,同样的一群人又会乐呵呵地过来踩一下你。人心就是这样啊,同时拥有锦上添花和落井下石之技能的人,多得让你怀疑人生。"

可不就是这样吗?

晚饭自然是吃不成了,走出尹家大门时,素末才发觉自己竟然微微打战,不知是因为紧张,还是因为愤慨,她的一双手心全湿透了。

可她想,很好,尹素末,终于有一次你能够临危不乱,动用出所有的智慧,在爸爸面前撕开那女人挑拨离间的面目了。很好,真的很好!

可回到万花庄园后,江玄谦竟说:"好什么好?傻孩子,中计了都不知道。"

"啊?"

看到方宛将香水放在调香室最显眼的地方,并画蛇添足地写着"最新调配"时,她就敏锐地嗅到了阴谋的味道——多机智啊!简直是近朱者赤近墨者黑,同这头禽兽待久了,也染上了他多疑的好习惯。江玄谦却说:"傻孩子,方宛可不是你想象中的那一种蠢货。"

"什么意思?"

他招招手,让钟先生将替素末温着的晚餐端上来。

这人向来最讲究,完美地秉承了英国人刻板挑剔的那一套,谈公事一定得上书房,吃饭一定得上餐桌。这不,素末听他那么一说都快急死了,他倒好,慢条斯理地将她从客厅拉到了餐厅里,按着她的肩让她坐好之后,才说:"如果我没有猜错,方宛设下圈套时,的确是和你爸说她想看一看那晚偷溜进调香室的人是不是你,可这只是表面的原因。"

第五章　陷阱

"你的意思是，还有更深层的目的？"

江玄谦点头。

不知为什么，这人对方宛的了解竟总是比她这正宗的尹家人还要深。几乎每次素末一说到尹泽，一提到方宛，他就能从最细微的行为里推断出他们的内心所想，甚至是下一步行动。

所以素末很信赖地问："目的是什么？"

"能是什么？现在豪朗的事闹得满城风雨，再加上前阵子你又冒充她女儿闯进她的调香室，你说她现在把你叫回家，能是为了什么？"

"为了确定当晚的人是不是我呀！"

"这不需要确定，她心里早就有数了，没直接开除你只是因为找不到最直接的证据。现在方宛更想确定的其实是另一件事，"他说，"豪朗的事现在闹得这么大，你以为她会不担心？"

素末大惊："你的意思是，方宛已经怀疑我在查这件事了？"

"你说呢？"

素末只觉得瞬时间如雷贯过耳。

可是，怎么可能？到目前为止，她们所有的调查都是暗地里进行的，就连关竞风都没对下面的人声张过，方宛哪能神通广大到这份上？

显然江玄谦是看透了她心思，所以那手像抚摸一个可怜的智障儿一样地抚着这孩子不太灵光的脑袋："你以为我为什么不让你再插手这件事？就是因为我知道，你一不小心就会露出破绽。"

方宛说末末为了在"爱丽莎"的项目里脱颖而出所以去偷她的作品——一个学生去偷调香室总负责人的作品，然后再交给包括总负责人在内的老师们审核，这逻辑没毛病？

这孩子到底是有多缺心眼，才能连怀疑一下都没有，就接受了那老女人的说辞？

"你说你，都跟在我身边那么久了，怎么还能蠢成这样？"

一句话让素末面如死灰，张口"我"了半天，想说什么，却最终只能讪讪地闭了嘴，懊恼地咬住唇。

此时钟先生"正好"将晚餐端上来——其实不用猜也知道，这

江海不渡

老家伙肯定将两人的对话全都听了去了。见末末灰着一张脸，老头儿赶忙帮衬着发表起高见："关于这点，先生您还真不能怪尹小姐，要怪啊，老钟我看只能怪先生自己。要不是先生您太英明神武，什么事都替咱尹小姐想好了，哪能惯得她连这点事都不想过脑呢？"

"哦？这么说来还是我的错了？"话是这么问，可你瞧他那张脸，非但没有一丁点儿恼怒，甚至还有那么点儿说不明的……满足感？

是满足感没错，一边这么问着，这厮一边还懒懒睨着末末那羞愧欲死的样子，脸上带着点儿取笑，也带着点儿欠扁的逗弄。

钟先生见他心情不坏，更进一步拍起马屁来："所以说，英明又伟大的先生，这烂摊子您打算怎么收拾呢？"

对啊！老钟的话如当头一棒，敲醒了末末那不开窍的大脑——明明身边就有一个神机妙算的，她还恼什么啊？

几乎是立刻地，素末兴冲冲地抬起脸，看到那神机妙算的正一脸高冷地睨着自己。别人不懂江大神是什么意思，她这在身边跟了两年多，跟得三年合约都快到期了的人，还能不懂吗？

小姑娘于是只好红着脸揪了揪他衣角，换上讨好的口气："有没有什么办法……"

"嗯？跟谁说话呢？"

这人还真是……什么时候都想占人便宜！

她咬了下牙，附上敬称："大神您有什么好办法吗？"

大神终于满意了："办法自然是有的。"

素末殷切地睁大眼，小小的身子无意识地倾向他，一双眼睁得老大。又呆又萌的表情，简直就是睿睿那只小宠物的人形翻版嘛。江玄谦的唇角弯了下，可一张嘴还是那么毒："你呀，以后别再为难自己那可怜的智商了，跟人斗智斗勇的事你做得来吗？"

末末被鄙视得有点儿受伤，不由瘪了下唇。他见状，又笑了，这回很干脆地揉了揉她脑袋："等着吧，几天后给你个惊喜。"

这话可不是随便说说的，几天后素末到付冉的工作室里试新衣服时，就见付冉心情大好，一边替她拉着拉链一边说："方宛那破事儿解决了你知道吗？"

第五章 陷阱

"什么？"

"昨晚豪朗外面又上演了一出'网红充当散财童子'的年度大戏，你猜这回的主角是谁？"

"难道是……"

"没错，正是方宛！"付冉的声音里有难掩的痛快，"就一个晚上，事情传遍了整个江海市，今天中午甚至还有豪朗的服务员跳出来说，方教授她每回订包厢都会让人换掉包厢里的香氛，你说这意思……"

这意思就是，矛头很明确了，直勾勾地指向了方宛方教授，指向了她的香。

素末一听就知道事情不单纯，径直联想起了江玄谦那晚说过的"惊喜"。这厢付冉还没替她穿好衣服呢，她已经一个电话打到了江玄谦那儿："难道你说的'惊喜'，就是指昨晚那件事？"

果然，江玄谦道："怎么样，还算满意吗？"

"方宛和那些网红都是你引过去的？"

"不然你以为经过你上回的打草惊蛇，院长夫人还能傻得自己过去吗？"低低的笑声透过电话传过来，带着点调侃，也带着点捉弄，就像在提醒着她自己曾做过多么蠢的事。

素末被这笑声弄得有些耳后根发热："你……笑什么笑？闭嘴，别乱笑！"

"好，好，不乱笑，"他体贴地打住了笑，话音就像是在安抚一名坏脾气的小朋友，素末的脸没由来地更热了，只好闭上嘴，安安静静听着他说，"按原计划我是该陪她慢慢玩的，不过既然方宛这么快就和你撕破了脸，那我们就只能加紧行动了。"

"你做了什么？"竟然能让方宛自投罗网，更妙的是，另外几个网红也同时到达，在包厢里匆匆碰了个头后，又出门开始充当散财童子！

"我做什么你就不用管了，那么复杂的事，反正你这颗脑袋也理解不过来。"其实不过是买通了那几名网红，再编个理由让方宛赶到豪朗去与他们会面，可江玄谦没打算让素末知道，"你需要知道的只有一件事。"

"什么？"

江海不渡

"接下来，豪朗和方宛的事会闹得满城风雨，紧接着江大就会知道方宛做了什么好事，再紧接着，你伟大的后妈大人——就只能等着被革职了。"

整个过程被安排得天衣无缝，饶是方宛再巧舌如簧，这回也挡不住江海市民的嘴了。

记得吗，江玄谦说过的：拥有落井下石之技能的人，多得让你简直要怀疑人生。

她莫名地感慨，挂了电话后，对着镜子怔怔地发了好几秒的呆。

"其实吧，仔细一想我又觉得这事有点儿奇怪。"付冉一边替她调着礼服后面的小暗扣一边说，"你说这方宛替尹娉婷拉关系就拉关系吧，干吗还整出这么一大场戏？还打赏乞丐呢，你看她那一张老谋深算的脸，像是做善事的人吗？"

"的确不像。"

"所以说，这不是莫名其妙吗？欸，别动！暗扣还没弄好呢。"

等她弄好了暗扣再调一调礼服，刚刚的话题就过掉了，付冉又想起了另一茬事，"对了，关总说他这两天想请我们吃个饭作为感谢，你什么时候有空？"

素末原本平淡的面色黯了黯。

突然间便想起了那晚江玄谦在厨房里说过的话——"他是我的策划对象，你可别跟他走太近"。可几天过后，关竞风却说"我们之间并不存在任何合作协议"。

她的注意力渐渐飞到了九霄云外，好友在一旁唤了她好几声："末末？末末？"

素末才慢悠悠地回过神来："小冉，我问过关先生了。"

"啊？问什么？"

"问他和江BOSS之间究竟有没有合作关系。"

付冉调整着暗扣的手一顿："老天爷，你还真问啊？"

这家伙和关竞风也没多熟吧？不，别说这家伙，就算是她自己，也不可能直接向关竞风问出这种涉及隐私的问题啊！

"尹素末啊尹素末，我说你、你这人还真是……人傻胆大啊！"不过震惊地感叹了一通后，付冉的好奇心又起，"然后呢？"

第五章 陷阱

"然后关先生说,他和江玄谦并不存在什么策划协议。"

工作室里有一瞬间的沉默。

沉默之后,头脑灵活的付冉以最快的速度理顺了整件事的前因后果:江BOSS在餐厅里和那尹网红你侬我侬,末末看了很不爽,于是也开始和关先生你侬我侬。紧接着,江BOSS看到末末和关先生你侬我侬后也开始不爽,回头教训了她一顿后,顺便说"我和姓关的有策划协议你别出来乱搅局"。再紧接着,关先生也跳出来了,信誓旦旦地说"放心吧我和江先生之间并不存在什么策划协议"。

一系列破事儿连下来,说明什么?

"可能性有两种,我是说,江老板没跟你说实话的可能性有两种,"付冉尽可能周全地考虑了一番后,才说,"第一,江老板他真吃醋了,可又碍于你妈和他爸的那点儿陈年破事,自己打不开心结,没好意思承认;第二,他正在策划着某项不可告人的事件。"

素末沉默了。

其实付冉知道,末末想得到的并不是这样的回答。她渴望的回复是什么呢?是好友能用最肯定的口吻同她说"可能性只有第一种""江老板他一定是吃醋了""策划什么策划啊,他和关竞风根本就八竿子打不到一块儿去好吗""要不是因为你,他能那么在意关竞风吗?很明显这家伙就是吃醋了啊"。可不行,她不能那么不负责任地用绝对的口吻来向这傻孩子编那一场美梦,因为——

"末末,你知道为什么我觉得还有第二种可能吗?那是因为……"

工作室外传来了一阵敲门声,付冉话未说完,已被外头的助理打断:"小冉姐,尹小姐到了。"

是的,尹小姐,尹娉婷小姐。

她无奈看着末末:"你看,这就是我不敢确定的原因。"

门外站着的那女人,明明她和末末都讨厌得要命,可江老板下了决心要力捧,不顾她这个总设计师的反对也不顾末末的心情。

"你说,如果他当真对你有心,何必还和那女人纠缠不清呢?"

可奇妙的是这话刚出来,付冉脑中又同时浮过了江老板平日的种种:那头没人情味的禽兽从来都是生人勿近的,可偏生又巴不得能将末末时时挂在身上捧在掌心。随便找个局外人来看,谁都会觉得

江海不渡

这就是男人宠爱女人的模式吧?就像刚才那句"闭嘴,别乱笑",有几个人敢当着江禽兽面说这话?

可话从末末口中出来,禽兽他非但不生气,还挺好脾气地哄了又哄,那口吻简直是……隔着电话都能让人起鸡皮疙瘩。

还有方宛这件事,姑娘她一个着急,禽兽他二话不说亲自出马,几天不到就把方宛拉下了台。

那样的娇宠,没有陷入爱情中的人,是无论如何也模仿不来的。

付冉叹了口气,自己也理不清了:"末末,有时候我真的很想知道,他那一手莫名其妙的牌究竟准备要怎么打。"

第六章

雨夜

没有人知道他那手牌准备怎么打,只不过偶尔在网上看到尹娉婷风光无限地走T台,看到她的名字在报纸杂志、网络平台上越来越频繁地出现,素末总要想起江玄谦那双翻云覆雨的手,有那么多次,曾温和地触碰自己的发丝。

可蠢钝如她,从来也没理清过这里头的关系。

几天后,方宛果然被学校开除了,一切处理得极为低调。

不过再低调,就像江玄谦说的,嚼舌根的人到处都是,同学啊教工啊甚至课间休息的老师们——

"学校前脚才请娉婷她男朋友来做策划呢,结果后脚娉婷她妈就出了这茬事,你说,咱还有希望打造那什么'江海文化品牌'吗?"

"我看很难说,据说那江大神厉害着呢,你没看网上的评论啊:死人都能让他从棺材里挖出来跳舞!"

类似的讨论发生在学校的各个角落里,素末不知听过多少次,却从来没有参与过讨论。

人们口中的那个人,离她太近,可有时细细一想,其实又那么远,远得她怎么也理不清这个人下的每一步棋。比如说,花心思捧红了尹娉婷;再比如说,花心思扳倒了尹娉婷她妈。

"这么处理,我是说,把方宛拉下台,对你真的不会有影响吗?"事情刚发生的那几天,她夜不能寐,思考良久后还是向他问出了心中的疑惑。

倒是江玄谦回答得大大方方的:"会啊。"

"那……"

"怎么?想补偿我?"

素末"啊?"了一声:"补偿?"

"是啊,为了你而得罪方教授,"他招招手,让她坐到自个儿边上,"没良心的小东西,都不打算好好补偿我?"

第六章 雨夜

素末哑口无言,却一点儿也没有反对的意思。

那时候她想,能怎么补偿呢?她在这里,一直在这里,不过一尊凡胎肉体,一颗心,不完美也不耀眼,唯一可取的,也不过是这份完整的真实。

可这一份真实,会是他想要的吗?

不懂掩饰的简单的情绪,一五一十全落入他眼中。江玄谦笑了,伸手揉揉她脑袋:"开玩笑的,又没有人知道事情是我做的,那么认真做什么?"

他温热的指尖轻轻摩挲着她发丝,声音低得宛如喟叹:"只要我们末末懂事,关键时期不给我掉链子,就是最好的补偿了。"

素末听得一愣一愣的,一点儿也没能理解这人的言下之意。那时候她不懂,是真的不懂。等到明白了一切时,已经晚了。人是这样的,总要经历过那么多事,才能够回头看清楚当时的对方以及当时的自己。可身临其境时,从来也看不清。

江玄谦的指腹在她额间轻轻摩挲了两下:"别多想了,不会有任何问题的,嗯?"

素末点点头,其实并不放心。

几天后和 Joe 同车时,也不知是不是江玄谦提前授意了,这家伙竟然也劝了她类似的话:"你就别操心我哥的事了,香水调好了吗?该准备的都准备了吗?你们学校和'爱丽莎'约定的时间可是快到了,再不抓紧时间,到时候就算是我哥也帮不了你了。"

这是付冉新装发布会的第一天,江玄谦据说是有事,提前了一个多小时到秀场,于是接人的任务自然落到了 Joe 身上。

素末一路听着这家伙耍宝唠叨,路程漫长,竟也不觉得无聊。不过既然他主动提到了江禽兽的事,素末想了想,还是问了:"可之前说的那个江大策划案,你们还在做吗?"

"做啊,钱都收了,哪有半途而废的道理?"

"可现在到处都在曝方宛的事,江大的名誉肯定受到影响了吧?"

Joe 笑眯眯地说:"是啊,更红了嘛。"

"……"

123

江海不渡

　　显然这家伙并不想向她透露更多细节，素末无趣地闭了嘴，拿出手机，刷起近来被方宛连累得负面新闻满天飞的江海大学的词条。

　　如果说钱都收了，那策划案就一定得做下去了，可偏偏江玄谦在这节骨眼上把方宛的事闹得那么大，闹得江大人人骂，就为了替她争一口气，值得吗？

　　"我说末末啊，"Joe 看出了她在想什么，从后视镜里很欠扁地朝她笑了一下，"我哥那九曲十八弯的脑回路你就甭琢磨了，咱不黑不吹说句良心话，就你这智商，再怎么琢磨，也琢磨不出个所以然呀！"

　　尹素末无语。

　　车子拐了个弯，驶进秀场外头的停车库里，贱兮兮的 Joe 熄了火后，又贱兮兮地转过头来："哎，本来策划细节我是不应该透露的，不过看你这么紧张，哥哥就给你透个底吧：江大策划案很快就能成功了，具体时间呢，大概就在你们学校向'爱丽莎'提交作品的那阵子吧。"

　　"怎么可能？"江大和"爱丽莎"约定的时间马上就到了，可现在看这乱糟糟的情况，策划案怎么可能那么快就成功？

　　"怎么不可能？别忘了，我哥可是江玄谦呢！"

　　神通广大的江玄谦，传说中"能把死人从棺材里挖出来跳舞"的江玄谦。

　　她叹了一口气，谜题更深了。

　　走进秀场时，离发布会开始还有一段时间，Joe 自然是去找他的心肝小冉了，只剩下素末一人，百无聊赖地在 T 台下闲逛。

　　不远处突然传来了一阵熟悉的百花香，那时素末正倾身到一幅野兽派画作前——那是付冉早年学画时的作品，明丽鲜艳的色彩像极了本尊明丽鲜艳的个性。她轻勾起唇角，靠近画作时，忽闻一阵浓烈的百花香袭过来，不待素末有所反应，花香携带者已经飞奔到了她面前，不客气地揪起她的手："跟我走！"

　　正是尹娉婷。

　　化着舞台妆，穿着带有浓烈的付冉风格的新装，明眼人一看就知这是今晚的模特之一。

第六章 雨夜

素末只觉得手臂被揪得好痛："做什么？放开我！"

可娉婷将她揪得更紧，固执己见："跟我走！"

两道纤细的身影急匆匆穿过人来人往的秀场，前面揪人的那一个面色含怒，直到将素末拽到了无人的角落，才恶狠狠地甩开她的手："说，你和Caesar到底是什么关系？"

素末差点儿没能反应过来："什么？"

大老远地把她拉到这儿，竟只是为了问这么个无聊问题？

可显然尹娉婷不觉得这问题无聊："别跟我装模作样，也别想再坑我说是什么合作伙伴！快说，你和Caesar到底是什么关系？"

她急得眼睛里都要冒出火，也不知是气红的还是真想哭，娉婷抖着声："我妈说那晚在调香室里和Caesar做那种不要脸勾当的女人就是你！尹素末，你好样的啊尹素末！都是你，都赖你，爸爸现在不准我和Caesar来往了！尹素末，你以为自己算是什么东西啊？啊？"

压抑中带着歇斯底里，素末从来没见过这样的尹娉婷。

她的眼底冒火，浑身上下的每个毛孔都刻着入骨的恨意："凭什么啊！凭什么是你？"

她摇着素末的肩膀，将这倒霉孩子摇得脑袋都晕了："别摇了尹娉婷……"

可娉婷一点儿也听不进去，只是自顾自地接下去："害了我还不止，你还害得Caesar差点儿就和学校合作不下去！要不是妈妈刚好出事，你以为被你这么一弄，爸爸还能让他继续和江大合作吗？啊？"

原本就晕的脑袋被那声高分贝的"啊"砸得七荤八素，可混乱之中，素末也艰难地揪到了娉婷话中的重点："你说他和学校合作不下去？什么意思？"

"什么意思？"娉婷的声音听上去都快疯了，"爸爸原本以为Caesar是我男朋友，可结果你那天在调香室里高调出演了那种不要脸的戏码，你说爸爸能不生气吗？"

言下之意，爸爸一生气，后果很严重，所以就连原本说好的由C&J来做的策划，也可以分分钟取消。

江海不渡

素末一个激灵，脑袋清醒了大半："你是说，爸爸是因为你妈出事了才决定继续和江玄谦合作的？"

"不然呢？你知道爸爸有多生气吗？你这个女人，都是你害的！"

其后依旧是哭哭啼啼叫骂声不停的戏码，可素末已经彻底清醒了。

她用力挣开尹娉婷拉拉扯扯的双手，转头飞快地离开了这个是非地，就像那天飞快离开万花庄园的大厅一般——

"你看，不加点助力，这'姓方的'能溶得这么快吗？"什么时候他还在大厅里和 Joe 这么说着，那时正准备在调香室里熬通宵的她，正好回到厨房里泡咖啡，离开之时，隐隐地听到了他的话。

可那时她不理解，也懒得再费神去理解。直到今日，那一句高深话语的潜台词终于昭彰在尹娉婷无心的一席话下——

是啊，既然方宛已经知道了那晚躲在调香室里的人是她，那爸爸怎可能不知道？

可江大的策划案还是要做的啊，既然都接手了，江大神岂有半途而废的理？

所以，他迅速解决了方宛，让本来就急着塑造品牌文化的江大被丑闻环绕，品牌包装难上加难，于是，即使再生气，即使怀疑这个男人同自己的两个女儿都有剪不断理还乱的关系，可爸爸他，尹院长他，还是不得不依赖、相信，甚至继续讨好这个人。

是的，声东击西，江策划最擅长的把戏。

原来，这就是他加紧行动的原因。

不是为了她，并不是。

远方喧嚣声开始响起，带着这个城市最热情也最冰冷的仪式，T台亮起，新装发布的时间要到了。

素末默默走进了秀场，在 Joe 身边坐了下来。

台上的灯光迷幻而斑斓，声嘶力竭地为接下来的演出贡献着诚意。斑斓的另一边，与她隔着一段 T 台的英俊的男子言笑晏晏，和左右两边的企业家们正交流着什么，那气派那风度，依然是从前衣冠楚楚的精英样子。

怎么会为任何人改变呢？

第六章 雨夜

晚些时候手机里有微信传进来,就来自对面那一名精英:幼儿园通知说周末要开家长会,一起去?

她没有回。

几分钟后,又有新的微信传进来:没记错的话,你的香水调得差不多了吧,这个周末应该有空?

这下素末干脆关了机。

世界陡然间安静,只剩下 T 台上节奏强劲的乐曲。又几分钟后,Joe 推了推她手臂,将自己的手机摊到她面前——那上头有条微信,就来自某江姓人士:让你旁边那个正在闹别扭的小东西给我回个话。

"'正在闹别扭的小东西'说的就是你吧,大小姐?"Joe 贱兮兮的脸上写满了唯恐天下不乱。

素末没心情和他开玩笑,只是淡淡地瞥了手机一眼,不料微信上又跳出新内容:幼儿园那边还在等我回复,不回答的话我就当她同意了。

"不同意。"

"这样啊?"贱 Joe 很失望地收回手机,摇着头,"那可真是对不住了。"

然后,他长指点了几下,回过去:她同意。

"你!"

混蛋 Joe 笑眯眯地道:"大小姐,替我们家睿睿给你跪了好吗?好歹人家也喊了你那么久妈咪,你再怎么闹别扭,也不能眼睁睁看着他因为一场家长会被其他小朋友喊成'没妈的孩子'吧?"

此时如果付冉在场,铁定会替好友回这贱人一句:"那你倒是跪呀,马上跪!"可惜了,付冉不在场,口才不佳人还有点儿蠢的素末一听到那句"没妈的孩子",又软了心肠,不说话了。

"秀怎么样?"

"还好。"

"就两个字?"

"……"

"这可是你的好姐妹精心策划了大半年的,怎么?这么不上心?"

江海不渡

"……"

弥漫着淡淡木系香水味的车厢里，江玄谦挑起一根眉，三个回合的闭门羹吃下来，他转头看向后视镜，与前面开车的 Joe 交换了个眼色——

江玄谦：你惹她了？

陆乔久：冤枉啊！是你惹的她吧？

江玄谦无声地递给了他一记眼刀，再转过来，看了素末一眼：小东西已经闭起了眼睛假寐，脸色煞白煞白的，嘴唇微微抿起，外表柔弱纤细，气场拒人千里。

怎么办？Joe 在后视镜里用眼神问他。

能怎么办？随她去吧。反正这丫头心思浅，没两天自己又好了也指不定。

可这回他还真是想错了，丫头这莫名其妙的别扭一闹就是一星期，直到周末陪睿睿来到了幼儿园，还不消停。

一到幼儿园，素末就知道为什么江玄谦执意要她一起来了。说是"家长会"，其实还不如说是"亲子会"，会议流程有两个：一、亲子三人跳；二、亲子座谈会。江玄谦说："你看，你要是不来，我岂不是得拉着老师一起做三人跳？"

"拉着老师一起做三人跳怎么了？"

江玄谦似笑非笑地瞅着她，口气凉凉："尹素末，这几天吃了熊心豹子胆了是吧？"

明知道他连和人握手都得迅速消毒，还在这儿充什么傻？拿一张阴阳怪气的脸对着他，这都对了几天了，还不消停。莫怪贱 Joe 总要说："女人真真不能惯，一惯就出毛病。"

果然这话没毛病！

他没好气道："今天给我好好表现，再这么拉着脸，让别人以为睿睿家闹家庭革命了，回头看我怎么收拾你。"

其实就素末那性子，就算再生气再别扭，也没可能时时拉着一张脸啊。更别提那牵着她的小朋友一路上逢人就介绍："这是我妈咪哦！"对别人而言稀松平常的"妈"被这孩子生生喊出了炫耀的味道，以至于素末每隔几秒钟就要朝人笑一次，怎么还可能拉着脸？

第六章 雨夜

她没有回应江玄谦的威胁,只是蹲下身,理了理睿睿歪掉的小领带。

江玄谦站在一旁看着她,看得她终于不自在了,只好低低地回他一声:"我知道了。"然后拉起小朋友,速速走往"亲子跳"的场地。

虽说孩子还在上幼儿班,在场的家长们年纪都不大,可很明显,最年轻的还要数素末。

当然年轻有年轻的好,比方说在第一个环节里,只需配合着江玄谦的节奏,他们的"三人跳"便轻松秒杀了其他亲子们。

只是到了第二个环节,年轻的妈咪就有点儿尴尬了。

十几组亲子在小小的教室里围成一圈,幼儿园老师就坐在中间,充当正确亲子关系的导向仪。当然这导向仪的第一个问题直指亲子关系,只听老师问小朋友们:"爸爸妈妈平时在家都做了些什么呢?"

其实不过是一个很简单的开场问题,小朋友们都答得很好——"教我做作业""给我做饭""教我练毛笔字",甚至还有个懂事的孩子说:"教我孝敬爷爷奶奶、教我做家务。"素末简直要在心里给那孩子点赞。

可轮到了她家江睿小朋友——当几十双眼睛齐刷刷往他们这儿看过来,当素末暗暗猜着他究竟会说"末末妈咪教我调香水"还是说"末末妈咪给我讲故事"时,这孩子竟然操着他那口半洋不洋的中文,奶声奶气地说:"我钟爷爷说,妈咪平时在家都在发呆、做实验,还有,偷看爹地!"

"噗!"现场一阵沉默,然后,下一秒,隔壁座的妈妈先忍俊不禁了。

素末窘得简直想伸手直接捂实了这小家伙的嘴,只觉得满室目光齐刷刷地射到了自己脸上——你听听这回答,这……什么鬼?确定不是在黑她吗!

"那爸爸呢?"老师很艰难地忍住了笑,不过就在江小朋友那口半洋不洋的普通话出来时,破功了——

"我钟爷爷说,爹地平时在家就是看书,看妈咪,还有,逗妈咪!"

老天爷,这到底是多奇葩的一个家庭!敢情夫妻俩在家就是天天给孩子喂狗粮呢？

素末的脸简直丢到太平洋了："老师，不是这样的！"

可你瞧这傻孩子——江玄谦有些辣眼睛地闭了下眼——当真是学生当习惯了，这会儿当了学生家长，竟还秉持着欲发言先举手的优良传统。

他略嫌丢人地将她高高举起的手拉下来，就听到老师问："哦？江太太有什么要补充的吗？"

其实就"江太太"那拙劣的口才能补充出什么？果然下一秒，江玄谦就收到了某人求救的目光。

"干吗？"他以眼神回她。

"你说句话呀！"素末同样以眼神回复。

"你不是不想和我说话吗？怎么，这下倒是巴巴地来求我了？"

"你这人！现在是翻旧账的时候吗？"

"对我来说这就是翻旧账的最佳时候。"

"王八蛋！"

"嗯？"

"江 BOSS~"

"嗯？"

"求你了~"

江某人这才神清气爽地回过头，微微一笑："其实各位也不必太吃惊，我们家的教育方式比较传统，属于典型的严父慈母型：对妈咪来说，孩子只有一个；可对爹地来说，孩子可以再生，太太只有一个。所以说，会发生我儿子刚刚说的那些情况，并不奇怪。"

"江玄谦你胡说八道些什么啊？"真是……人生观瞬间崩塌成渣了！

素末气得要命，自以为很凶恶地瞪了他一眼，可另一边又生怕小朋友听到这句禽兽不如的话后会难过，连忙捂住睿睿的耳朵。

可她真的想多了，小朋友哪有一丁点难过？瞧那小脸笑得多欢乐。

不仅欢乐，小家伙还挺认真地和他爹地说："那我要妹妹，不要弟弟，钟爷爷说弟弟会和我抢家产。"

江某人:"没问题。"

素末:"……"

老师:"……"

全体家长:"……"

真是见了鬼了!

好不容易挨完这场尴尬的家长会,素末连忙拉着睿睿离开现场。那边巧舌如簧的江某人已经用一套自己都不知能做到几成的育儿经唬得家长们一愣一愣的了,纷纷争着在散会时和他交流经验,素末趁机拉小朋友走出去。

校门口井然地停了一排车,他们来得晚,车子就停在最后面。各个班级似乎都在同一时间结束了家长会,人潮如海潮,在他们走出校门时一起涌出。嘈嘈杂杂之中,素末似乎听到了什么和江玄谦有关的言论。

一开始她还以为众人讨论的是江禽兽方才在家长会上的禽兽豪言,并不在意,直到讨论的人群里突然爆出了一声惊呼——

"天哪,是江玄谦!我说怎么看上去这么眼熟,原来他就是江玄谦啊!"

"什么江玄谦?"

"就那个网红主播的男朋友啊,那个叫尹娉婷的,最近不做直播改当模特的那个尹娉婷!"

身后突然间静了一下,伴着睿睿好奇的声音:"妈咪,他们在说爹地吗?"小家伙原本还笑眯眯的,想回头去打一声招呼,结果下一刻,等所有人都反应过来此"江"即彼"江"时,人潮里瞬时爆出更激烈的讨论声——

"对对对,就是他!前天被人拍到和尹娉婷在一起吃饭的不就是那个江睿爸爸吗?"

"可今天那女的又是怎么回事?难道她才是原配?尹娉婷是小三?"

"可恶!刚刚还一副伉俪情深的样子,转头就到外面养起了小三,果然男人都不是好东西!"

"没错！尤其有点儿钱又长得好的男人，更不是东西！"

身后开始有人拿起了手机，闪光灯混合着越来越离谱的猜测，齐齐往他们这边射过来。

睿睿被这可怕的阵势吓到了，一双深褐色的眼睛瞪得大大的，这会儿连头也不敢回一下："末末妈咪……"

素末连忙用手罩住他的小脸："快，我们上车！"

等江玄谦脱离了众人的包围回到车上时，两人已经在里头等了十几分钟。

他一上车，就敏锐地察觉到了氛围不对：末末又恢复了前几天的冷脸，他的好儿子更是一张小嘴噘得老高，这就算了，看他拉开车门坐进来，小家伙甚至还不客气地翻了个白眼。

江玄谦以一指弹掉了睿睿这副不够绅士的表情："Be polite, OK? （要有礼貌，好吗？）"

"哼！"

"又怎么了？"

没有人理他了。

不过江某人也不恼，刚刚趁机逗了这丫头一通，心情还不坏。这不马上就能回家了，回家后再慢慢算总账，连同这几天的账一块儿算，不是挺好？

果然哪，小朋友说"爹地平时在家就是看书看妈咪还有逗妈咪"，现在想一想，总结得还真是挺像那么一回事。

他心情不赖地开着车，不过还没到达目的地，素末的声音就在后头响起："停一下。"

"怎么了？"他以为她要买什么东西，靠边停了车之后，却听到她对着睿睿交代："晚上回家记得要做作业，老师今天说你还有一幅字帖没交。"

"妈咪不回家吗？"

"妈咪要去学校的调香室里加班。"

加班？学校的调香室？

"尹素末……"他转过身去，想问家里的调香室难道不能用吗非

第六章 雨夜

得大老远跑到学校去,可话还没说完,这女人已经胆大包天地甩上了车门。

甩,上,车,门!

猝不及防的愕意在江某人脸上凝了一秒。一秒钟后,反应过来自己话还没说完就被当面甩上车门后,江玄谦不敢置信地看向他儿子:"你妈咪怎么了?"

车外的纤影已经融入人潮里,渐渐地,和满街的霓虹灯一起,构成了城市恒久的风景线。

小朋友用力地"哼"了一声:"坏爹地!"

江玄谦眉角挑成了可疑的弧度。

可事实上素末并没有回学校。下了车后,她只是在人潮中漫无目的地散步,看着天上那一枚落日慢慢地西下。

许是天气不好,原本橙红色的圆球被蒙上了一层灰,慢吞吞地西移着。她也慢吞吞地走着,看着天际的圆球移着移着,突然间一个加速,彻底落入了山底。

世界彻底暗下来了,原来光明与黑暗的交替,不过是一瞬。

就像这一场莫名其妙的关系,就像她,这个在他世界里存在得越来越尴尬的人,原来从虚假的亲密过渡到冰冷的现实,需要的,也不过是旁人再轻易不过的一句话——

"前几天被人拍到和尹娉婷在一起吃饭的不就是那个江睿爸爸吗?可今天那女的又是怎么回事?"

怎么回事啊?呵,能是怎么回事?

身后传来了熟悉的嗓音:"不是要回学校吗?怎么还在这儿?"

素末几乎是条件反射地转过身去,就看到江玄谦不知什么时候已经来到了自己身后。

依旧是俊朗的眉目,眼瞳里含笑,在满街甫亮起来的霓虹灯光衬映下,笑容漫不经心地刺痛了人的眼——

"是啊,前天被人拍到和尹娉婷在一起吃饭的不就是那个江睿爸爸吗?可今天那女的又是怎么回事?难道她才是原配?尹娉婷是小三?"

133

原配？小三？

她只觉得荒唐，垂首拉开了这过近的距离。

可脸才刚垂下去，又被他捏着下巴抬起来："我不喜欢对着别人的脑袋说话。"

"那江先生大可以不必和我说话。"也不知是在怄气还是真生气，她一个用力，竟拨开了他捏着她下巴的手。

江玄谦倒也不恼，脸上犹有三分笑："又怎么了？"那口气就像是在取笑她的无理取闹般，"之前不是已经气消了？谁又惹到我们大小姐了？"

依然是那样满不在乎的逗弄语气，一只手伸过来，想拉住她的手。却被素末生硬地避开了："以江先生的知名度，现在连跟人吃个晚饭都要上报纸，大庭广众的还是不要拉拉扯扯的好。"

"末……"

"别再碰我！"

这下江玄谦终于也敛起了笑，那声"江先生"和一句"别再碰我"，听得他好脾气全都蔫儿了下去："跟谁说话呢尹素末，胆子肥了是吗？"

"……"

"好好说话！"

可结果回应他的不是所谓的好好说话，而是末末胆子更肥地转过身，匆匆撞入人海里。

他这下真是被气笑了，眯着眼看这小东西像避瘟神似的躲进人潮中，不消片刻，也抬脚，跟了上去。

她人矮腿短步子小，他步伐悠闲，却没两下就追了上来。

可素末这回是真铁了心要甩开他，明知他洁癖严重，最讨厌肮脏的地方，看到闹市林立的高楼中恰有一条垃圾小巷正蜿蜒着向远处延伸，素末还是想也没想就走进去。

见鬼！江玄谦脚步止在了巷子口，嫌弃地看着她的小高跟在肮脏小道上踩得"嗒嗒"响。

闽南地区最典型的石板路，蜿蜒在垃圾巷子里，脏兮兮湿漉漉的，就像在嘲笑他的怪毛病。

只消往前走一步，江玄谦就难受得迅速退出来，站在巷口瞪着那丫头："尹素末！"

可被喊的姑娘没回头。

"尹素末，回来！"

回应他的是无止息的"嗒嗒"声。

江玄谦难得不文明地低咒一声，瞪着那笔直前进的小身板。高跟鞋"嗒嗒"，一刻也不停。大半天之后，直到确定了这蠢丫头不可能自己回头后，江玄谦才终于又咒了一声，抬脚，跟了上去。

巷子又长又臭又脏，他一走进去就觉得洁癖开始发作，浑身难受得发痒，一边加快脚步想把她揪出来，一边暗暗发誓回头一定得将这小东西抓回家好好收拾一顿，可人还没赶上，突然，前方传来了一声撕心裂肺的尖叫："啊！"

整条小巷瞬时间安静下来，就在这一道尖叫声之后，再也没有"嗒嗒"的脚步声。

素末僵在那里，整个人就僵在离他还不到十米的地方。在那里，在她的脚上，一只肥大的老鼠已经爬上了她的脚背，正嚣张地摇着尾巴，在它身旁，还有第二只、第三只、第四只……

一群肥硕的老鼠，正蛰伏在这深窄脏巷里，伺机而动。

不，别爬了，不要再往上爬了……

她欲哭无泪地瞪着一大群恶心的灰色生物，而自己就被包围在这群生物中！

十米开外的江玄谦也白了脸，一双手不太对劲地虚握起。可素末已经没有心思去研究他的不对劲了。

三秒钟后，惊悚的尖叫响彻了一整条小巷："啊——"那老鼠爬到她小腿上了！

一只颤抖的手伸过来，紧紧地揪住她的："跑！"一只紧握的拳头伸过来，将那肥鼠重重地拍掉。

是江玄谦。

可鼠群躁动，鼠多人少。

江玄谦拉住她就往外跑："快！"

江海不渡

素末浑身抖得几乎连跑都不知道该怎么跑。

很小很小的时候，有回她被爸爸吩咐去调香室里喊妈妈回家吃饭，路过偏僻的小巷时，就遇到过这么大的老鼠。五六岁的小姑娘，被两只爬上她小腿的肥鼠吓破了胆，号啕声惊得老鼠们又重新滚回了鼠洞。一来一去，不过几秒，却是硬生生地给她制造出了人生里的第一场阴影。

男人紧紧握着她的手，连牵带拖的，脚步那么快，明明两人已经跑出了小巷，明明重见天日了，他还是飞快地拖着她往前走。

"江玄谦、江玄谦，我们已经出来了……"

可江玄谦没理她。

直到这时素末才终于发现了不对劲：那一直紧握着自己的手分明比她抖得还厉害。还有他的背，他的腿，他疾走的步伐，都微微地发抖！

"你怎么了？"

江玄谦还是没理她，加快脚步越过人潮攘攘的街头，将她拽进了一间快捷酒店："给我开个房间，还有，找个人到附近给我们买两套衣服，随便什么牌子都行，只要是干净的。"

素末的心瞬时揪了起来：不，当然不是因为服务生眼中那种自以为了然的暧昧，而是因为他努力压抑却依旧颤抖的声音。

"你到底怎么了啊，江玄谦？"她都快急疯了，可他就是不回应，接过房卡匆匆走进了电梯里。

"江玄谦……"

"闭嘴。"

房间很大，他一进去就迅速冲进浴室里。等素末焦急地跟进去时，这人竟已经在脱衣服了。

"你……"

"放心，现在就算你脱光了站在我面前，我也没兴趣碰你。"他没好气道。

可谁在说这个？

"我是说你的脖子！你的脖子上怎么有那么多红点哪？"

不，何止是脖子？他的胸口、他的双手、他的腹肌，甚至往下的……都爬上了小红点,那种像是过敏也像是被蚊子叮过的红!

素末终于明白了他一路上看起来那么难受的原因:"怎么会这样?"

一把奔到他面前,素末惊悚地看着突然间爬满了他全身的红点,一点又一点,有大有小,密密麻麻地布满了全身:"是过敏吗?怎么突然就这样了啊?明明下午还好好的……"

此时外头又传来了门铃声,想来是服务生将衣服送过来了。江玄谦的声音几乎是从牙缝里挤出来的:"你去把衣服拿进来,再去帮我买点消炎药。"

"好、好!"她匆匆出去将衣服拿进来,不放心地看着他那么难受的样子,"要不要我帮你放水……"

"不用,去买药,快去!"

此前种种龃龉,突然间全随着这场意外飞到了九霄云外。素末无头苍蝇似的跑出了房间,一边跑一边命令自己迅速冷静下来。江玄谦现在身上长满了红点,而一个钟头前他明明还好好的!也就是说是突然长的,怎么会这么突然?发生了什么导致他这么突然——对、对,她怎么给忘了,还有一个钟先生啊!

电话在下一秒便被打到了江府,钟先生接起电话时,还是那么副优雅的老管家做派:"您好,这是江玄谦先生府上——"却被心急如焚的素末打断了。

"老钟,"她声音还微微发着抖,带着点急出来的哭腔,"先生以前发生过过敏的现象吗?就是浑身长满了红点的那种过敏?他现在全身上下都是红点,怎么办啊,钟先生?"

"尹小姐吗?您是说……"

"他过敏了!很严重的过敏!"

那头突然间沉默了,带着大事不妙的诡异气息。

"钟先生?钟先生!"

"先生他……"钟先生的声音突然间低得不正常,"是不是碰到了什么脏东西?比如说,成群结队的老鼠、蟑螂、蚂蚁……"

素末浑身僵硬:"老鼠……怎么了?"

然后,她听到老钟更为僵硬的声音:"当年老夫人过世时,先

江海不渡

生是在垃圾堆里找到她的尸体的,那时夫人身上就爬满了那些脏东西——老鼠、蟑螂、蚂蚁……从此之后,只要看到类似的场景,他就会有很严重的生理反应。"

洁癖,有天生的,也有后天的;有精神上的,也有肉体上的;有遗传的,也有巨大的心理创伤造成的。因为这人的怪毛病,有那么多次,素末曾悄悄查阅过相关的资料。只是直到这时她才明白,原来江玄谦的洁癖,并非与生俱来的。

天空不知什么时候开始下起了雨,走出酒店时,素末被漫天漫地的雨帘浇了满脸,在暴雨中又是跑又是找,可大半个钟头后,当她落汤鸡似的将十几种消炎药带回酒店时,高效率的钟先生已经带着医生来到了酒店里。

素末推门而入,就看见医生在替江玄谦打针、上药。精壮的男性后背上,那一点一点的红褪去了大半,原本因过敏而紧绷的肌肉也恢复了正常,曲线优美地自肩胛延伸到人鱼线里……

她脸上突然热了一阵,不期然就想起了之前在浴室里的场面,一双大眼睛触电般移开。

钟先生的声音同时传过来:"天哪尹小姐!你怎么淋成了这样啊?"

江玄谦闭目俯卧在床上,看起来已经好多了,钟先生一瞥到刚进门的落汤鸡,担忧的目标立即转移:"快快快,去洗个热水澡换身衣服,换好了咱就回家!"

"可是江先生他……"

"先生他没事了,再不去泡个热水澡,接下来有事的就是你了!"

中国有句老话叫"一语成谶",说的就是这钟老头儿的嘴。

这一晚,江海市连绵不断地下着滂沱大雨。回到家后素末果然觉得脑袋有点儿晕,回房冲了个澡后,便早早躺下了。

二楼的主卧里,江玄谦半躺在床上闭目养神。纯白色的房间,纯白色的床,空气中淌着钟先生难得紧张的声音:"尹小姐她已经知道您过敏的原因了,真的很抱歉先生。当时情况紧急,那孩子都快急哭了,老钟我一个不小心就说漏了嘴。不过您放心,我也就说了

第六章 雨夜

夫人过世的场景,其他不该讲的一个字也没透露,先生……"

他略微疲倦地抬起手,做了个制止的动作:"好了,我困了。"

"好的,先生。"老钟应声退下去。

房间里又恢复了宁静,只窗外噼里啪啦的滂沱大雨,点缀起初冬的凉意。

"妈咪,爹地今天又不回家了吗?"什么时候也是在这样一个微凉的初冬,坐在落地窗前的少年问身边的妈咪。妈咪脸上晦暗不明,看着窗外整个城市被烟雨浸得雾蒙蒙的,她眼睛也因哀伤而雾蒙蒙的。

妈咪说:"你爹地啊,不会回来了……"

你爹地啊,不会回来了,永远,永远,不会回来了……

他突然睁开眼,放眼所及,房间里一片黑暗,哪里还有年幼时的那片落地玻璃窗?

就连母亲,也都没有了。

第七章

高烧

一楼的厨房里有窸窸窣窣的声响，黑暗如磐，窗外闪电划亮夜空，轰隆隆风雨大作。

此时是半夜一点，厨房里的窸窣声却越来越明显，伴着细微的脚步声，像是有人在里头寻找着什么。

他无声地走到厨房门口，扭开灯："谁？"

刺眼的光亮映出了料理台边的纤影。

"末末？"

可不就是那不省心的丫头？凌晨一点钟，她惨白着一张脸，哆哆嗦嗦地在料理台边摸索着，说话的声音听起来似乎有些神志不清："我冷得睡不着，想下来泡杯热可可……"可灯光下，她的额角却分明渗出了密密麻麻的汗，一张脸又红又白。

江玄谦一下就看出了不对劲，走上前去，伸手探向她的额："你发烧了？"

"啊？"素末好像没听明白他的话，一双眼雾蒙蒙的，还没来得及看清他的表情，下一刻眼前的世界就天旋地转，男人将她打横抱起。

"热可可……"

"还喝什么热可可！"这笨蛋，江玄谦简直无语，伸手再探了一下她额头——发烧，无疑。

颀长身躯迅速往楼上移，移到二楼时，还不忘唤醒老管家："钟先生，打电话叫颜医生过来！"

也不管此时已经三更半夜，阑珊灯火很快点亮了这一座庄园。

江玄谦将末末抱进房间时，顺脚踹上了房门。除掉被汗水浸湿了的薄睡袍后，这孩子身上就只剩下一件薄薄的T恤，同样也湿透了，江玄谦一踹上房门便将她抱到了床上，伸手就要剥掉那T恤。

"不要，我好冷……"

第七章 高烧

"不脱下来会更冷!"他声音粗嘎,目光迅速在她身上过了一圈,然后,就强迫自己移开眼,将注意力集中到手头的工作上。

除掉T恤,找出毛巾,擦掉一身不正常的汗。

一切好像都很正常,唯一不正常的是,当他的指尖无意间擦过女子绵白的小腹时,那美妙的触觉……见鬼地竟让他眼底迅速聚起了暗鸷的情绪。

江玄谦低咒一声,更紧地握住了毛巾。

真的,真见鬼!谁能想得到这平日里温温吞吞的小东西竟然会有一身这么好的皮肤?就像是被剥了壳的小虾……见鬼,眼睛往哪搁呢!他低咒了声,握紧了毛巾,努力将所有注意力都放在擦汗上。

房门却突然被人匆匆推开:"先生,颜医生她……"

"出去!"他暴躁地吼一声,条件反射地操起被子就裹到末末身上。

钟先生吓了一跳,也条件反射地退出去。

不过很快,房门口就传来老钟憋着笑的声音:"对不起先生,老钟我什么也没看到,老钟只是想说,司机已经去载医生了,半小时内会到,颜医生说这半小时里尽可能让小姐多喝点热水——嗯,就这样,老钟我先下楼了。"

似乎还挺轻快的脚步声渐渐消失,等江玄谦皱着眉回过头来时,末末已经陷入了半昏迷状。

"医生说这半小时里尽可能让小姐多喝点热水"——多喝水?可这种状态要怎么喝热水?

你看,将水杯堵到她唇边,扳开她的唇喂进去,热水就顺着腮边全流了下来,丝毫也没有进入她的喉咙里。

江玄谦拧眉瞪着这不配合的丫头,一手端着那杯全无用武之地的水,站在那儿。

手机正好在这时候响起来,钟先生的微信有如一场及时雨:先生,尹小姐晕成这样,恐怕是喝不了水了,要让她喝的话,老钟我想啊,就只能由先生您"亲自"喂了。先生辛苦了,先生真棒!

这老东西!

"亲自"喂是什么意思?霸道总裁强行给灰姑娘喂药喂水喂果汁

江海不渡

的恶俗电视剧情他本是不应该有机会欣赏的,可偏偏去年策划过的某场发布会上就有这一类戏码,江玄谦凝眉想了想当时那男主角的做法,一分钟后,看看末末发热的脸,再看看微信上的文字,当即就决定现学现用——

第一步:灌一大口热水到自己口中;第二步:将晕乎乎的家伙扶到自己的肩上;第三步:扳开她的唇,然后,"亲自"喂了进去……

果然热水一滴也没再流出来,全数入了她的喉——很好,完美,大功告成。

江玄谦简直忍不住要赞美自己完美的学习和领悟能力。身下的人儿却像是觉得热,迷迷糊糊地睁开眼,就看到男人再次贴着她的唇,温热的液体再度进入她喉头,滋润了烫得发痛的喉咙。

直到一大杯热水见底,江玄谦才满意地退开身,将被子拉起,严严实实地覆到她身上。

起初,素末还不甚在意,直到某只其实已经很熟悉的手探入被子里,想确认她还有没有再流汗。粗糙的指腹无遮无拦地摸她的皮肤,这触感迫使末末艰难地拉开了被子,然后——轰!

只一眼,素末便满脑子空白,就像是被热浪炸过了一般:"你、你……"

"放心,我闭着眼给你脱的衣服。"

这谎撒得可真是干脆又利落,可怜她脑子本来就简单,这会儿更是晕得连思考能力都没有,于是晕乎乎地合上眼,信了。

外头不知什么时候又传来了敲门声:"先生,颜医生过来了。"

他原本正有一搭没一搭地哄着她睡觉,就像睿睿小时候发烧那样,这会儿刚起身,却又被人软软地拉住了衣角:"不要走……"

听到这软软的依赖的声音,江玄谦都没有发现自己竟不知不觉地弯了下唇角:"不走,宝贝儿。"就像从前哄睿睿一样,他的声音甚至还要更温柔,"医生来了,我们找件衣服穿上,省得让人给看光了,嗯?"

老钟早已经在门外憋了一肚子笑,以至于江玄谦拉开房门时,映入眼帘的就是一脸严肃的颜医生,以及一脸不太严肃的钟老头儿。

第七章 高烧

医生很快就进房看病了,只留下那老头儿一脸"我想笑但我给你面子忍住了不笑"的表情。

江玄谦被这眼神盯得有点儿不爽:"笑什么?"

老头儿却是爽得很:"笑我们先生菩萨心肠啊,五年前捡了个不省心的小睿睿回家养,五年后又捡了个更不省心的尹小姐,还养得——啧啧啧,比谁都上手,老钟我实在是佩服、佩服啊!"

佩服个鬼!江玄谦没好气地瞪他一眼。

懒得再和这糟老头儿废话了,他转过身,就要进房时,这老头儿却又笑眯眯地拦住他,那一脸贼兮兮的模样,简直和 Joe 如出一辙:"先生您看,您这也累了一天了,身上的红点还没消完呢,要不今晚就让老钟我留下来照顾尹小姐……"

可只有江玄谦才知道这鬼建议究竟有多不殷勤!

"钟先生。"很难得地拉下脸,他似笑非笑地睨着老管家。

"欸——"

"医生刚刚说,今晚出了汗就要给她擦身子,谁来擦?你来?"

"不敢、不敢!"老钟忍住几乎要跃出喉头的爆笑,垂头清了清嗓子,"自然是先生来、先生来。"

混账东西,一个比一个还不省心!

不省心的老管家托着他几乎要笑得掉到地上的下巴,心满意足地下楼了,也没人知道他究竟在心满意足些什么。

医生给素末打了针后也离开了,不一会儿,老钟的微信又发来了:辛勤的先生,刚刚送颜医生出门时,颜医生建议说我们可以在尹小姐的枕头上喷一点儿宁神的香水,让小姐睡得更安稳一些。需要我送上去吗?

一秒钟后,他家先生回复:废话!

老钟乐呵呵地送了两瓶香水上来:"这是尹小姐最近刚调出来的香水,据她自己说,这回的香水除了味道好闻之外,还有镇静安神的作用。先生您看看,要不要给小姐用上一点儿?"

想来这两瓶香水就是末末用来竞选"爱丽莎"项目的作品吧。钟先生离开后,江玄谦在左右手腕上分别试了下。怪的是,虽说是两款香水,可乍闻起来两款的气味都一样:以不同品种的玫瑰香混合

145

为主调，明媚中带着令人放松的欢愉。

他小时候曾经听父亲说过，所谓令人愉悦的香水，就是在深吸一口后，便能让人的唇角不由自主地翘起来，心情无端地明媚起来。

此时手腕上的这两款香便是如此，片刻之后再细闻，香的中调里还带着缕苹果混合梨的清新气息，深深一吸，整个人仿佛浸入了英国果园里的第一场春雨中。

只是第二款香水，虽然前调和中调与第一款的几乎一模一样，但尾调里开始呈现出明显的迷迭香气味。

《植物大全》有云："迷迭香具有镇静安神醒脑的作用，可用于治疗失眠、心悸、头痛等多种疾病。"

从明媚的玫瑰花香过渡到柔软清新的梨香，最后渐渐以舒缓安神的迷迭香收尾，喷一点儿在手上，愿意浸入其中的人，最后竟像是置身于秋收的异国果园中：夜幕降临，风温柔，月温柔，渐渐地，人也温柔了，就像要在这一片安详的温柔里沉沉睡去。

他将第二款香水喷了一些在末末枕头上，温柔的气息渐渐洇开来，淡淡地，温暖了这个初冬的雨夜。

小东西安稳地睡着了，江玄谦把她书桌前的椅子搬过来，就在那儿坐了一夜。

其间他给她擦过一次汗，凌晨四点钟后，这丫头睡得越发香甜，后来就连汗也没怎么出了。

他坐着坐着，也在淡淡的迷迭香中，睡了过去。

五点多时窗外雨渐歇，江玄谦是被近在耳畔的呜咽声吵醒的。

眼睛睁开，就见床上的女子虽然闭着眼，可就像是做了噩梦，眼珠子不安地转动着，稍稍恢复了丝血色的双唇一张一合，凑近了，才听到她唤的是自己的名字："江玄谦、江玄谦……"

"怎么了？"江玄谦俯下身。

"江玄谦、江玄谦……"小姑娘还是不停地喊着。他安抚性地握住她一只冰凉的手："我在这儿，宝贝儿。"

大手的温暖渐渐缓和了她掌心的冰凉，可声音一点也没被接收到，女子还在梦中焦急地喊他的名字："江玄谦……"

第七章 高烧

江玄谦不由得弯了弯唇角。

不管是梦里还是梦外,这丫头总喜欢这样叫他,连名带姓的。明明喊睿睿喊付冉喊钟先生甚至喊 Joe 她都能喊得亲密又亲热,可唯独对他,总要"江玄谦江玄谦"地唤着,听上去别扭又不亲密,偏偏,又像极了那些还在上学的女学生,面对着自己心仪的男子,故作疏远,实际上却藏不住满脸满眼别扭的爱意。

真是个孩子。

想到这儿,他唇角微微勾了勾。可近在咫尺处,这孩子的呢喃陡然间急了起来,就像梦到了什么更可怕的场面:"江玄谦!"

"嘘,我在这儿——"

"不要!别害他、别害他……"呢喃里掺入了恐惧的哭音,江玄谦这下子是不叫醒她也不成了。

于是只能轻轻拍着她的脸:"醒一醒,末末,醒一醒!"

梦里不知身是客,也不知梦境里到底发生了什么恐怖的事,素末泪涟涟地张开眼,看到男人竟好好地俯在自己跟前——没事了?她不清醒地呜咽了一声,下一秒,双手紧紧缠上了他的脖子:"江玄谦!"

老天,难得这孩子能这么热情主动,到底梦到什么了?

江玄谦哭笑不得,不过还是一下下抚着末末的后脑勺安抚:"别哭了,这不好好地坐在你身边吗?嗯?"

她却还是呜呜地哭着,带着噩梦初醒的后怕。江玄谦哄了半天没成功,只好任她哭,安抚着她后脑勺的手不知不觉地往下。

凌晨三点多给她擦完汗后,为了让末末睡好点,他没有再帮她穿上 T 恤,只将被子严严实实地盖到了她肩上。

而现在,眼下,小东西正裹着一条被子窝在他胸前,双手难得主动地缠着他。

江玄谦无语地仰头,对着天花板用口型骂了声脏话。反应过来后,一双手真是连搁都不知道该搁到哪里了。

"末末……"

"我看到方宛要对付你,"素末没看到他的表情,只用抽抽嗒嗒的声音盖过了他的话,双手更紧地缠着他脖子,"我好怕,江玄谦,你不知道她那个人有多卑鄙……"

"怎么办？我好怕……要是让她知道你为了继续策划江大的案件而把她拉下台，她会怎么对付你？我好担心你……"

"她没那个本事，别担心。"江玄谦随口安慰，根本就没把方宛当一回事。此时他所有注意力全都集中在了自己无处安放的双手上，只是无意间听到了后头那句话——

等等，什么意思？

"谁说我把她拉下台是为了继续策划江大的案件？"明明是为她才整的方宛！没良心的小东西，敢情他这好人是白当了吗？

他没好气地往素末后脑勺上拍了一下，可是不对劲，不对劲极了——江玄谦敏锐地将这丫头之前之后的种种反应全串了进来，然后，一瞬之间明白了："蠢东西，敢情闹了一星期别扭，就是为了这个莫名其妙的认知？"

还有没有一点儿智商了？！江玄谦扶额，想起自己无缘无故受了这丫头一星期冷脸，结果竟然是为了她这个不知打哪儿来的发现："尹素末，你是白痴吗！"

还没有从梦境中完全挣出来的女子泪涟涟，这会儿被吼得一怔一怔的："不、不是吗？"

"你说呢？"

她看上去更加茫然了，脸上的泪痕才刚在他身上蹭干，那双红通通的大眼里还搁着星星点点的泪意，再加上原本隔在彼此之间的薄被经这么一折腾，已悄悄地滑落——江玄谦克制地闭了一下眼。

"可是你确实还在做江大的策划啊……"

近三十年都没见长的火气竟"噌"的一下全都涨了起来，严重得连他自己都弄不清这究竟是哪种火。沉着声，江玄谦没好气道："是，然后呢？"

"然后、然后爸爸知道了那晚调香室里的人是我……"

"再然后呢？"

"再然后，如果你在这时候把方宛拉下台，江大就会一团乱，爸爸他就不能跟你撕破脸，再然后……"虚弱的声音越来越低，越来越低，最终在男人看起来不太正常的黑脸下，消了声。

第七章　高烧

她不知自己的理解哪里错了,一双大眼有点儿茫然又有点儿委屈,可委屈里还带着点丢人的苦闷:事实上他错了吗?他没错。他为了继续策划案而把方宛拉下台错了吗?他没错。他不过是没有按照她原先预想的那样,英雄救美地为了她去整垮方宛,他错了吗?他没错。

是她,分明是她越来越贪心,越来越不知足,明知自己的奢求高得几近于无理,就连之前生那一周闷气也几近于无理,可是她没有办法,她越来越贪心……

羞愧的泪意重新聚拢:"我、我……"

一只男性的手掌来到她脸上,素末没发觉,还在为自己潜意识里的要求而羞愧得说不清楚话:"明明知道自己的情绪是不对的,就算你是为了自己的策划才整她,那也没错啊,你根本就没必要特地为我做什么,反正我也受益了,结果根本就没差嘛。可是我、我……"

她脑子里混乱得连自己在说什么都不知道。如果说爱情总是让人渴望得到更多,那她这些矛盾又可笑的情绪,也算是有了个说法吧?可是,可是又该怎么以爱情为由头,跟这个并不想和她谈情说爱的男人解释自己这一周可笑的行径呢?

"江玄谦,我……"

可江玄谦的手移了过来,以一指贴住了她张张合合的唇瓣:"好了。"

温热的皮肤触上唇,她"我"不出来了。

男人压根就没兴趣听她说什么,只看着这委屈的红唇一张一合,他眼底有烈得快要燃起来的火光:"末末,"他开口,声音好像很平淡,"你被子掉了。"

"什么?"突来的莫名的话,让素末莫名地顺着他的目光往下,再往下,然后——

"啊!"

啊啊啊!!!这这这……怎么会这样?她之前明明是穿了衣服的啊!为什么现在、现在……

再也顾不得"我"了,素末手忙脚乱地把被子扯上来,慌乱地往后边一退。可下巴已经被抬起,一只有力的手掌挡到了她身后。

退不了了。

素末又惊又恐又恼又羞，前后左右全是这人独特的气息，带着大西洋杉木坚定的气味。他英俊的面孔俯下来时，声音低得教人心头发颤："宝贝儿，有件事我刚刚就想做。"

是，有一件事他十几分钟前就想做，十几分钟前就想——"张嘴。"他语气轻柔。

然后，不由分说，薄唇凶狠地覆住了这两片看上去很甜美的唇。

绵长的霸道的吻，势不可挡，无从抵抗。

他一只手捏住她下巴，另一只手牢牢扣着她的后脑勺。先是凶猛地长驱直入，力气大得让人连动都没法动一下。然后渐渐地，渐渐地，他的吻缓了下来，轻了下来，带着无限的宠爱。

素末整个人呆住了！怯生生的眼儿瞪得那么大，男人的指腹就贴在她脸上，轻轻地抚过她眼皮，像是要替她把眼睛合上，可她又张开眼，难以置信地瞪着这一切。是幻觉吗？江玄谦怎么可能吻她？他明明说过不喜欢她的，他怎么可能吻她？

可江玄谦的声音真真切切："傻孩子。"他低笑，依然是熟悉的口吻。

略有薄茧的指尖擦过她的脊椎骨时，素末浑身一个激灵，按住他的手："不要！"

温柔的薄唇却已吻上她眼皮，口吻坚定："要。"

要，不容抗拒的要。

密密麻麻的吻更火热地印下来，他结实的双臂更紧地拢住了她。素末好像又发高烧了——不，比发高烧的温度还要高！

可、可这是不对的！

"尹娉婷、尹娉婷她……"

"关她什么事？"吻着她眼皮的男人声音粗嘎，似乎不满意她还想着其他事，腾出一只手来扳高末末的脸。

可末末还不放弃，双手虚虚地搭上了他肌肉偾张的手臂。男人身上的温度烫得太吓人，她一碰就条件反射地缩回来，可一缩，又立马被他有力的双臂圈回去。素末的脑袋又闷又晕又烫，声音里有掩不住的委屈："可她是你的女朋友啊！"

第七章 高烧

"不是。"江玄谦直接否定。

"怎么会不是?你们之前明明老是在一起!而且、而且你还让她挽你的手,你明明是有洁癖的人,你竟然让她挽你的手……"小姑娘声音更委屈了,委屈中还带着点平日里死也不肯流露出的妒意。

江玄谦的回答简单明了:"以后不了。"

"你还和她一起吃饭,还被人拍到了……"

他轻吮她鼻尖:"以后也不了。"

末末惊得几乎合不拢嘴,晕乎乎的脑袋怎么也辨不清这人说的是不是真的:"那、那方宛被拉下台的事……"

"行了,小东西。"江玄谦再次堵住了她喋喋不休的红唇。

吓人的高温撩拨着她的每一寸神经,素末整个脑袋全乱了。

刚刚那几秒钟里发生了什么?她得到了令人震惊的讯息:他说尹娉婷不是他的女朋友,他说以前那些全是假的,他说以后再也不让尹娉婷挽他的手也不和她一起吃饭了,他说,他说……

"唔——"热度过高的亲吻烫坏了末末的理智。

男人发现她分神,不满地咬了下她的红唇:"专心点。"

素末"嘶"了声:"流血了……"

可这声低呼让他重新笑出声,这会儿又柔下声来,耐心地哄着:"没关系,我替你消毒。"

漂亮的唇瓣再度印下来,他的手一整个地捧着她脸颊,轻轻地,慢慢地,摩挲着。

再然后,后面的事情,谁也理不清楚了。

昨天下午,他牵着睿睿的左手,她牵着睿睿的右手,三人宛如一家三口。

昨天傍晚,犄角旮旯中他冒着过敏的危险紧紧抓住她的手。明知肮脏的角落会让自己不舒服,可他还是走进去。明知道自己别说碰,就连看到那些脏东西都会浑身难受起红点,可他还是在那脏东西爬上她的小腿之时,跑过来,甩开它,朝她伸出手。

还有昨天晚上,过敏还没好全的他一整夜都守在她身边,高烧蒙胧中,身旁始终有淡淡的杉木的气息。

还有,还有从前的那些时光:他只愿让她接近,温暖的手一次

江海不渡

又一次摩挲着她的发丝，他那么喜欢逗她，他喊她"小东西"喊她"宝贝儿"时眼睛里每一次都盛满了笑，就连钟先生都打趣："自从尹小姐住进来后，别说老钟我，就连我们睿睿都失宠啦。"而睿睿呢？喜闻乐见得连眼睛都眯成了一条线："没关系啦，爹地爱妈咪，天经地义！"

爹地爱妈咪，天经地义。是这样吗？

"江玄谦，"素末艰难地发出声音，"江玄谦！"

他不理她的叫唤，可她也不放过这个机会，就像一旦错过，这一生就再也不会有这样的机会了，她说："江玄谦，你不要再瞒我也不要骗我，告诉我，你喜欢我的对不对？你告诉我。"

后来的素末永远也忘不了，说出这句话时，墙上的挂钟响了六下。

"当——当——当——当——当——当——"

清晨六点。

蒸腾的热气淆杂着温存的迷迭香尾调，在房间里徐徐舒展开来。窗外有天光压抑地慢慢亮起，他没有说话，整个房间里，只有女子渴切的声音——

"你是为了我才费心思处置方宛的，对不对？也是为了我才会进那条巷子的对不对？"

"明明自己也会害怕啊，明明你比我还怕那些脏东西，你还会想起妈妈，可你还是进去了。"

"江玄谦，你是不是、是不是……也喜欢我？"

热烈的动作停了下来，毫无预兆。那瞬间，素末只觉得这副紧紧包住自己的胸膛僵了一下，然后，蒸蒸而上的高温降下来，他退开身，眼底的火焰在那一瞬间里，消失不见。

"江玄谦……"素末惊得不明所以，她说错什么了？

原来蒸腾着翻滚的火光自他的眼底消失，前所未有的冰冷吓人地腾上了这双眼。

她几近于无声地，又喊了一次："江玄谦？"

"你想多了。"

第七章 高烧

"什么？"素末呆住了。

"江玄谦，你……"

男人已经转过身，毫无预兆地，不等她说完整句话，已经往门口走去。

这是什么意思？怎么回事？

一个转身如同乾坤乍然间颠倒，此前所有是非黑白全都无常了，刚刚发生的那一切突然间全变成了可笑的幻觉，只因这人决绝的背影。他抛下她，毫不留情地朝门口走去，毫不留情地把手搭到了门把上。

她呼吸开始沉重了起来，两只无措的手死死地拖着被单。

几分钟之前，明明他还轻笑着吻她的脸颊吻她的眼，在她发烫的耳边亲密地调笑说"我们末末真可爱"。可几分钟之后，所有的热情全部退却，他竟然转身，大步地走向房门口。

"江玄谦！"她失神地叫出声，"我……"

我做错了什么？

可是，怎么会做错呢？她明明什么也没有做啊！

那被她叫住的男人在房门口站住，修长的手原本已经碰到了门把，却在这时，暂停了开门的动作。

几秒钟几步路的时间，江玄谦竟已经完美地收拾妥当由热烈转为冰冷的气场，只剩一贯的优雅，那一种冰冷的、向来被拿来应付外人的优雅。此时他就拿着这样的优雅对着她，说："你好好休息。"

然后拉开门，又添了一句："刚刚很抱歉，是我越轨了。"

声音温和、克制、冷静，再也没有了之前的热情。

素末揪着被单的手渐渐失去了力气，越轨了？越轨的意思是，他后悔了？

素末浑身滚烫，高烧烤着她不清醒的大脑。可滚烫体温下的一颗心在一瞬之间，沉入了冰渊。

怎么会这样呢？不应该啊，从热情到冷静只用了一秒钟的时间，怎么会？怎么可能会？

"你等等……"她讷讷地，迟疑地开口，好小声，"等等……还会来吗？"

可话出口后，连自己也失笑了。

真是蠢哪，怎么都这时候了，还要问出这种让自己难堪的问题呢？

男人拉开门的动作好像缓了一下，可也只是好像，很快便又恢复如常。

"好好休息吧，别想太多。"

"咔"一声，房门打开。又"咔"一声，房门被关上了。

那一瞬，窗外有日头突破了云层，原本压抑的天光突然变得那么耀眼，从窗帘缝里强势地挤进来，揉碎了之前热烈亲密的幻影。

原来天亮了。

她闭上眼，许久之后，无知无觉地瘫到了床上。

高烧再起。

反复高烧是件麻烦的事，天亮后钟先生又火急火燎地请来了颜医生，又是打针又是喂药的，颜医生甚至说："要是明天烧还不退，就挂吊瓶吧？"

钟先生不知打哪儿听说她药物过敏："不行啊颜医生，我们家小姐从小一挂吊瓶就过敏，那针口得肿好几星期呢！您看看，实在不行咱就用物理治疗呀？"

颜医生答应了，不过还用不到物理治疗，又过了一天，素末就有了退烧的迹象。

对，还有睿睿——那小朋友一听说他末末妈咪生病了，衣服一穿好就跑过来探望，连课也不去上了，任凭钟先生怎么劝，甚至拿江玄谦出来作要挟，小朋友就是不肯离开素末的房间。软乎乎的手每隔几分钟就要小心地探向他妈咪的额头，像个小大人似的："妈咪烧退了。"不一会儿又惆怅地说，"妈咪又烧起来了。"来回这么折腾了两天半，才终于眉开眼笑，"妈咪好像快好了欸！"

从头到尾，关心她的人忙里忙外。漫长的晕迷过程中，她听到了那么多人的声音，医生的、睿睿的、钟先生的……可等了许久，那被她问过"还会不会来"的人，始终也没有出现过。

他没有说"不来"，可事实上从关上门的那一刻起，他就已经将

第七章 高烧

自己隔绝在了她的世界之外。

素末再一次失望地闭紧了眼睛。

不是没有等过的。在高烧中迷迷糊糊地等过，在烧退了之后也等过。每一次房门被打开时，身旁一有脚步声，她就好努力地睁开眼，想看看是不是那一道挺拔的身影。只是人一等再等，等到了某一个时间节点，便会自己清醒过来，明白那一个人不会再来了。

缘悭一面，咫尺天涯。

"末末妈咪？末末妈咪今天好点了吗？"

"为什么妈咪还不醒来啊？"

"妈咪要快点好起来哦，老师说上次的亲子跳我们得了第一名，你和爹地要陪我去领奖呢。"

是哪个小可爱一直软软地待在她身旁，用夹着异国腔调的中文说话？素末温柔地笑了下，眼还没睁开，却仿佛已经看到了蓝天白云下笑逐颜开的一家三口。他们捧着奖状，亲密地拥抱在一起，可当那女子回过头来时，是尹娉婷的脸。

她心头凉了半截。

也不知这么过了几天，某个上午，钟先生刚从厨房走出来，竟看到该躺在床上的人儿突然下楼了，而且穿戴整齐，连书包也背着。钟先生"哎哟"了一声："尹小姐，你怎么就下床了啊？不多躺两天？先生、先生，尹小姐醒了……"

"别叫了，钟先生。"尹小姐的笑容里有种说不清楚的情绪，尴尬？还是失落囤积到了某个点的哀怨？可钟先生没看清，那情绪一闪而过。

素末轻声说："我得去学校了。"

"那早餐……"

"不吃了，我有点儿急事。"

"啊？"

回应他的是末末笑了一笑后，渐行渐远的身影。

奇怪了，老钟摸着脑门看着那背影，总觉得有哪里不对劲。

他家先生拿着早报走到餐桌旁时，尹小姐的身影已经消失在

155

门口。

"刚刚叫我做什么？"

钟先生奇怪的目光还没舍得收回："是尹小姐啦，这丫头，病才刚好呢，一大早的饭也不吃就去学校了，先生您说……"

"嗯。"他这么应一声，然后，就没有然后了。

钟先生愕然回头："……"

搞什么？是今天张嘴的方式不对吗？

真的，太不对劲了！

更不对劲的是，第一天这样也就算了，老钟姑且理解为天气不好大伙儿情绪都不高吧。可接下来的第二天、第三天、第四天……明明天气好得很了，尹小姐她竟然还是天天有事不能在家吃饭，而先生呢，竟然也天天就是一声"嗯"，搞什么啊？

可怜钟老头儿原本已经做好了吃狗粮的准备，接下来的剧情却完全偏离了他的想象：病好了之后，尹小姐天天不是去学校就是将自己关在调香室里，偶尔回到主屋来，也不过是领着睿睿到他房间里去写作业，也不和先生碰一面。

他老人家实在无法理解年轻人的怪异举动："先生您说，尹小姐这是怎么了？"

照理说经过了那个发烧夜，这尹小姐被先生悉心照料了一晚后，不是应该感激涕零然后顺便以身相许的吗？怎么现在反倒是有点儿躲着先生的意思了？

更奇怪的是，先生看上去也没有什么不正常的反应，听到他这么问，不过是漫不经心地呷了口红茶，漫不经心道："谁知道？"

老钟很疑惑："天天不是去学校，就是把自己关在调香室里……"

"她也就会那两套，不然你还希望她怎么样？"

"话是这么说，可问题是，她之前使用这两套时都是在和先生您闹别扭啊，可这回……"老钟说着说着，眼皮子不祥地一跳——糟了！闹别扭？在发烧夜之后？

瞬间，老钟的脸色全变了，偷偷瞅着他们家先生："我说先生，那个……该不会是您那晚对尹小姐做了什么，才惹得人小姑娘那么生气吧？"

第七章 高烧

那原本端在江某人手中的茶杯猝不及防地被重重地搁到桌子上,"砰"！

"钟先生,你也发烧了？"耳后根一阵可疑的红痕闪过,江玄谦的表情看上去却严厉又严肃。

钟老头儿立即闭嘴,不敢再多揣测了。

不过话说回来,老钟他会这么猜也不是没有原因的：按经验,尹小姐躲着先生,十有八九是因为这厮做了什么禽兽不如的事。可这禽兽套路深得很,总会在小姑娘闹脾气的前两天先冷一冷她,等她自己气消大半了,再变着法子凑上去,先从理性的角度讲一讲道理,再从感性的角度哄一哄逗一逗,一场风波也就胎死腹中了——从无例外。

可这回,老钟震惊地发现先生除了听之任之外,竟好像还带了点刻意冷落的意思,再加上尹小姐也一个劲儿地躲着,几天下来,别说什么感激涕零以身相许了,两人甚至连话都说不上一句呢！这剧情,怎么就和他想象的差了十万八千里呢？

贱 Joe 说家有一老,如有一名神助攻；家有一小,再添一名神助攻。几天后,两位助攻开始按捺不住了。

这天钟先生一早就喊着腰疼腿抽筋,非得让他们家体恤员工的先生亲自送他去医院检查不可。恰好素末不用上课,钟先生便将她也一起拉出来："刚好颜医生今天值班,走走走,小姐陪老钟一起到医院走一趟,顺道去给颜医生复查复查。"

江玄谦哪看不出这老头儿的诡计,可素末却是真的瞧不出,被老钟殷勤地劝着,胡搅蛮缠地拉着,还真当老头儿是不放心她的身体了。

司机将睿睿送去了幼儿园后,又返回来,在大门外候着,笑得神清气爽的钟先生很自觉地坐到了副驾座上："先生、小姐,你们二位坐后头哈。"

那时素末就站在车门前,在江玄谦身后——按以往的习惯,总是他先把门拉开,等她坐到里头了,自己再坐进去。

这人虽然怪毛病多,可也确实是绅士得很,有回他亲眼瞧着素

江海不渡

末不知在想什么，心不在焉得连撞上了车门也不知痛，后来便总在她上车时先护着她脑袋，当然，不会忘了一边护着一边还取笑她："人这么矮也能撞上车门，你说你厉不厉害？"虽然取笑着，可护着她的手那么温柔而有安全感，就好像躲到了这双手下面，人就安全了，妥帖了，再也不会受到一点点儿伤害。

可这回，身边的他依旧是拉开了车门，却不再护着她了，反而自己先坐了进去。

冷漠的侧影映在另一头的车窗玻璃上，素末在原地愣了许久，才确定从前那些待遇，应该是不会再有了。

是因为那个清晨吗？那一切过后，乾坤骤变，从前所有的好全都不作数了。

她默默坐进了车厢里，坐得离他远远的，很自觉地拉开了距离。

最遗憾的自然是老钟——这老头儿可是苦心布置了一早上呢，结果坐上车后，尹小姐就直接坐到了最左边的角落，而右边的先生呢，虽然没有太明显地往右靠，两人中间还是隔出了突兀的一大块，重点是，全程无交流！

左边的尹小姐将头扭向窗外，也不知是觉得尴尬还是怎么着，只静静看着外头的风景；右边的先生一早被他拉出来，还没来得及看报，于是干脆将报纸带到了车上。

钟先生无语了，好半天后也只能没话找话："尹小姐，'爱丽莎'那边定的时间快到了吧？您的香水准备得怎么样了？"

"差不多了，"素末回过头来，像是看出了钟先生没话找话的意思，只是车厢里太静，没有第二个人想陪这老头儿聊天，她只好配合着老人家，"之前送给你的那两瓶就是样品。"

"真的啊？就是有宁神作用的那两瓶吗？"

"嗯，"素末点头，想了想又解释，"其实只有一瓶有宁神功效，另外一瓶是味道差不多的作品，我想把它们做成一个系列的日用和夜用香水。"

"日用香水和夜用香水？那岂不是和你们女生用的日霜晚霜一个道理？"钟先生原本只是没话找话说，可听到这个构思，也突然来了兴致，"怎么会想做这样的香水呢？以前好像没听说过夜用香

第七章 高烧

水吧？"

就连在一旁看报的江玄谦也睨了眼，很显然，是听进去了。

素末说："是啊，这是我自己想出来的新概念。钟先生觉得有意思吗？"

"当然，妙极了！一方面香水的概念被更新了，夜用香水肯定是给自己闻的吧，刷新了以往香水的用途，没准儿还能像你们现在的年轻人一样嚷一嚷什么'宠爱自己''把最好的一面留给自己'的口号。"兴致一来，钟先生甚至连广告词都给想好了，"另一方面，不只白天，晚上也用香水，这销量自然是提上去了啊——妙！妙！"

老钟诚心诚意地赞叹着，突然脑筋一转，说话对象也变了："对了，那晚小姐发高烧，颜医生说让我们在枕头上喷一点儿宁神的香水，先生您给我们尹小姐用的就是那一款夜用香水吧？"

这老头儿笑眯眯的，想着这都把先生给拉进话题里来了，老狐狸总不能再闷不吭声地当成没听到了吧？

只要有交流，哪怕只是应一句，应一句都好，有交流就意味着破了冰，一旦破冰了，那之后再热络起来不就容易多了？

可谁会知道，这禽兽竟全然当成没听到，完全无动于衷！

老钟悄悄瞅了眼后视镜：糟糕，一提到那晚，尹小姐的脸色就开始不对劲了。

再瞧瞧先生，老钟追悔莫及地合了眼——先生他虽然还是牢盯着报纸，一副认真看报的模样，可那张长年带笑的脸已经拉了下来，不笑了。

真真是应了那句"哪壶不开提哪壶"！

钟先生懊恼地闭了嘴，接下来的时间里，一路沉默。

车子开到医院时，老钟终究还是不死心，想着自己忙活了一早上，总该得有什么收获吧："那什么，先生，要不您陪尹小姐到医生那儿看看？我担心她不知道颜医生在哪一间诊室。小王啊，你就陪我这老头子……"

可话还没讲完，江玄谦已经推开车门："小王你陪尹小姐去复检。钟先生，我已经联系好了骨科医生，这就带你上去。"

159

江海不渡

没有解释，也容不得拒绝，他就这么下了命令，挺拔的身躯离开车厢，带走了淡淡木系香水的气息。

从头到尾，没有多看她一眼。

钟先生的声音卡住了。后视镜就在眼前，透过那片小小的镜面，他可以很清楚地看到那孩子在听到先生这句话后，猝然抬起头的样子，就像是不敢置信，也像是某种绝望的答案得到了证实。

那瞬间老钟想起了高烧初愈后的那一日，尹小姐的眼睛里似乎也有过这种微妙的情绪。就像是失落囤积到了某个点，变成了无措的哀怨，她的眼睛空空的，许久后，默默垂下头，没有说话了。

就像是一只被主人带到荒郊抛弃的小动物，面对着满眼杂草丛生的空旷，想不通为什么自己会被抛弃。

这一天，从医院返回家的路上，向来话多的老头儿突然间没那么多话了。

"睿睿，你知道爹地和末末妈咪是怎么回事吗？"傍晚时分睿睿下了课回来，满脑子都是赶不上年轻人潮流信息的钟老头儿问小朋友。

小朋友人虽小，可肚子里的水不少，这几天爹地和末末妈咪的怪异他当然有注意到，只不过："我问过末末妈咪了，她说没什么。"小朋友声音闷闷的。

老钟叹了口气："算了，先做饭去。"

这年轻人的思想，怎么就那么难捉摸呢？

可恨他这偷听癖当时被睡意给治好了，竟没想着要趴在门口听一会儿，所以直到现在，钟老头儿也弄不明白那两个年轻人究竟是怎么回事。

晚餐时间到，素末还待在她的调香室里，从医院回来后，她就一直将自己关在调香室里。

"钟爷爷，晚饭做好了吗？"

"马上就要好了。"

"那我去调香室叫妈咪哦！"

"别啊宝贝儿，"钟先生摘下围裙，带着一脸别有深意的笑，朝着睿睿眨眨眼，"让你爹地去。"

第七章 高烧

小家伙傍晚时才刚和管家爷爷探讨过这等大事,自然明白爷爷的意思。很快,这一老一小就互相递了个了然的眼神,然后,该干活的干活,该写作业的写作业,只剩江玄谦一人赋闲在旁,再然后——

"爹地你快去调香室叫末末妈咪来吃饭,我作业快写完了!钟爷爷说马上开饭!"

调香室与主屋之间就隔着一个后花园,不过几步路,这小小空间里却是另一番光景:数不清的瓶瓶罐罐摆满了每一个架子,空气中填满了令人舒适的玫瑰香。

那女子就坐在满屋玫瑰香中央,清瘦的背影融在一排排的香精原料里,看上去,竟有些孤独。

其实人活于世,本质也不过是孤独吧?赤条条地来,赤条条地去。只不过同样是活了一辈子,不知有几人又有那样的运气,遇到一个人,然后,放肆地相爱?

他不知道。想来,她也不知道。

调香室的门没关,每当素末须频繁地进出后花园采摘花卉时,她便只将门虚虚地掩着。江玄谦原本要推开门,却正好从虚掩着的门口听到了素末讲电话的声音——

"你这意思是,'爱丽莎'的老板是因为心爱的女子才想要做这次的香水项目?那 Joe 有没有说那位女孩子是谁?"

看来通话的对象依旧是她的老搭档付冉。

电话那头不知道说了什么,站在门口,江玄谦只听到末末有些失落的声音:"这样啊?算了,其实也没剩几天了,再专门去研究那一名女子然后重新调一款香水,恐怕也来不及了……不用查,没事的,"她笑了一下,说,"我对自己的香水有信心。"

门口似乎有熟悉的气味飘进来——素末耳力一般,推门声和脚步声轻一点儿,正在讲着电话的她就听不到声音了——只是灵敏的嗅觉系统里添入了一缕不属于花系的香水味,大西洋杉木坚定卓然的气息出现在门口。

她脑中突然空了一阵,无端地,握着手机的青葱玉指一根根地发白了。

那头的付冉正准备挂电话,也不知是怎样的鬼迷心窍,素末突然喊住她:"小冉,有个事想和你商量下。"

"嗯?什么事?"

"你那边还有地方住吗?我想,"她声音微颤,不是不知道自己把这句话说出来后会是什么样的结果,可她还是说,"我想,先过去住一阵。"

其实话并不是说给付冉听的,她知道,门口的那个人也知道。

女孩子们的友情亲密到了某种程度时,当然就是你如果需要,我家大门随时为你敞开。她住到小冉那里去不过就是拿个钥匙的事,哪还要商量?

这商量,不过是打给门口那个人听的。

果然,当敲门声响起时,电话那头的小冉已经很轻松地说了"没问题",素末收了线,就听到江玄谦的声音:"钟先生准备好晚餐了,过来吃饭吧。"

她转过身,那人已经走出了调香室。

高大的身躯融入月光里,而她站在原位,静静站着,看他走了几步后,才开口:"江玄谦……"

"我听到了。"他没等她把话说完,或许是知道她吞吞吐吐的根本说也说不完,也或许,是太明白她刚刚那番话就是说给自己听的。

江玄谦说:"我听到你和付冉的通话了,先去吃饭吧。"

"那……"

"晚点让钟先生帮你收东西,什么时候走?我让司机送你。"

"……"素末的手突然死死地握成了拳头。

两年多了,她在这儿住了两年多。这两年多里曾经有三次她提出要离开,可最终都以失败收尾。

第一次是在刚住进来时——被睿睿以讲故事的名义留下来住了一晚后,第二天,她结束完调香室里的工作,走到后花园里散步时给小冉打电话:"你又出差了?家里的钥匙邮给我一下吧,我想过去住几天。"

第七章　高烧

也不知是巧合还是那小家伙特意出来找她，总之那时候，睿睿和钟先生就是出现在了花园里，一听她要去朋友家里住，钟先生率先开口："尹小姐不回家吗？"

素末当然没好意思在老人家面前倾诉自家的那点儿破事，只说："家里出了点儿事，这几天没办法回去了。"

哪知小朋友听到这话后竟然好高兴："那姐姐可以住我家呀！好不好嘛，我们一起吃饭，吃完饭姐姐帮我检查作业，然后，晚上再给我讲一个故事，好不好？"

说实话，长那么大素末还从没见过像睿睿这么可爱的混血宝宝，尤其当他撒娇时，湿漉漉的褐色大眼睁得圆圆的，带着异国腔调的普通话奶声奶气地拖得老长，好不可怜的样子，素末的手被这么拉着甩呀甩呀甩，甩不到两下，便软了心肠。

"可是江先生他……"

"放心吧尹小姐，"老钟很爽快地说，"我们家先生哪，只要是睿睿喜欢的，他都喜欢。"

果然进了屋后，江大神听钟先生说她要多留下一阵子时，那反应就像是在听天气预报："只要睿睿喜欢，我都没意见。"

好一个慈父的架势！

后来当付冉得知她就是这么被留在江家的，气得直骂她脑子笨："哦，他就用一副施舍乞丐的口吻施舍给你一间房，然后你就屁颠屁颠住下了？还一副感恩戴德的样子？有毛病吧你？懂不懂矜持怎么写啊？去，回去收东西！除非那头禽兽求你留下，否则你就给我搬过来！"

其实后面想一想，她这人也是真耿直外加没头脑，付冉想到的这一些，她从头到尾都没有考虑过，只是傻愣愣地住了下来，想着每天一睁开眼就能用最快的速度进入调香室，多美好。

那时她已经在万花庄园里住了两个多月了，和江大神的接触渐渐多了起来。被小冉批了一通后，回家时，她很委婉地向大神表明了自己的去意："我觉得，老是留在这儿打扰大家也不太好。"

"哦？谁被打扰了？"可大神表情平淡，用教育他家小朋友的口气说，"睿睿？钟先生？还是我？"

163

素末:"也没有……"

"既然没有人觉得被打扰,你的理由就不成立。"

"可是……"

"别可是了。去,帮钟先生把汤端出来。"

"啊?哦。"莫名其妙地应了之后,她还真走进厨房,去给钟先生打下手了。

第二天再醒来时,素末简直要骂自己脑子笨,小冉说得没错,她就是脑子笨!原本打算和江玄谦告别的,可被他一绕,又回到了原点。而且她住进来时原本还存着在主宅里寻找江爸江妈旧事的心,可两个多月了,什么也没找到,是该走了。

她起床洗漱好,一大早的,又打算二次请命于江玄谦。

可结果命还没请成,她就在楼梯口,被江玄谦和老钟的对话打消了去意——

"小姑娘昨晚闹着要走呢,看来你这老头儿的厨艺还是留不住她的胃啊。"

"什么?"钟先生简直不敢相信,"老钟我的好厨艺是公认的啊!先生难道不知道吗?"

"是吗?可那丫头不吃酸不吃辣不吃料酒不吃任何重口味的东西,这你不知道吧?没准就是因为这一点,她才不想继续留在这儿,吃你做的东西。"

"啊?怎么会?"

"她是个调香师,你以为?"

言下之意,重口味的食物会影响一名调香师的嗅觉和味觉。

素末震惊了:这么小的一件事,说过喜欢她的睿睿不知道,说过喜欢她的钟先生也不知道,可从未说过喜欢她的江玄谦,偏偏知道得一清二楚。

她默默地离开了厨房,默默回到房间里。

从那之后,江家的餐桌上再也没有出现过酸辣汤啊糖醋鱼之类的东西。

第三次提出离开是在什么时候呢?

第七章 高烧

在万花庄园住了一年后,她与众人越发熟稔,于是江禽兽的禽兽本性开始暴露无遗,不仅对睿睿要求严格管东管西,对她也同样要求严格同样管东管西。付冉说:"别看这禽兽表面上一副谦谦君子温润如玉的模样,可骨子里还是个食古不化的大男子主义者,你说吧,睿睿是他儿子,他这也管那也管就算了,可你是他的谁啊?不过就是借了他一间房一个调香室,他至于连你晚上几点回家跟谁出门都过问吗?"

其实这点素末并没有多在意。也不知是因为除了调香之外她对这世上的诸多细节都不甚在意,还是因为十几年来那个家里都缺少一个能打心眼里愿意管她的人,江玄谦的"管"和她的"被管",其实从本质上来说,也不过是一个愿打,一个愿挨。

所以面对好友的批判,她竟忍不住要维护那姓江的:"其实他就是那样啦,也不是说什么大男子主义,就是比较上心……"

"是啊,对他儿子上心那是自然,可对你呢?"付冉不知想到了什么,语气突然又从愤慨转成了微妙的暧昧,"去,晚上回去试探试探他,看那家伙是不是对你也那么上心。"

那一晚,素末在晚餐结束后扭扭捏捏地来到江玄谦面前。他刚和Joe通完电话,谈的好像是伦敦某位心理医生的事,素末在旁边等他收了线后,才说:"小冉说她一个人住太寂寞了,让我搬过去。"

江玄谦的表情看不出喜怒,当然,应该也没什么喜怒,只说:"她一个人住?你确定?"

"啊?"

瞧这孩子傻的,这么没头脑的话一听就知道是她自己瞎编的。

江玄谦说:"Joe一年有三百天没在自己家里睡,你以为他都睡哪儿了?"

啊!素末的脸一下子红透了:"那、那……"

"还那什么那?人家夜夜笙歌不知多欢乐,你去做什么?"一句话说得素末面红耳赤。话说完后,江玄谦拍了拍身旁的座位:"坐过来。"

那时素末其实已经和这禽兽很熟了,熟到了什么程度呢?就是他拍一拍身旁座位,她便会默契地坐过去,紧接着,某人那只不安分的手就会伸起来，慢慢磨蹭着她发丝："你说，我要是就这么把你放走了，回头睿睿和钟先生找我算账怎么办？睿睿那么喜欢你，钟先生说没有你在，他的一身好厨艺就没有人欣赏。"

"那你呢？"

"嗯？"

"所有人都提到了，"她脸上的红痕未退，悄悄抬眼睨了他一下，就像是豁出去一般，"你呢？你是怎么想的？"

"我上有老下有小，还能怎么想？老人小孩的意见就是我的意见。"

素末有些失落地垂下了脑袋，那脸上的郁闷，有三分是付冉教她装的，七分是真的。

江玄谦好笑地看着这孩子满脸的苦恼。

也不是不知道她在想些什么，只是劣根性作祟，每每看到小姑娘这模样，怪蠢也怪可爱的，禽兽他就是忍不住想逗一逗。

结果素末郁闷了一整晚，隔天起床时，钟先生笑眯眯地同她说："小姐快把早餐吃了，回房收拾收拾。我们家先生说啊，要带尹小姐去昆明看花展呢。"

"什么？"花展她是早就想去看的，前几天还明着暗着地试探江某人，可人家大忙人一个，丝毫也没有陪她去的意思。哪知今儿一早，禽兽竟然连机票都订好了。

去机场的路上，末末满心疑惑，最终还是忍不住问他："为什么突然想陪我去昆明啊？"

"奖励你。"

"奖励？"

禽兽转过头来，笑着看她满脸的疑惑："我们末末善良又懂事，知道万花庄园里这一家三口人都离不开你，于是好心地留了下来。你说，我能不奖励吗？"

这人真是的！只要他愿意哄你，真真是什么话都说得出来！

可她也真真是被哄得耳根子发热。好半天，估摸着自己的脸没那么红了，才又厚着脸皮拉了拉他衣角："欸，那你的意思是不是说……你也希望我留下？"

第七章　高烧

　　话出来时，脸是不热了，可带着希冀的眼睛睁得那么大，小猫似的。禽兽被这表情给萌到了，终于良心发现地不再逗她："求之不得，大小姐。"他揉揉她脑袋，"下次别再听付冉胡说八道了。"

　　"没有没有，不是她说的，是我自己……"

　　"行，是你自己胡说八道。下次不准了。"他告诫似的轻拍了下她后颈。

　　素末点点头，不知为什么，一路上，翘起的唇角再也放不下来了。

　　后来进了机场，两人的行李都放在推车上，由"洁癖江"隔着两块消毒纸巾推着时，这姑娘脸上还挂着那道傻兮兮的笑，脚步越来越慢，越来越慢。慢到最后江大神都受不了了，走回来，从后捏起她细细的颈项："想什么？走那么慢？"

　　虽然随便一看也知道她在想什么，可他还是故意问，然后看着末末不好意思地红了脸："呃……没什么、没什么。"再然后，一路上就这么一手推着行李车，一手捏着她脖子，不和谐却好像又挺和谐地办完了登机手续。

　　那是第三次，她提出要离开万花庄园，结果却被轻轻松松地驳回。

　　一次，两次，三次，从两年前到两年后，她或真或假地提出过三次，全部被驳回。

　　直到第四次，发生在今夜，今时，在这个初冬寒意渐深的夜晚，隔着调香室的那一扇门，隔着门外一地的月光，她借用一通电话第四次提出离开的念头，而他说："什么时候走？我让司机送你。"

　　彼时情景，此时情境，不知为何，竟是如此不同了。

　　男人原本已经快走进大厅，不过三五步的距离，可就是这三五步之差，让他听到了身后又响起的声音："江玄谦。"

　　他顿住脚。

　　"其实这几天，你就是在等着我自己说出这句话吧？"素末自嘲地笑了一下，看着男人的身影在月光下微微僵了僵。你看，她就是这么蠢哪，一句话就能把天给聊死，害得他这样能说会道的人，竟一时之间也没有了声音。

167

素末走出调香室，慢慢地，一步一步地朝他走去："对不起，我说得太直白了，对不对？"

江玄谦没有回答她。

"本应该见好就收的啊，既然已经弄得那么难看了——在发生了那种事情之后，突然间被这么冷漠地对待，任何一个正常的女生都应该知道是什么意思吧？为什么不心照不宣地走人呢？"她轻笑了一下，眼底慢慢地浮出了点水汽来，轻歪了下脑袋，好像自己也想不通，"为什么呢？我也不知道为什么自己能蠢成这样。可是江玄谦，我真的没有办法就这么一声不吭地走掉，带着这么大的疑问离开万花庄园。"

眼前的男子依旧华美而优雅，带着初见之时挺拔俊逸的姿态。他好像什么也没变，那天发生的一切似乎对他一点儿影响也没有。可是她，这几天来她躲着他，背地里却一遍遍回想那个清晨发生的一切。

她想不通，真的，怎么也想不通，一切来得太突然，从热烈到冷静之间不过短短一分钟："江玄谦，为什么？你告诉我为什么好不好？"

就好像因为那天他吻过她，然后，一吻之后，同个屋檐下的两个人就生分了："是因为那个吻吗？还是因为你觉得越轨了，所以不想再见到我？你……"

"是。"他说。

素末怔了一下。

"你说得没错，是越轨了。所以会让你产生我不想见到你的感觉，我很抱歉，可那也是事实。"

一句话落下，彻彻底底毫不留情地击碎了她心中仅存的一丁点希望。

是，可笑吧？都已经这样了，可她心中原本竟还存着一丝微渺的希望。在这几天里，尽管一边胆怯地逃避着，可另一边她还是那么惶然不安地期待着他来和自己说一句话，随便什么话，一句就成，打得破这种痛苦的沉默、尴尬的视而不见就成。可现在看来，是再也打不破了。

第七章 高烧

素末原本站在他身后,此时竟一步步固执地挪到他跟前,耗尽了毕生所有的气力,费尽了好不容易攒起来的厚脸皮,问出一句:"你,不喜欢我吗?"

就这一句,就这一次,问过之后,她这辈子再也不会问了。

而他说:"你觉得我该喜欢你吗?"

"你……"

"就你妈妈和我父亲那一种关系?"他唇角微勾,是讽刺的模样。

素末崩溃了:"我说过一百遍了,他们不是那一种关系!"

"是不是那一种关系都没差,末末,差的是我。"他看起来客观又冷静,就那么客观地剖析着自己的心,"既然你这么固执地想知道,好,那我就明确一点儿告诉你,是我不接受。明白吗?和我爸当年的绯闻对象的女儿在一起,当朋友当合作伙伴甚至住到同一个屋檐下我都能接受,但是,谈恋爱,不可能。"

"为什么?为什么可以当朋友,谈恋爱就不行?为什么?"

"因为,"他一字一字地说,清楚明白地说,"我嫌恶心。"

恶心?和她在一起,会让他觉得恶心?

"不,不可能的!"她摇着头,"嫌恶心的话为什么你要对我那么好?你自己都忘了吗,你明明知道会过敏还跑进巷子里拉我,你明明对我那么好,你明明是要我的!你不恶心的,江玄谦,我感觉得出来你当时是情不自禁的,你不恶心的,你……"

"够了!"

她打住了声音。月光凉如水,他平静的语音也薄凉如水,一点儿一点儿浇熄了她胸中滚烫的情意。

他冷着声:"之前对你好是因为你我有合作关系,更何况还处在同一个屋檐下。你自己想一想,我对 Joe 不好吗?对钟先生不好吗?对睿睿不好吗?"

她心口一分分缩紧,再缩紧。你听,多么谆谆教导的语气,简直不需要感情:"尹素末,你已经是个成年人了,别不懂事地把不同的感情混淆到一起。"

她哑口无言,红唇张张合合无数次,却终究什么话也说不出口。

她不懂事?可在这种情况下,她要怎么做才叫作懂事?

江海不渡

滚烫的液体在眼眶里越积越多，可她死死地忍着，用力地忍着，就怕一个不小心，会更不懂事地在他面前落下泪。

是啊，她不懂事，竟然会对这个一开始就言明了不会喜欢自己的人动情，她真的，真的，真的……多不懂事啊。

男人的语气终于缓下来，微微拉开两人的距离："至于那个清晨，你自己想一想吧，那种情况下别说是我，换作任何一个正常男人，谁会不想碰你？"

积蓄在眼眶中的液体，终于再也止不住地滴下来。

毫不遮掩的羞辱劈头盖脸地砸到她脸上。所以那个清晨，对他而言，原来不过是"换作任何一个正常男人都会想碰你"的意外吗？那么，还能说什么呢？

她呆呆地站在那儿，大脑里每一个有思考能力的细胞全都在同一时间死去。轻轻地，她鼻子抽了一下，唇角抽了一下，然后，泪水就再也控制不住地坠下来。可是，不要哭啊，都已经那么可笑了，再哭下去就更可笑了。不哭，不能再哭了啊。她胡乱地抹着脸，什么话也说不出了，只能那么像个笑话地站在那儿抹着脸，看着他转身，踏着月光走进大厅里。

再也没什么好说的了。她说的，他说的，都已经够多了。

没有什么好说的了。

最迷惘的那几天，两人始终有意无意地躲避着彼此时，她曾在微博上发过一句"Love is？（爱是什么？）"。后来这条微博被拥有上百万粉丝的付冉转了去，再后来，江海最大的博物馆又将这句话转发过去，并附言：爱是寂寞，爱是死，爱是地狱沉浮永无止息。

一座静寂无声的博物馆，容纳了数百数千年的历史，可阅尽沧桑后，对爱的阐述亦不过是寂寞、死亡与地狱沉浮永不止息。

她不知爱之深远与苦痛，不过是不小心喜欢上一个言明了不会喜欢自己的人，就当她蠢吧，可偏偏后面又衍生成了这么尴尬的局面——"就你妈妈和我父亲那一种关系，和你在一起我嫌恶心"——是吗？那天他就是这么说的吧？这从一开始就注定好了的血骨相融、相爱相杀的关系，可偏偏，她没能及时走出这一场迷局。

第七章 高烧

偌大江海市,从东到西,从北往南,原来她和他,始终都在江海的两岸。

尽管曾经那么亲密,可你和我之间,原来早就隔了数十万丈的尘寰,江海不渡,覆水难收。

不走已经不可能了。

搬家的那一天,钟老头儿牵着睿睿的手,心碎地站在楼梯口:"尹小姐一定要走吗?你走了我们睿睿可就没有妈咪了啊!"

那可怜的孩子已经从昨晚哭到了现在,一直拉着她衣角,可求了又求,也终究改变不了大人的主意。最后小朋友只能惯性地抽抽嗒嗒,软软地拉着她衣角,奶声奶气地哭着:"妈咪不要走,不要走嘛……"

可是,妈咪真的……没办法不走。

她紧紧地抱住他,蹲下身来,紧紧地抱住了这孩子。

然后,就像是不敢再多停留一秒,拖起行李,飞奔下楼。

身后小朋友的哭声被细微的风拖得好长,长到了每个人心上:"末末妈咪、妈咪……"她曾经说过要一直一直陪着他的呀,天天给他讲故事,陪他做作业,不再让他被人笑说是没妈的孩子。

可是,大人为什么总是说话不算话呢?

楼梯附近突然传来了开门声,是书房被打开了。里头的男人就像是被这哭声闹烦了,忍无可忍地走出来:"哭够了没有?"

睿睿其实已经哭得有点儿累了,原本号啕的声音渐渐弱了下来,可结果,始作俑者一出现,他那号啕声立即又起:"都是你!坏爹地!说话不算话的坏爹地!"

"闭嘴!"

"为什么要闭嘴?当初明明是你说末末妈咪没地方去了,让我把妈咪留下来。可是现在妈咪还是没地方去啊,你却把她赶走了……"小朋友哭得一张脸全红了,一边抹着眼泪一边磕磕巴巴地说,"妈咪她没地方去啊,妈咪根本就没有家……"

江玄谦冷了脸:"钟先生,把他带下去。"

永远唯他马首是瞻的钟先生这回却一动不动:"先生,老钟我觉

171

江海不渡

得睿睿说得分外有理。当初让我们把人留下的是您，现在把人赶走的也是您，您这么做，老钟我很不理解。"

那么久以来第一次，钟老头儿敢这么明目张胆地拒绝他的命令。

江玄谦额上的青筋隐隐跳动着："你……"

烦人的小朋友哭哭骂骂，固执的老头儿疾恶如仇。

一群混账东西！

他转身回书房，"砰"的一声，将大门关得惊天动地。

门外惊天动地，门内却是一片静，一切就维持着这几天来一直维持的模样。长方形的木质书桌上不变地躺着一张纸，泛着黄，看上去有点儿沧桑，而纸上只没头没尾地写着四个名字：

尹婷婷、方宛、尹素末、尹泽。

四个名字，四个人，原本出自同一个家庭。他静静看着那张纸，静静地，久久地，久到周遭空气仿佛都已经静止，他才伸出手，将它收进了书架最角落的古书里。

第八章

风暴

付冉的车就等在万花庄园外,原以为素末只是过去住两天,哪知见着她时,这丫头竟搬了个大行李箱出来。付冉吓了一跳:"你做什么?这么大了还闹离家出走啊?"

"这里不是我的家。"她红着眼,冷着声。

"啊?"

看来事态严重了。

素末自此在付冉家中住了下来。一开始,她情绪低落,付冉也没敢多问,能做的只是一有空就陪着她吃饭逛街看电影。

当然,大部分的时间付冉都没空,新一季的发布会又要开始筹备了,虽然大部分新装都已经设计完成,付冉的心情却不见得有多好,似乎天天有烦心事。住在同一屋檐下的素末总听她对着手机骂:"那女人又怎么了?首席模特了不起啊?爱走不走,实在难搞就让她滚回家去,爱咋咋的!"

只是……首席模特?首席模特和小冉的关系不是一向很好吗?

她想问,但每每问到工作上的烦心事付冉便转移话题:"算了啦,说了你也不明白,越说越烦。吃东西吃东西!"

于是她便闭了嘴,不再多说了。

倒是付冉隔个一天两天就要问她:"真不打算搬回万花庄园啦?说真的,你和江老板老这么僵着也不是办法啊。"

明明一开始老想着让自己搬出万花庄园,可事到临头,自己真搬出来了,小冉比她还要紧张:"别闹了,有什么事解决不了啊?好好回去和那禽兽说一说。那家伙禽兽归禽兽,可只要你回头跟他服个软,顺便再撒个娇,他百分之百会心软的。"

就连小冉也这样说。

可是不会了。她摇头,每一次都只是摇头,直到最后一次付冉再问时,素末终于说:"小冉,我们不可能了。"

第八章 风暴

"什么意思?"

"他不喜欢我,这一次他很明确地说了,他不喜欢我。"

这是在付冉的工作室里,星期五下午,课上完了,香也调完了,想着明天周末可以睡到自然醒,末末便干脆来到好友这儿,等着她一同下班。

只是最终她将这件事情说出来时,付冉的脸上很明显地划过一缕担忧,不,应该说,是比担忧更严重的情绪,就像是之前的某种揣测得到了证实:"就是因为这件事,所以你才从万花庄园里搬出来的?"

素末点头。

付冉长长地吁出一口气:"男人哪,见色忘义的男人!"

话中似有话。

"怎么了?"

付冉无力地瘫坐到办公椅上,想了许久,最终决定再说点什么时,办公室外突然传来了一声"啪"。有什么东西被人重重地摔到了地上,伴随着隐约的吵闹声。

付冉眉一蹙。

素末:"怎么了?"

她没有回答,只是拧眉听着办公室外嚣张的训斥声——"昨天已经让你给我改腰号了,今天衣服还是这样子!你让我到时候怎么穿?马上去改!"

"可是小冉说……"

"小冉小冉,你就知道小冉!衣服穿在谁身上?我,我身上!马上改!"气焰嚣张的声音,素末听到这儿,已隐隐地猜出了来人。

当然,更甭提天天生活在这水深火热中的付冉。

这厢素末还侧着耳在那儿听动静,那厢付冉已经站起身,蹬着她的三寸细高跟,又快又稳又狠地开门出去:"尹娉婷!"

果然,就是尹娉婷。

只见付冉表情阴冷,口吻狠辣,一只手毫不留情地指到了尹娉婷脸上:"再敢多说一个字,信不信我现在就让你滚?"

素末无奈地笑了一下。果然小冉这几天火气是挺大的,要换了

175

江海不渡

平时，最多不过是出去冷嘲热讽两句，哪犯得着和那女人真动怒？

不过阴冷的表情狠辣的口吻的确挺奏效，一句话下去，外头的尹娉婷立竿见影地消了声。

隔着一扇半开不开的门，素末听不到娉婷的回应，估摸着应该也是不敢回应，灰溜溜地准备走人吧？毕竟小冉这人说好听点叫"艺术家脾气"，说直接点那就是"暴脾气"，被C&J捧红了之后，更是直接晋级成为霸道女总裁，谁敢惹她？

可谁知那被霸道女总裁的气场震住了的尹娉婷只是沉默了几秒，几秒后，竟又强撑起嚣张的姿态——是，她没有灰溜溜走人，反倒甩掉了方才的蠢样，重新拾起嚣张气焰："付总，我可是你上面的人邀请来的，要走的话，恐怕也得上头开口吧？"

一个小模特，端设计师饭碗的小模特，竟胆大至此！

素末走到门边，透过打开的门缝看出去，就看到小冉正冷着脸拿起手机："上面的人？你说的该不会是江老板吧？要不然咱们打个电话到江老板那儿，看看你所谓的上头会不会开口？"

两个一米七几的女子站在一起，虽然身高上持平，可很显然，付冉气场强大口气也坚定，言行举止间还带着某种隐隐的不屑。而在素末看不见的角度里，一抹慌张迅速划过尹娉婷的脸。

付冉冷笑："小时候常听我妈说'知耻近乎勇'，可这年头的人到底是怎么回事啊？荣辱观薄弱得像什么一样，小小的野鸡不经意间飞起了一米两米，竟上赶着想宣布自己已成了真凤凰！尹网红，你说到底可笑不可笑？"

娉婷的脸白了一阵："付冉！"

"别那么大声嚷嚷，我没耳聋。"她挑了个最近的座位，大大方方地坐下。本来这么冷嘲热讽过一番，尹娉婷的脸色已经又青又红又白的了，可付冉竟然还没打算罢休。

办公室里的素末疑惑地看向这一处，正奇怪小冉今天怎么这么反常，就见她更反常地朝娉婷招了招手："来，我们来好好谈一谈。"

谈什么？这两人之间有什么好谈？

只听付冉说："论作用，在这工作室里我付冉一人顶得上你一百个尹娉婷，这点你但凡有点儿智商，应该就否认不了吧？"

176

第八章 风暴

"你……"尹娉婷脸上白了一阵又红了一阵。

付冉微微笑,挺满意自己开门见山所造成的效果:"论人气,我堂堂国际知名设计师,能比不上你一个小网红?当然,我知道你敢在我面前逞能的原因是男人,可是论男人,"她笑了一下,学着刚刚的尹娉婷,摆出又柔又媚又自信的样子,"且不说你和我们江老板到底是什么关系,就我和咱陆总,这关系应该尽人皆知吧?你说你我二人摆到一起,江玄谦只要脑子没坏掉,是会觉得你比较重要呢,还是被咱陆总严重包庇了N年,而且接下来的N年里还会继续包庇的我更重要?"

刚被训得像孙子一样的员工差点笑出声,可往后瞧一眼素末,竟一点儿笑意也没有,反倒凝起眉,满脸的深思。

尹娉婷被羞辱得简直要原地爆炸了,一张脸红得无法描述。可素末并没有感到多痛快。

以她对小冉的了解,如不是发生过什么,她是断不想拿Joe来说事的。一个深患"大女子主义癌"的家伙,坚信自己的成功全是才华加汗水的成果,哪里会到处宣传她和二老板的那点儿私事?

素末迟疑地关注着外头不正常的剧情走向。

说来也是巧,付冉一句"被陆总包庇了N年"出来后,楼下的停车库里正好开进来一辆骚包的橙黄色跑车。两分钟不到,男主角竟然就出现在工作室门口,一身抢眼的帅就和他那辆跑车一样骚包。

看到自家美人儿正一脸愠色地坐在那儿,这厮笑容分毫未减,笑眯眯地凑上前去:"怎么了宝贝儿,谁惹你了?"

"还有谁?瞧你那破合伙人给我整的幺蛾子!"

没好气的声音一五一十传入办公室里,很快,"嗒嗒嗒",三寸红高跟的声音又起。付冉回到办公室,甩上门,痛快地往办公椅上一坐:"开玩笑,一个江玄谦老娘吼不得,一个尹娉婷老娘还收拾不得了?"

只是对面有一道疑惑的目光如影随形,那是素末的。这丫头坐在她对面,一脸疑惑地看着她。

付冉:"怎么了?"

"你不对劲。"素末想了想，又觉得自己表达得不够清楚，"我是说，你对尹娉婷的态度有点儿不对劲。小冉，是不是发生了什么？"

自从江玄谦下了决心要捧尹娉婷之后，这女人一直都是嚣张又跋扈的，可从来也没见小冉这么不顾身份地去讽刺过她。

什么样的人值得你花费什么样的态度，这一点付冉向来清楚得很，所以之前就算心里头再厌恶，面上付冉也从来不会拉低自己的身份去和一个网红较劲，可今天……

"你老实告诉我，这几天我一问到工作上的事你就闷不吭声，是不是真的发生了什么？而且，就和尹娉婷有关？"

沉默在空气中凝了几秒，自素末落音落下后，办公室里一片死寂。

"小冉！"

"是。"最终付冉按下打火机，淡蓝色火光点破了空气中凝着的死寂。

"没错，"她终于开口，将打火机往办公桌上一扔，"本来没打算告诉你的，不过既然你猜到了，那我就说吧。末末，江老板让我把尹娉婷签到 C&J 旗下，并在明年的新装发布会上，担任首席模特。"

"什么？"素末大惊，"可你的首席模特一直都是周雯雯啊！"

"对，所以那女人最近为什么能嚣张成那样，你现在懂了吧？"

周雯雯是全球知名的超模，顶着一张亚洲人的脸入选为"世界最美的一百张面孔"。身价最高时，付冉亲自出马，费了好大劲才请回国。一方面的确是酬劳够诱人，另一方面也是卖付冉面子，毕竟有才华的人总是珍惜有才华的人，一场发布会走下来，周雯雯便同付冉说："下一场发布会只要你有需要，我还给你走。"

此后知名设计师付冉的首席模特永远是超模周雯雯，可这回，竟然要易主？

"你知道这回江玄谦让人放出去的都是些什么消息吗？'尹娉婷艳压周雯雯，成为 C&J 首席模特'！疯子！这不是摆明了借周雯雯的名气来捧那女人吗？"

难怪付冉一听说她和江玄谦在闹别扭就气不打一处来，想来尹

第八章 风暴

娉婷这阵子在工作室里没少嚣张吧。

可是不对,这事太奇怪了,素末道:"据我所知,尹娉婷和江BOSS其实并不是男女朋友的关系。"

素末很清晰地想起了那个清晨,即使那人在事后否定了一切,可她清清楚楚记得的是,那时的江玄谦同她说,他和尹娉婷之间并不是男女朋友的关系。

付冉不相信:"不可能的,如果不是男女朋友的话姓江的能那么上心?几乎是用尽了所有资源在捧她!"

这样用心,要说他和尹娉婷真没什么苟且,谁信?

素末的眼里有一瞬间的迟疑:"可是……"

可是,直觉告诉她,那时候江玄谦说的话是真的,他是真的真的和尹娉婷没有那方面的关系的。

可如今事实又摆在眼前,不是那种关系的话,为什么那人要不遗余力地捧红尹娉婷,就连首席模特都留给她?

"而且让我疑惑的不仅仅是首席模特的事,末末,还有个事情很奇怪。"付冉身体前倾,隔着一张办公桌靠近素末时,脸上呈现出某种凝重的神色,"我总觉得尹娉婷手头上应该还握有什么砝码,你明白我的意思吗?就是觉得除了首席模特外,姓江的应该还给了她什么东西,所以她的气焰才能嚣张成这样,连我都敢不放在眼里。"

办公室门外传来男人说话的声音,隔着一扇薄薄的门,Joe的话音里带着笑,也带着点懒得掩饰的威胁:"尹小姐,谁都知道里面那女人是你二老板的心头肉,这会儿你要是敢给我添乱子,害得我被心头肉抛弃,"他很帅很瘆人地笑了下,"知道吗,别说一个Caesar,就算是十个Caesar来保你,你都得给我分分钟滚蛋!"

刚被当成孙子骂的员工惊呼了一声"我陆总真帅",当然,门内的付冉也觉得自家男人还挺帅,但那句"就算是十个Caesar来保你",也间接验证了她刚刚的怀疑。

"你看,"她对素末说,"听Joe这口气,很明显他是知道点什么的。"

可奈何这一贯不正经的家伙一谈到他哥,那嘴就紧得十把斧头也撬不开。

"末末，我可以肯定江老板还做了点什么我们都不知道的事，而且说不定，"她声音沉了下来，"说不定，那事就和你有关。"

可究竟是什么事，谁也无从得知。

办公室的门再度被拉开时，素末与付冉已经结束了上一个话题。

"替你教训过那女人了，别气了宝贝儿。"Joe 走过来，抱住自家女神，很好地将肉麻演绎成了纯天然。

素末朝他笑了笑："不打扰你们了，我先走一步。"

"欸，不是要一起吃饭？"付冉喊住她。

"还吃什么饭啊？二老板刚刚那么帅，你不打算奖励奖励？"素末走出了办公室。

"真是个懂事的姑娘，每回见到我，就知道闪人的时间到了。"Joe 满意地啧啧赞赏，一想到今晚即将失去那么大一号电灯泡，他就心情好到爆表，一边翻着手机查看附近的餐厅，一边继续给素末点赞，"虽然蠢是蠢了点，但自觉吧？懂事吧？善良吧？嗯，真的，不枉我成天在我哥面前为她说好话。"

付冉本来心情还不赖，一听他提到那姓江的，又气不打一处来："是吗？敢情你好话都说到马桶底下去了？末末突然搬出万花庄园是怎么回事？尹娉婷那边又是怎么回事？"

Joe 自然知道她指的不仅仅是首席模特的事。自那女人开始嚣张跋扈起来后，小冉没少向他明着暗着地打探——

"你哥到底还允了那女人什么，你就不能告诉我吗？"

Joe 拉着美人儿坐到自己腿上，往她光洁的额头上亲了一口："说实话，我还真不能告诉你。"

"你！"

"好啦，如果你实在要问我也只能这么说吧，站在你的角度，你可能会觉得我哥混蛋自私下三烂，不过站在我的角度，说实话，我觉得我哥对咱末末简直是，"他想了一下，用了一个自认为最精准的词，"千依百顺。"

"什么？"听听这话，姓陆的中文造诣可真高——千依百顺？好意思把这么乖巧的词套到那姓江的身上！

结果 Joe 想了想，又添了一个词："还有，未雨绸缪。"
"什么鬼？"
"鞠躬尽瘁。"
"What？"
"死而后已。"
付冉："……"
"你给我说清楚陆乔久！打的什么哑谜啊？"
陆乔久贱贱一笑，然后，有点儿无奈地道："说不清楚了。"
付冉："……"

真的，说不清楚了。有些事只有等到真实发生了之后才能去意会，而事发之前，谁也无从言传。

不过素末没想到，小冉的预感竟然是对的，她口中"也许和你有关系"的事，竟然就在不久后就得到了证实。

那是在"爱丽莎"项目的初选会上。

所有参加了香水调制的学生都带着自己的作品，被分成四个组，在调香实验楼四间最大的教室里进行作品的展示与初选。

素末自然也在其中。可令她错愕的是，一早就没将心思放在调香上的尹娉婷竟也参加了。

场面热闹，尤其是第一间调香室——尹院长的两个女儿都被安排到了这间教室里，一个受宠的，一个不受宠的，但因才华与受宠程度恰恰相反，观众们反倒擦亮了眼睛，等着看戏。

好戏的第一拨：尹娉婷被安排在三号，尹素末被排到了最后一号。

有点儿经验的老师们都知道，其实竞选排号还是有一些讲究的。通常一号是个参照物，给他打个六十分，其后比他好的就高于六十，比他差的就不到六十。前半部分时间，评委们往往意兴盎然，这部分选手如有突出的表现，也是最容易得到评委青睐的；反之前半部分结束后，越往后，评委们便越是审美疲劳，尤其到了最后几个，若无太大的惊喜出现，评审团基本上就是草草地听过，草草地打个分——所以说，最后一名选手常常拿不到冠军，不是没有一点儿道理的。

评委也是人嘛，再有经验，终究有主观评判。

素末还没上场就生生吃了这么个闷亏，不过她看上去也没有太在意。

若无太大的惊喜出现，评审团基本上就是草草地听过——前提是，若无太大的惊喜出现。

而她呢？

其他人的实力她不清楚，可自己的实力，素末不骄傲不夸张，却是清楚明白的。调香师的嗅觉一般都比普通人灵敏，经过专业训练后，通常可以分辨出一千多种气味；而她，未经过特殊训练时就能识别出一千多种不同的气味，甚至因着小时候耳濡目染母亲的工作，没系统学习前，已能够将不同的气味进行对比和组合，产生新的嗅觉成像——第一天上课时把专业老师都给镇住了，止不住地夸"这孩子是天才！真真是天才"！

除了母亲给予的这一切外，当然，还有两年半的在校学习，在万花庄园里无数次或成功或失败的实验，以及江玄谦替她从世界各地源源不断地采购过来的香料原料，造就了她今日的成绩。

怎可能没有惊喜？

反观那尹娉婷，素末虽说从头到尾也没往她身上看一眼，可已在心底下了判断：从小喜动不喜静，几乎从不曾见她静下心待在调香室里，更别提拿出什么像样的作品，这回除非是拿了方宛替她调的香来参加比赛，否则，这炮灰恐怕是当定了。

她心中这样想着，却没想到，事情的发展竟远远地超过她预期——

第二号作品展示完，轮到尹娉婷时，就见娉婷笑盈盈地带着一个含苞待放的玫瑰状瓶子，信心满满地走上台："今天给各位评审和各位同学带来的，是一款以玫瑰花香为基调的香水。"

场下评委们接过工作人员递来的香水试条，同一时间置于鼻前扇动时，美好的芳香扑入评委们的鼻腔，也同时，散散漫漫地漾开来。

素末就坐在评审团的后面一排，一开始还不以为意，直到灵敏的嗅觉系统里侵入了一缕极淡的气息——

第八章　风暴

  那是数张香水试条同一时间被扇动时，向外扩散出的气息：不同品种的玫瑰混合着作为前调，明媚中带着令人放松的欢愉……
  素末目光一滞。
  台上尹娉婷已笑盈盈地接着说："这一款香水以玫瑰花香为前调，而且，并不是一个品种的玫瑰，它混合了来自世界各地的五种顶级玫瑰花的香气；至于中调，则是红富士混合着英国梨的气息。"
  一字一句，熟悉的气味，熟悉的陈述词。
  蓦地，素末看向了身旁的指导老师——整个大三年级就她一人参赛，所有的专业课老师都跑去带大四生了，只剩下她旁边这位刚进校没多久的年轻老师，自然，她的作品也只让这位老师看见过！
  可年轻老师也正震惊地回头来看她，两双眼睛几乎在同一时刻发射出同一个信息：怎么回事？
  "老师您……"
  "不是我！我怎么可能把你的参赛作品拿给她参赛？"老师矢口否认，也急了——太荒唐了，同一赛场上竟出现两个一模一样的作品？
  太荒唐了！
  台上的娉婷还在说："所以说，这款香水里既有花香又有果香，是非常典型的花果香型的女性香水……"
  台下有人突兀地站起来："那么，创作灵感来源于哪里？红富士和梨的比例如何拿捏？五款玫瑰分别是什么？混合比例又是如何的？！"
  全场突然一片哗然，只因此时这位突兀地站起身、打断院长千金的人，正是院长的另一位千金——此时此刻，她正满脸震惊和怒气，从来都温暾沉默的女子，此时竟然站起身，正对着台上的尹娉婷，一字一句道："我的香水，为什么会在你那里？"
  一句话令满场轰动。
  她扬起手中的香水瓶——原本带了两瓶，可此时，素末只拿起被娉婷盗用了的那一瓶，摘下瓶盖，按下喷头，玫瑰花为基调的香水美好欢愉地盈了一整个教室。
  "这是我的作品，尹学姐，我不知道为什么它会出现在你的手上。"

初选被迫暂停，尹院长出面带走了两个"无意中竟然撞了香"的调香选手。

当然，面上的话叫"无意中竟然撞了香"，可但凡是有点儿调香常识的，谁会相信？两款香水没有一分一毫的差别——好吧，就算你们心有灵犀产生了同一种灵感，使用了同样的原料，那比例、质感、香水的浓度，能完全一样吗？

可尹院长就是打着这样的名号把人给带走了，五分钟后，调香室里的评选继续。

一个小时后，院长专用调香室公布了结果：尹素末与尹娉婷无意中撞了香，因两人同为尹泽院长的女儿，灵感皆来源于父亲的调香室，所以并不存在什么抄袭的说法。但鉴于尹娉婷已经在讲台上做过完整的解释，且给评审团留下了深刻的印象，所以，直接晋级总决赛。

"那素末呢？院长，我可是亲眼看着素末把香水调出来的！"年轻的指导老师忍无可忍，院长如此明目张胆地偏袒，别说两个都是他的女儿，就算其中一个只是普通学生，那也够让人心寒了！太过分了！

"尹院长，这款香水从初次调制到最终成形，单原料的比例素末就调整了一百多次！可院长您现在的意思是，因为娉婷先上台，所以抱着尽善尽美的心态将自己的作品一次次推翻再重来，最终研制出优秀成果的尹素末就失去了晋级总决赛的资格，是吗？"

指导老师的口气有点儿冲，尹院长的面色有些难看。

"且不说娉婷同学到底是从哪儿得来的这一瓶香水……"

"吴老师！"尹泽的脸这下是彻底拉下来了，"你这话是什么意思？"

"院长应该知道是什么意思。"

今儿坐在观众席上的，哪位不识院长的两名千金？一个是大名鼎鼎的网红兼模特尹娉婷，今年大四了，学了四年调香，专业考试却从未及格过，哪次不是老师们看在院长的面子上，铆足了劲把她的平时分改到满分才能让期末总成绩勉强合格？有名是有名，不可否认或许还有其他方面的天赋,可那天赋和调香有半毛钱关系吗?

反观后面这一位,不过才大三上学期,调制出来的香水却让好些专业老师都望尘莫及,其专业、敬业、精益求精的钻研态度,哪位教过她的老师不清楚?

怎么能让一个无心于香水调制的人获得荣誉,却让每天在调香室里泡上十四个小时的人,这个已经无限接近于调香人的姑娘,生生被夺走研究成果?

"尹院长,我觉得您这么决定很难以服众。"

"吴老师!"

"我……"

"别说了,老师。"父亲的脸色已经很难看了,素末拉住了吴老师的手。到底年轻,终有热血,可小冉之前也说过了,她这个父亲生平最好面子,丝毫也容不得别人反驳他。

她拉住了指导老师,往前一步站到老师跟前:"尹院长。"仰着头,她迎向父亲含怒的目光。

没有喊"爸爸",在这个时候,她喊的再也不是"爸爸"。

可恰是这一声"尹院长",撼动了尹泽的某一条神经,他愣了一下。

素末不卑不亢地正视着他,从口气到眼神,每一个细节里都不再带有女儿的色彩。她说:"尹院长,您真的相信这世上有人能在没有任何样品,也没有对方任何调香信息的前提下,调出和对方一模一样的香水吗?"

那双睁大的眼看上去太清澈也太直白,直白得让尹泽一时之间,竟说不出话来。

"或者您相信,这一次,是我盗取了尹娉婷同学的灵感?"

尹泽哑口无言。

"明明是毫无悬念的事情,我和尹学姐谁才有实力调出这一款香水、谁应该入选总决赛、谁在撒谎,难道您判断不出来吗?"

"你……"

办公室里有一瞬间的沉默,尹泽"你"不出来了,只于心中大憾。什么时候这温暾又内向的丫头变得如此伶牙俐齿了?

此时的她，不亢不卑，余光扫过一旁的尹娉婷时，没有愤怒，只剩下满满的不屑。

蓦地，尹院长还没开口，吴老师也没开口，现场任何一个人都想不出该说点什么时，素末打开了香水的盖子，就像刚刚在初选教室里一样，按下喷头。

温柔的气息迅速在空气里漾开来，蹿入了现场诸位的鼻腔。

然后，她走向尹娉婷："刚刚尹学姐说，这款香水的前调是用五种不同品种的玫瑰调制而成的，那么作为调香人，尹学姐能否告诉我和在场的老师：那所谓'五种不同品种的玫瑰'，分别都是哪五种？调制比例又如何？"

娉婷张了张嘴——哪、哪五种？还有比例？

这下子，哑口无言的不是尹院长了，而是这位号称"调香人"的院长千金。

素末清冷地勾起唇，眼角眉间竟流露出了一点儿让娉婷莫名熟悉，也莫名感到心惊的气定神闲。

这样的气定神闲她是不是曾经在哪里见过？这样的神色、唇角这样微讽地勾起的弧度，她曾经在谁身上见过？

可娉婷还没想出个所以然，那边的素末已开口："既然尹学姐答不出来，那就让我来说吧。混合着作为香水前调的这五种玫瑰，分别是大马士革玫瑰、梦幻玫瑰、摩洛哥千叶玫瑰、撒旦玫瑰和牡丹玫瑰，而且有一点，虽说前调主要是由五种玫瑰调成，可事实上我还在此基础上加入了与玫瑰等量的麝香，用以综合、平衡这五款玫瑰的气味——这一点，别说尹学姐您，想来就算是您背后的方宛教授，说不定也暂时没察觉吧？"

娉婷大大地一惊，尹泽也大大一惊。

然后，就见这丫头抬起头来，清澈的眼直勾勾对着他："尹院长，现在，您还坚持自己的裁决吗？"

这是第二次，尹院长第二次在这个被自己冷落已久的孩子身上看到了某种果敢坚定的东西。

调香室里有一阵长久的沉默，最后，还是吴老师先开了口："院长，其实要宣布娉婷入决赛也不是不可以。"

第八章 风暴

其余几人纷纷一愕，看向他，就听吴老师说："但是公平起见，我认为素末也应该进总决赛。毕竟您刚刚说过了，这一款香水得到了评委老师的一致好评，可您也说了，两人之间不存在抄袭。既然不存在抄袭，那么尹素末同学也应该受到肯定，不是吗？"

他这话说完，别说尹泽，就连尹娉婷也不敢再多说话了。

谈判桌上最常用的一招叫"先给你一巴掌再赏你一颗糖"，刚刚素末的一席话已经让娉婷差点儿以为自己完蛋了，没想到吴老师的话又给了她希望——这意思是，她还能继续参加比赛？

"那就照吴老师的意思办吧。"院长犹豫了许久，最终，还是松口了。

于是事情就这么定下来，只不过，离开前尹院长又落下了一句："入决赛可以，但不能再有两个人拿出同一款香水的情况发生。"

言下之意，是要素末换参赛作品了。

她微讽地笑了笑，没有说话了。

"本来我的意思是让你和尹娉婷带着同一款香水进决赛，由大众来判断究竟谁才是真正的调香师，没想到尹院长竟然还会搁下那句话！"等走出了院长调香室后，吴老师的口气里满是懊恼，"早知道他会来这一招，我当时就不那么提了。"

"老师别生气，"素末却是一点儿也不着急，"我这款香水和尹学姐的本来就不一样啊。"

"什么意思？"

素末从包包里拿出今天为初赛而准备的香水，在吴老师面前晃了晃。

两个瓶子发出相碰撞的悦耳声响，一大一小，一昼一夜。吴老师瞬间领悟："对，不一样！完全不一样！"

这孩子，说她呆说她笨说她反应慢吧，可在对待自己的作品时，那反应还真不是普通的敏捷哪！

这下子吴老师终于能放心离开了，只余下素末一人，漫无目的地在走廊上游离。

因为早上付冉特意叮嘱过，说让她比赛结束后就待在学校里，

187

江海不渡

她会开车来接她一块儿去吃饭。所以素末百无聊赖,慢慢地在办公室外的走廊上晃了一圈,又慢慢晃到了那几个举行初赛的教室外。

赛事依旧如火如荼,这世界真真是不以人的意志为转移的。你看,在院长调香室里发生过那么大、大到足以颠覆她的名誉与前途的事情后,调香室外所有的一切,依旧井然有序地进行着。

谁会为了谁,重置目标与计划,更改理想与信念,颠倒昼夜与黑白?

没有人,真的,没有人。

她慢慢地在教室外逛着,逛得无聊了,又原路返回。一路上,数不清的气味侵入她敏锐的嗅觉中枢里:来自调香室里的,来自学校草坪的,来自人身上的……可素末早就习惯了,并不以为意。只是当她路过某间大门紧闭的调香室时,突然间,步子一停。

那紧紧关着的大门里传出了极淡极淡的气息:混合着蔷薇、栀子花、小豆蔻、风信子等她曾一遍遍研究过的植物气息——Flawless吗?

不,不对,不是Flawless!Flawless的前调是这些植物没有错,可现在这款香乍闻起来类似于Flawless,事实上……

她心脏剧烈地跳了两下——是方宛的那一款香水!

只是,怎么可能?她不是已经被学校开除了吗?而且就是因为这款香被开除的,这玩意儿怎么可能还出现在江大的调香室里?

素末抬头看一眼门牌:方宛。果然就是她那间空置已久的调香室!

可是,怎么还会有那气味弥漫在里头?

不远处的院长调香室里突然传来了一道压抑的低吼声:"为什么?"

原本素末并不在意,注意力全集中到了这缕极淡的香气里,可隔壁的声音不绝于耳,素末忽然听到了自己的名字:"你之前不是告诉我说尹素末不会拿这个作品来参赛吗?可今天呢?今天她怎么会带着一模一样的香水来参赛啊?"

素末的注意力一下就被拉到了隔壁。

第八章 风暴

那是尹娉婷的声音,素末能确定。只是,什么叫"你之前不是告诉我尹素末不会拿这个作品来参赛"?难道说,把这款香水给尹娉婷的人曾经向尹娉婷保证过,说她不打算拿此作品来参赛?甚至,那人此时就和她处在同一个空间里,就在隔壁这间调香室?

清晰的逻辑跃上她的脑袋,素末一时间顾不上 Flawless 了,悄声走到隔壁调香室门口,听到尹娉婷害怕却又不敢流露出一点儿怒气的声音:"你知道吗,刚刚差一点儿就出事了!要不是爸爸把事情压下来,你说我该怎么办?"

素末眉心微拢,门那头的尹娉婷明明很生气,可听那声音,又像是在拼命地压抑着自己的怒气。

什么样的人才能让大小姐在这么急迫的情况下,还如此忍气吞声?她脑中不期然浮过了某张脸,可很快,又被自己否定了,不,不可能的,那人怎么可能在这时候来江大?更不可能把她的作品随随便便送人啊!就算他不喜欢她,就算他要把她赶出万花庄园……

可对方的声音慵懒地传出来,带着她最熟悉的那一种气定神闲:"我怎么知道她会突然改变主意?"

素末如坠冰窟。

是那道低沉的磁性的熟悉的嗓音,每一个字的尾调里都散发着大西洋杉木卓然的气质。

"再说,我只是把香水送给你,我让你拿去参加比赛了吗?"对方又如此漫不经心地吐出了一句。

素末双手止不住地发抖,紧接着,双腿,全身都发起抖来。

是他?竟然是他?造成今日这个可笑局面的人,竟然是这个男人!

那次她怀疑这人拉方宛下台不是为了自己,被他否认了。可这回,她亲眼所见,亲耳所听,怎么还会有错?

门那头娉婷又低低地急急地说了些什么,素末已经听不清楚了。只一瞬间,她想也没想就推开了调香室的门——只是关着并没有上锁,于是她很轻易地推开门,就看到正对着门的那一处,颀长的身躯背对着她站着,洁癖使然,尽可能地不让自己碰到这调香室里除地板之外的任何一样摆设。

推门声惊扰了原本安静的调香室，尹娉婷慌张地看过来："谁？"

江玄谦也转过身来，只一眼，就看到了她。素末红着眼震惊地瞪着他，那只扶在门把上的手怎么也止不住地发抖："为什么？"

"尹素末……"

"出去。"她没看旁边的人一眼，可声音坚定。

江玄谦点了点头，示意尹娉婷出去。

娉婷："可是……"

素末："出去！"

整个办公室里寂静无声，耳旁却似有狂风呼呼地吹过，千军万马自大漠奔腾而过时激起的狂沙和巨风，无边无际地打在她耳旁。

尹娉婷走了出去，关上门。

素末就站在门前不远处，睁着一双不敢置信的大眼，脚上仿佛灌了千斤铅，可终究，她还是带着那千斤铅一步步来到了他跟前："把香水给她的……是你？"

她一个字一个字地质问着，发着抖，打着战，那么重。

可江玄谦不置一词地站在原地，看着她走近，看着她红了眼眶。

此时无声，却胜有声。

"为什么？"素末一只手揪住他的外套。

他穿得不厚，一件薄薄的外套，内搭简单的白衬衫。她盯着那件被揪出了褶子的黑色外套，突然间想起，原来冬天已经到了。才发生了多少事，冬天就这么来了。

可似乎又已经发生了好多事，多得让两颗心从曾经的近在咫尺到今日的相隔天涯。她死死压抑着的泪水终于涌出了眼眶："江玄谦，你告诉我为什么？到底为什么啊？"

"一开始我们就说好的，你在万花庄园里调出来的作品都属于我。"

"因为都属于你，所以你随手把它送给了尹娉婷，让我的作品变成了她的？"

难怪尹娉婷最近能嚣张成那样！难怪小冉会觉得尹娉婷除了首席模特的位置外还从江玄谦身上捞到了什么！原来捞来捞去，捞到的竟是她的调制成果！

第八章 风暴

素末无力地往他胸口捶了一下，可那一下太轻，不解恨，她又重重地捶了一下："王八蛋！"

然后，彻底崩溃了。

在万花庄园里发生过那么莫名其妙的事情后，她忍着；被这人莫名其妙地赶出来后，她忍着；被尹娉婷盗取了香水作品、被爸爸不公平地裁决后，她还是忍着。每一次都用最大的忍耐尽可能平静地解决所有事，可现在，她忍无可忍了——曾经最信赖的人背着她把最重要的香水送给另一个女人，明知道那是她用来争取"爱丽莎"项目的作品，这明明白白的背叛，这彻彻底底的羞辱，让她还能怎么忍？

"王八蛋！为什么要这么做？你凭什么啊？"

就算他恶心她，就算他不想见到她，好，她听他的话，她走了，此后就连万花庄园里的调香室都没有再踏入过。可为什么这王八蛋还要做出这种事让她幻灭得彻彻底底？

门外有脚步声接近，可室内的人都没空去注意了。

付冉将车停到楼下，打素末电话没打通，发微信也不回，所以摸到了楼上，谁知，竟在院长调香室外见到了这一幕：尹娉婷正错愕地站在门口，隔着门上镶着的一小片玻璃，不敢置信地看着室内女子任性地捶打着那个人的胸口——而那个人，向来洁癖最重最厌恶别人碰到他的人，竟然一声不吭地站着，就那么任由她发泄，任由她将泪水汗水全蹭到自己的外套上，甚至在女孩儿哭得最伤心难过时，原本藏在身后的手伸起，就要抚上她发丝："好了……"

"王八蛋！"

谁也没有看到这一幕，可站在娉婷的角度，她清清楚楚地全看到了。明明像是与自己无关，可这一刻，不知为何，她却看得心惊肉跳——男人脸上的表情不对劲，不，那不是面对任何外人时会有的神色。

"王八蛋！"

女人的声音也不对劲，她不再是平常那个温暾沉默的尹素末了，她竟然委屈而哀怨，带着连在父亲面前也不曾流露过的任性："是你自己说过和她没有关系的！你说她不是你女朋友，你说不会再让她

191

江海不渡

挽你的手，不会再和她一起吃饭，可现在呢？现在你又做了什么？王八蛋，你自己说过的话全都忘了吗？"

从门外看进去，江玄谦艰难地抓住她的手："好了，别闹了。"

"是我在闹吗？明明是你自己说过的！"

"什么时候？"外头的人清清楚楚地听到他压抑地问了一句。

然后，是女子低下来的声音："那天清晨……"

他没说话了。

"江玄谦，那天清晨你自己说的！"

室内有一阵难堪的沉默，室外门前，被提到的尹婳婷几乎是屏住了呼吸，就等着江玄谦的回应。许久许久，调香室里才传来男子刻意冷漠的声音："真是个傻孩子，你以为男人在那种时候说的话能相信吗？"

"你说什么？"

室内不知是什么个光景，只听到素末震惊地问了一句，其后，没有声响了。

可室外听到了这一切的两个人，尹婳婷与付冉，却是两副面孔，两种表情。

一个呆住了，脸上是说不出的震惊、失落与愤恨——Caesar 的意思是，他和尹素末有过亲密接触了？可他从来都是一避开镜头、一没有人注意便吩咐她站远点，因为他洁癖严重不想让任何人碰到。

另一个只觉得有什么沸腾的东西直勾勾地冲上了脑门——江玄谦把人吃干抹净了？难怪这丫头死活不肯讲明白她在万花庄园时发生过的事！难怪！

"砰"！调香室的门再一次被推开，这回闯进来的是怒气冲天的付冉："江玄谦，你个臭渣男！"

素末正背对着她站着，被那一句惊世骇俗的混账话震得什么也说不出来，只僵硬地立在那儿，不敢置信地瞪着江玄谦。

"臭渣男！"付冉一把甩下背上的包包，就要往江玄谦身上砸。

哪知人还没走到跟前，江 BOSS 就先扔了一记冷淡的眼神过来："站住，别碰到我。"

第八章 风暴

付冉竟真的站住了。

那冷淡的目光瞅得她脊梁骨发凉，凉得她一时间竟真停下了脚步。还没等付冉意识到自己这做法有多没出息，身后就有嘈杂的声音传进来。原来，那几间大教室里的初选已经结束了。

一拨又一拨的人从走廊另一端走过来，路过院长调香室时，下意识地往里瞅。

江玄谦被瞅得不太高兴："把门关上。"

付冉这才如梦初醒："怎么，现在知道丢人了？"

也的确是挺丢人，身后黑压压的一群人，全是看戏的——拜托，这出戏的女主角，是她家末末欸！

不，不能再继续让人这么当猴子看下去了！付冉走过去拉起素末的手："咱们走，别和这种男人多废话！"

可素末还是红着眼，倔强地站在江玄谦跟前。难以置信的话似乎还回荡在耳中，她总以为他再狠，再禽兽，再不是人，至少也曾在接触的过程里付出过一点点真心。

可没有，一点儿都没有。

那一瞬间，她体内有什么汹涌的东西再度涌上了眼眶，止也止不住。

外面依旧人头攒动，面前是江玄谦沉默的面孔。她紧紧握着拳头，就像在和自己抗战，拼命地想压抑住什么东西。可最终，压抑不住了，那情绪"砰"地在她大脑里炸开来。

忍无可忍，何须再忍？

付冉瞪大眼，尹娉婷瞪大眼，身后黑压压的一群人全都瞪大眼——看着他们印象中这个仿佛与谁都保持着某种距离的沉默姑娘，她扬起手，重重地对着众人心中的策划大神、传说中一手将尹娉婷从一介网红捧成如今的名模的大神——啪！清脆的掌声在这张英俊的脸上炸开来："王八蛋！"

这下，连江玄谦也怔住了。

身后人群里开始爆发出唏嘘声，可在那一声"王八蛋"之后，当事人素末却什么也没再说，红着眼转头，直挺挺地走出了调香室。

于是调香室里，众人目光所及处，就只剩下被一巴掌掴下了神坛却半晌没反应过来的江玄谦。几十双眼睛全盯着他，他直挺挺地愣在了那里，维持着震惊的神色——两秒钟。两秒钟后，好像什么也没发生过一样地……走了。

步伐沉稳，姿态优雅。就连尹娉婷不放心地跟上来："Caesar？"他也不过是伸出一只手打断她："尹小姐，有什么事我们改天再说。"

话毕，优雅地朝尹娉婷一颔首，不疾不徐地离开了调香室。

身后一片静。走了十几米后，还是一片静。众人仍目光灼灼，纷纷在心底感叹着江大神的气度与大度。可他们不知道的是，大神一路优雅又帅气，直到拐了一个弯，离开了众人的视线后——

"SHIT！"他低咒一声，捂住刚刚被掴了一掌的左脸，对着一派壮观的教学楼，这下连话也不想再说了。

"哈哈哈……所以我哥就这么被打了？在众目睽睽下？还被传上网了？我的天！年度大戏啊哈哈哈……"关上视频后，传说中的好搭档 Joe 笑得上气不接下气。

钟先生搁下正在泡的茶，双手作揖，很标准地行了个礼："陆先生，照理说，您是不应该笑得这么欢乐的。"

"对不起啊钟先生，我也不是故意笑得这么欢乐的，可我就是觉得……这也太好笑了哈哈哈……"

而后现场的两人相视一笑，不约而同地……用不同方式表达了自己的喜闻乐见。

本来嘛，江禽兽最近的所作所为简直禽兽得令人发指，是时候找个机会好好地嘲笑他一番，以娱乐众人了。只不过笑够了，喜闻乐见也表达够了，钟先生又愁起了一张脸："话说回来，陆先生，您看这事咱们该怎么办才好呢？当初授意我们将尹小姐留下来的是先生，现在把人赶走的也是他，就目前这情况，我们尹小姐现在是连调香室也不来了呢，您说怎么办？"

钟先生的茶艺堪称一绝，热水往茶壶里一浇，袅袅茶香便飘到了空气里，将冬日的傍晚染得暖暖的。

Joe 啜了口茶："这件事吧，说真的，还挺难办。"

"连陆先生也没办法吗？"

第八章 风暴

"你说呢?"看钟先生失望的样子,Joe又于心不忍,"你想想,那颗瘤在我哥心中可是埋了十几年了,平静时期大家相安无事,可现在被那丫头这么一刺激,你觉得呢?"

"可尹小姐也不是故意的啊,谁让我们先生从头到尾都表现出一副把人捧在心尖尖的模样?要是早说了不喜欢人家,人家姑娘至于吗?"

"他说了呀,一开始就说明了。"

"可他言行不一啊!嘴上说着不喜欢,可您瞧瞧事实上他都干了些什么!平日里有事没事就招惹一下人家,想抱就抱,想摸就摸,就差没想亲就亲了!"钟先生义愤填膺,"而且说句实在话,他之前对尹小姐,那可真是好得没话说了吧?明明是计划年底才把方宛拉下马的,可您知道吗,那天我们尹小姐只不过是不开心了,随随便便撒个娇,先生他就直接改变原计划,把那姓方的废了。那什么,时下人是怎么说的?简直男友力MAX啊!陆先生您说,两三年来他天天给人家这么宠,把人都宠娇了,结果现在突然来一句'我不喜欢你,你走吧',您说,他这不是渣男行为是什么?"

Joe原本正愁着,结果被这老头儿的三言两语逗笑了。

不过事实如此,钟老头儿果然还挺了解禽兽,三言两语就概括出了江禽兽口嫌体直的本质。

只是说到方宛那破事……哎,见鬼的,Joe头疼地揉了揉太阳穴:"你还别说,方宛那事当时我哥做得可爽了,英雄救美,畅快淋漓,可等他现在反应过来自己竟为了个小丫头把原计划搞乱了,你觉得他会怎么想?"

"那……岂不是雪上加霜?"

"可不嘛!"见鬼的,真的,他那不省心的合伙人,真是……太不让人省心了!

大厅里陷入了一阵长时间的沉默,钟先生惆怅,陆乔久更惆怅。因为比钟先生担忧的情况更糟的是,还有一些事,只天知地知他知江玄谦知的事,就像一道丑陋的黑影,在暗地里默默地滋生着。

十年了。

Joe头疼地按着太阳穴:"钟先生,你还记得我哥那四个策划吗?"

江海不渡

现在第一、第二、第三个都完成得差不多了,再接下去,就是第四个策划了。"

钟先生一怔,一张苍老的脸"唰"地白了:"第四个策划?第四个策划要真做下去,我们家先生和尹小姐岂不是……"

Joe 叹了一口气,闭目又拧眉,沉思了许久后,说:"这样吧……"他朝老钟招招手,示意老头儿靠近,而后低下声,不知说了些什么。

漫长的窃窃私语过后,钟先生只觉得如梦似幻:"这也能行?"

"不然呢?"Joe 叹气,"死马当成活马医吧。"

第九章

反转

这晚江玄谦踏进家门时,两人已经讨论完毕。

正对着大门的陆乔久见江大神正一手牵着他儿子,一手提着他儿子的小书包,一副慈父样,可被他牵着的小朋友满脸不高兴。Joe 这人最懂得察言观色,一看就知道小家伙在不开心些什么,遂朝睿睿招招手:"想你妈咪了吧?"

睿睿眼一亮,用力点头:"嗯!"

看小朋友答得这么欢乐,贱 Joe 特意瞥了眼上午才刚被素末甩过巴掌的江大神。

果然哪,大神脸色一黯。这厮忍不住在心中狂笑一百下,当然,表面上只是抱着睿睿说:"来,亲陆叔叔一下,叔叔等下就带你出去找妈咪。"

"真的吗?"

"假的,你陆叔叔说的话能信吗?"江玄谦不耐烦地坐到他对面,将书包递给小朋友,"去做作业。"

"可人家想去找末末妈咪。"睿睿搂紧了 Joe 的脖子。

江玄谦眼睛眯了眯。睿睿很难得能在他家爹地脸上看到这一款表情,夹着警告、不悦、专制独裁等吓人的情绪。他还是怕了,要哭不哭地从 Joe 身上下来,提着小书包,往楼上走了。

"唉,没妈的孩子啊,真让人心疼。不过估计我们末末更惨吧,好歹睿睿还有个爸,咱末末呢?没妈又没爸,现在还得寄人篱下……"

"废话少说。"

啧,听听这语气,大老板今天心情极度不明媚呀。

贱 Joe 笑眯眯地道:"好了不废话,我就是来跟你说,伦敦那边都安排好了,东西就放在国王十字站附近的门店里出售。"

"嗯,还有其他事吗?"

"没了。"

"好，慢走不送。"

陆乔久："……"

Joe 无语地看向钟先生，钟先生也正朝他看过来。两人透过空旷的大厅互相递了个眼神——

"看这样子，要不就从小朋友下手吧？"

"完美，可。"

是夜十点钟，江玄谦已经换了睡衣准备上床，哪知他那好儿子突然推开了房门，抱着本儿童版《圣经》钻进他的被窝里："爹地我想听神的故事！"

多久了？自从那丫头住进了万花庄园后，臭小子再也不曾在这个点缠着他讲故事。

江玄谦无语地瞪他："这都几点了？"

"可以前末末妈咪都是这个点给我讲故事的啊，不听故事人家睡不着。"

江玄谦："……"

第二天一早，江玄谦又被听完了故事后就赖着不走的好儿子给推醒："爹地爹地，你昨晚还没有陪我一起做作业呢，快起床！"

真是个孝顺孩子！昨晚他可是硬撑着眼皮给这家伙念《圣经》念到十二点，结果现在一大早的……几点？清晨五点半，这小家伙就把他从被窝里挖起来！

"爹地，没做作业老师会批评我的，今天的小红花就没了，爹地爹地爹地……"

江玄谦："……"

上学时间到，江玄谦好不容易松了口气，结果那臭小子又跑来推他的手臂："爹地，人家书包还没收，快去收！"

"几岁了，连个书包都还不懂得自己收？"一向言传身教，想让他儿子当一枚小绅士的大绅士努力控制着脾气。

"因为以前都是末末妈咪给我收的啊。"睿睿好不委屈，"可你把妈咪赶走了，"盯着他爹地，然后，更小声地补充一句，"所以，爹地要负责收拾！"

江玄谦："……"

慈母多败儿，说的就是那蠢东西！

好不容易收完了书包，司机已经把车停到大门口了，这小家伙也该滚去幼儿园了，可结果——

"爹地爹地……"

"又怎么了！"他终于忍无可忍。

睿睿撇嘴，怯生生地瞅着他老爸，被这么一凶，话都不敢说了。这模样到底和谁学的？又蠢又软又可怜巴巴，简直让人讨厌！

他脑中不期然又浮起了某张又蠢又软的脸，想起她被他训斥时的模样，被他取笑时的模样，他手一伸出去她就捂着脑袋说"我今天没洗头"的模样，还有那一晚，他吻她时的模样。

那时候小姑娘估计是吓坏了吧？原本就大的眼儿瞪得圆圆的，傻不拉叽的，连大气也没敢出一下。他边吮着她柔软的唇边哄着她换气，别提多费劲。真的，蠢死了，全世界恐怕再也找不到第二个比她更蠢的了，就连被他推开时都不懂得要生气，只是傻愣愣地僵在那儿，问他："你等等还会进来吗？"

呵，简直蠢得感动天地！

怎么还可能进去？在一个男人幡然醒悟拒绝了眼前的美景后？

"先生？先生？"钟先生的声音突然大得如洪钟，"先生！"

他回过神来，看着睿睿要哭不哭的样子，心情突然间有些糟："算了，晚上送去他妈咪那儿吧。"

"所以尹小姐怀疑，上次用在我们包厢里的那种香其实市面上还有？"

"对，学校初赛的那天，我在方教授的旧调香室里闻到过那种气味，但这几天再过去时已经没有了。"

"会不会是闻错了？"

"关先生，我相信自己的嗅觉。"

这一晚，万花庄园里的老管家拄着拐杖将一大一小送出门："谢谢先生啊，我这腿……哎，老咯，不中用咯！关键时刻净给我掉链子，

第九章 反转

还是我们先生年轻力壮让人羡慕哪！"然后，在他家先生载着睿睿离开后，笑眯眯地扔掉了拐杖，拿起手机："陆先生，这边都安排好了，您那边呢？"

与此同时，因为大半年前关竞风说要请客没请成，付冉拉着素末到豪朗的餐厅里吃了饭后，又声称自己需要连夜在工作室里加班，让关竞风送素末回家。

车子沿着另一条道路驶往素末所说的目的地，两人大概讨论了一番那款奇怪的香之后，关竞风问："怎么突然搬家了？"

素末微怔，一时间竟不知该如何来回答。要怎么言简意赅地描述她离开的缘由呢？因为讨人嫌，被房主撵出来了？因为对房主有了不该有的感情，所以被撵出来了？

好在关竞风见她神色有异，未等她回答便十分得体地开口："抱歉，是关某唐突了。"

于是车子继续行驶，伴着车厢里极轻极轻的音乐声。

付冉的公寓就在市中心一片高档的住宅区里，一般来说，没有主人带领或示意，闲杂车等只能停在小区大门外。关竞风快驶到小区门口时突然眯起了眼，在小区外的某个路灯下，一高一矮的两道身影正站在一辆未熄火的轿车旁，身影被橘黄色的灯光拉得老长。

"尹小姐今晚似乎有客人。"他从后视镜里看到素末突然呆住的脸，似有一瞬间的失神。

她也看到了那一处，隔着一层特殊的车玻璃——车里的人能看清楚车外的一切，可车外的人饶是站得再近，也不可能知道车内坐着什么人。她的眼睛连眨也不眨地看着，看着那人长身玉立地站在路灯下，英俊的面孔被橘黄色灯光打造得轮廓分明。

初相遇时的她还惊心动魄地想，世间怎么会有这么好看的男子？想了很久很久，唯独没想到数尽了上下五千年的汉语词典里还有个词，叫"一见钟情"。可一见钟情也好，再见倾心也罢，全被后来那个难堪的清晨磨灭了，而今他又来这里，想做什么？

"没记错的话，那位应该是江先生吧？"

素末已无暇回答关竞风的话，一双眼只死死地盯着那一处，直到马路对面的男人察觉到了有人在盯着自己，转过脸来，素末才一

201

江海不渡

惊,速速移开目光:"关先生,能麻烦你送我下车吗?"

"确定?尹小姐不怕造成误会吗?"

马路对面,身影颀长的男子已经等得有些不耐烦。车就停在边上,大概是小朋友闷得慌,跑下车来玩,那视一切不干净物体为仇敌的男人这才不得已地跟下车,可又时不时瞄一眼腕表,不怎么耐烦的样子。

她轻轻笑了下:"那就误会吧。"

心中突然涌起了一股幼稚的报复心理,那禽兽不是不让她跟关先生走太近吗?不是说关先生是他的策划对象吗?可既然他能和尹娉婷卿卿我我,甚至把她的作品直接变成了尹娉婷的,那么,她让他气一次又何妨?

车灯熄灭,车门打开,高大的男人替女孩儿拉开副驾座的门。江玄谦抬起眼来时,就看到对面的关竞风伸手扶了下素末,隔着一条不宽的马路,体贴温柔的模样。

"末末妈咪!"小朋友眼尖,已经愉快地发出了欢叫声。

素末这才做出一副刚刚发现他们的样子,目光不着痕迹地掠过江玄谦之后,移到了睿睿身上。

"宝贝儿!"她的唇角和小朋友一样欢喜地翘起来,可那一颗心,一颗才刚刚鼓噪起来的准备迎接他臭脸的心,却在一瞬之间,笔直地坠了下去。

江玄谦的一切看上去都很平常,脸色平常,动作平常,就连唇角习惯性勾起的弧度都那么平常。

见到她和关竞风在一起,他只是不为所动地松开睿睿的手,蹲下身提醒小朋友:"晚上早点睡,妈咪今晚有客人,不准惹麻烦知道吗?"再回过头时,优雅又合宜地朝关竞风笑笑:"关先生,幸会。"

唇角微勾,还是往昔里绅士的模样。他应该有的不高兴呢?那天在餐厅里因为关竞风而不痛快的男人呢?在哪儿?

素末的十指深深嵌入了掌心里。

睿睿像是对关竞风有些敌意,噘着嘴瞪着他。他爹地见状,含笑着走过来,轻拍了下小朋友的脑袋:"别不礼貌,叫叔叔。"

一举一动,只言片语,多么自然温和成熟稳重大方得体,多么不在乎的样子!不在乎得简直像是在抽素末的嘴巴。太可笑,她为什么还偏偏要把关先生叫下来,自讨这一份没趣?

关竞风大概是察觉到了她的情绪,和江玄谦寒暄两句后,转过头来问她:"我送你上去吧?刚刚聊了那么久,也有些渴了,家里有啤酒吗?"

寻常意义上的暗示性话语,素末没有回答,只是下意识地看向江玄谦。

关竞风无声扶额,只觉得素末简直是蠢出了天际,刚刚还一副信誓旦旦想惹怒某人的样子,结果某人好好地在一边,丁点儿怒气都没流露呢,反倒她自己……

关竞风只觉得现状惨不忍睹,好心又提醒了句:"好了,上楼吧。"

可谁知,素末竟还是一动也不动,就杵在那儿,直勾勾地盯着江玄谦瞧。

男人的表情里没有一丝丝异样,仿佛没察觉到她的情绪,也没觉得关竞风的邀请和自己有什么关系。他只是俯下身,优雅又耐心地交代小朋友:"十点半以前必须睡觉,不准吵末末妈咪。还有,明天我会让小王叔叔来接你去上学,赖床的话下次就不让你来了。"

江玄谦如芒在背,那是某人固执的目光,他直起身来,与那目光相接:"怎么了?"

怎么了?素末心头微颤,他竟然问她怎么了。一时之间,她哑口无言。

江玄谦见素末似乎答不出话,竟也就不再等她了:"既然二位还有安排,那江某就不打扰了,先走一步。"说罢,真的转身,朝马路对面走去。

不假思索,从容不迫。

素末简直不敢相信自己的眼睛。那人越走越远,越走越远,再往前一步是不是就要彻底离开她的世界?她突然失神地叫出声:"江玄谦!"

江玄谦已经走到车边上了,拉开车门时,听到她的声音:"怎么了?"

203

他转过头来,却终究还是那句"怎么了"。

素末张了张嘴,目光渐渐地涣散了,竟也想问一问自己,你究竟是怎么了。明明人家早已说得很清楚了,不喜欢你就是不喜欢你,没兴趣就是没兴趣,可你呢?你还在这儿兴风作浪自取其辱,尹素末,你才到底是怎么了啊?

她垂下头,几近无声地笑了——对自己。

"没事,只是想说不用叫小王来了,"她的口气突然间变得很轻松,她俯下身来,同样轻松地抱住了睿睿,亲了亲好几天都没见过面的小家伙,"我明天会送睿睿去幼儿园。"

"妈咪……"小家伙离得近,看到了她红红的眼眶。

"嘘——"她无声地比了个手势,站起身,背对着江玄谦,"关先生,我们上楼吧。家里有啤酒、红酒、白兰地,主人不在,我们随便喝。"

关竞风自然是没空留下来"随便喝",楼下的黑色轿车一离开,他便起身告辞。

此前睿睿一直乖乖地坐在一旁玩手机,那双深褐色大眼偶尔往两个大人那边瞄一下,给他家爹地发短信:爹地你真的好过分,超级过分的!刚才末末妈咪都哭了!

结果大半天也不见他爹地回复,睿睿有些失望地把手机收回书包里,一会儿后,想了想,又发了一条:你再这样,妈咪就要成别人的妈咪了!

信息发完后,他爹地还是没回复,可小朋友自己倒是难过了。虽然刚来新鲜地方,可那小脸绷得紧紧的,见关竞风离开了,他才黏到素末身边:"末末妈咪,你还会继续当我妈咪吗?"

"当然呀,妈咪就是妈咪。"

"可是我害怕有一天,妈咪因为生爹地的气,突然就不理我了。"他撇着唇,声音闷闷的。

一句不轻不重的话,让素末的心口像是被针扎过了一般,什么时候她也在父亲面前,背对着亡母遗像上微笑的脸,问他:"爸爸,你是不是已经不要我和妈妈了?"

第九章 反转

可那时面对着荏弱的孩子,尹泽只扔下一句话,她终生难忘:"你妈已经死了,和那个不要脸的江振华一起去死了!怎么着,你还想让我继续当你爸吗?"

一句话落下,他转头和方宛她们母女一起走了,留下未满十岁的孩子呆呆地杵在那儿,在母亲的灵堂前,第一次感觉到这世界无穷无尽的恶意。

从那时候起,尹泽再见到她时,脸上总带着那种伤人的厌恶。再后来,渐渐地,她学会了沉默,既然周遭全是不喜欢自己的面孔,那么倾诉有用吗?努力有用吗?竭尽全力地讨好有用吗?她就算考一百次年级第一,也比不上那半途闯进来的姐姐考一回及格有用。那些年来,她就像一个罩着冰层的个体,在那个其乐融融的家庭里,那么小心却尴尬,找不到一处栖息地。是后来的万花庄园,是后来来自这老老小小的每一次不经意的善意,替她融化了罩在身上的无形冰层。

她蹲下身来,小心地捧起小朋友柔嫩的脸,然后,小心翼翼地将他拥进自己怀里:"不会的,宝贝儿。"

"末末妈咪……"

"妈咪就是妈咪啊,"她亲着小混血儿白皙的脸颊,"不管怎么样,一直都是睿睿的妈咪。"

小朋友的声音终于不那么难过了:"说好了那就不可以反悔哦!"

"嗯,不反悔。"

小朋友终于放心了,也紧紧地,软软地抱住了她。

总决赛来的那一天,睿睿已经在公寓里住了三晚了。每天都是和素末一起睡、一起醒,醒来后再由素未送去上学,可总决赛这日,睿睿却非要请假:"我要在台下给末末妈咪鼓掌。"

真是个懂事的孩子,素末也只能由了他去。

Joe 开车来接他们,因为付冉今天也特意推掉了工作,准备到江大去给素末打气。尽管素末直到走出电梯了还在说:"真的不用了啦,你去忙你的,下季度的发布会还在紧张筹备不是吗?"

可付冉就是一口咬死了要参加:"别赶我,晚点儿给你惊喜。"

她神神秘秘的样子，也不说是什么惊喜。素末不再废话了，牵着睿睿坐进陆乔久的车里。

主驾上的 Joe 看到素末把睿睿也带下来了，边摇头边啧啧感叹道："我就说呢，我哥那混蛋怎么能连续几天都不回家，原来是把他儿子送你这儿了啊！以前让他出个差他都得打着睿睿的旗号安排我出去，结果这回……啧，那温柔乡都待三天三夜了也不回来，男人哪……"

付冉正好坐进了副驾座上，直接反手给了这家伙一拳："缝上你的嘴！"

"缝什么缝？"Joe 却挺乐呵，笑眯眯地扣住美人儿的手，顺势吃了口豆腐，"我这是在替咱末末抱不平呢！你看，不要脸地把咱末末的作品送给那女人就算了，现在竟然还潇洒地扔下他儿子，和那女人……"

"Joe，别在孩子面前胡说八道。"小朋友虽小，可也不是听不懂大人的话，素末见睿睿有些受伤地撇了撇嘴，连忙亲亲他的小脸。

只是素末的一双眼却无神地冷凝了起来，恍惚间，便想起了那个被彻底否定的清晨，男人炙热的唇游移在她唇角、眉角、鼻尖，他喊她"宝贝儿"，信誓旦旦地承诺着："以后再也不了。"

以后再也不了？再也不让她挽他的臂弯，再也不和她吃饭，再也不同她在一起了？

呵。

目的地终于到了。

新一轮的比赛，素末依旧被安排在最后一个。

台下的私语如潮涌，只因校方过于明目张胆的偏心：什么，这回又把尹素末排成了最后一个？其实上回的初赛结束后，不知有多少评委已经在尹娉婷的巧言令色下给素末安了个"哗众取宠"的名头，加之作品被盗，本来那么短的时间里就不可能重新再调一款高质量的香水，又被排到了那么差的位置上，那让她参加这比赛还有意义吗？

可陆乔久微笑又从容地坐到了尹院长身旁："院长大人，我家江大神这几天忙,让我替他来看看今天的情况。"

但付冉微笑又从容地牵着江睿坐到人群中央,从包包里拿出手机和自拍杆。

"小冉阿姨要给妈咪拍照吗?"

"不是呢宝贝儿,小冉阿姨打算替你妈咪做一件轰动全国的事。"

没错,这就是她今天执意要跟过来的原因。早就知道这群伟大的领导们心眼长偏了,可有什么关系?你尹院长有强权,我付冉有直播呀!

"我和你说啊宝贝儿,"付冉一边捣弄着自拍杆一边说,"以后长大了,睿睿可得好好和小冉阿姨学一学怎么当个才华横溢的大名人。这名人的好处在哪儿我们睿睿知道吗?"

见睿睿茫然地摇摇头,她挺得意地笑了下:"就在于别的朋友需要两肋插刀的事,咱这种名人朋友啊,开个直播就解决了。"

台上赛事开始时,知名设计师付冉已经开启了她的直播镜头:"嗨,大家好,这里是付冉。"

向来懒得在微博上和粉丝们套交情的设计女神,首场直播就贡献给了江大的比赛。自然,围观直播的人数"噌噌"上涨。

第一位选手上台了,付冉将镜头切到了台上。

今日入围决赛的共有十一位,素末正是被排到第十一个的那一位,而尹娉婷,依旧是第三个上场。

尹娉婷呈上的依旧是初赛那天的香水,就连解说词也类似。只不过那天在父亲的调香室里见识过尹素末的说辞后,自然,她得在原本的解说上再添入新讯息:"这一款香水以玫瑰花香为前调,混合了来自世界各地的五种顶级玫瑰花,分别是大马士革玫瑰、梦幻玫瑰、千叶玫瑰、撒旦玫瑰和牡丹玫瑰。而且有一点,虽说前调主要是由五种玫瑰调成,可事实上,我还在五种玫瑰的基础上加入了等量的麝香,用以平衡这五款玫瑰的气味。中调用的是……"

前排的评委嗅着香水试条,有些认可地点头;直播间里,有同时喜欢尹娉婷的网友开始啧啧赞赏"我女神果然不同凡响,漂亮直爽有才华"……

付冉冷笑了下,同时身旁的小朋友也挺不高兴地哼了一声:"抄我妈咪的！"

果然孺子可教也，付冉颇欣赏地摸了摸这孩子的脑袋："好孩子，比你爹地像个人多了。"

结果被表扬的小孩儿还满脸不高兴："小冉阿姨，你不要总是说我爹地坏话，我爹地其实也挺好的。"

是啊，你爹地好，你全家都特别好！她在心里翻了个白眼，忍不住又想起了江老板那些渣男语录——呵，好什么好！

台上赛事如火如荼，终于，两个小时过去后，最后一名选手上台了。

是素末。

正如之前所料，漫长的两个小时过去后，好些评委都已经流露出了些许疲色，素末上台时，大部分评委也不再如开始那般抬起头，只是漫不经心接过工作人员递来的香水试条，漫不经心地移到鼻间，然后，呆住了。最中间的尹院长忽地抬头，怒目瞪向了台上的女子，这香水不是那天就让她换掉了吗？怎么现在还没换？！紧接着，工作人员又递上了第二份香水试条。这会儿评审们开始疑惑了：十一号选手上交了两款香水吗？可这两款香水又如此相似？什么意思？

素末没有马上回应这些疑惑，只是有礼地鞠了个躬，而后，走下台，按下了香水的喷头。周遭一片安静，极细微的芳香分子在偌大空间里慢悠悠地扩散开来，最终，落到了每一个角落里。

素末重新回到演讲台上："各位，比赛已经进行了两小时，想必大家都有些乏了，考虑到这一点，我将此次参赛的作品喷在了教室里——这也是我调制这款香水的初衷，在困乏时为人提神，在烦躁之中使人愉悦。"

直播间里的围观群众听到这一番话语后，虽然没闻到是什么样的香水，却也开始了有理有据的讨论——

"最后一个上台的也是够倒霉的。"

"就是啊，评委们都累了吧，接连着闻了十来款香水，现在就算是作品再优秀，评委也已经嗅觉疲惫了吧？"

"瞧这倒霉孩子，怎么就抽到最后一个呢？"

第九章 反转

不过所有的评论素末都不知道,她只是自顾自地接下去:"'爱丽莎'此次的市场目标人群是近三十岁的、从事脑力工作的、有财力、有品位的都市精英,想必精英们大多工作繁忙,所以在听说了这个选题后,我的第一个想法就是,调一款能让人从心底感到放松和愉悦的香水。所以在这款香水的前调里,我用了来自世界各地的五款玫瑰,它们分别是大马士革玫瑰、梦幻玫瑰、千叶玫瑰、撒旦玫瑰和牡丹玫瑰。"

台下突然间一片安静。突然之间,全场错愕——刚刚已经有闻香的同学嗅出了异样,而此时听到素末的介绍,和尹娉婷几乎一模一样的介绍,那隐隐的怀疑终于爆发成了毫不掩饰的愕然。又撞香了吗?不,看这回的形势,哪仅仅是撞香而已?

尹泽简直是气急败坏了,气冲冲地拍了下桌子:"尹素末!"

素末朝他鞠了个躬:"院长请息怒,我的参赛作品和尹学姐的完全不一样。按尹学姐的意思,她那款香水里用的麝香和玫瑰是等量的,可在我这款香水里,麝香是作为基调来使用的。一来是考虑到麝香可以在花果香外再为香水增添一些温暖的动物气息;二来,麝香还能够起到固着剂的作用。所以从我刚刚按下喷头到现在,附在空气中的香水分子还没完全挥发掉。"她微微笑,看向尹泽,然后又看向了前排所有的评委。

此时再也没人低着头了,所有人,全数凝眉,严肃而郑重地听着她说:"如果各位老师觉得尹学姐的那款香水和我的完全一样的话,那么,问题就尴尬了,我可以很肯定地保证,用她之前所说的那一种调制方式,是绝对调不出我手中这一款香水的,不信的话,各位老师可以动手试一试。"

台下尹娉婷几乎咬碎了牙,所以这女人之前在尹泽办公室里说的那一通,就是为了引她入套,为了今天这一幕?可恨方宛自之前被学校开除后,为了避开熟人的指指点点,一直躲在乡下外婆家,而她自己也成天在模特队里做训练,根本忙得连打个电话的时间都没有,结果,竟就这样着了尹素末的道!

付冉悄然将镜头移向了尹娉婷,很快直播间评论区里就有眼尖的网友发现了不对劲:"咦,我女神怎么气呼呼的?"

江海不渡

紧接着，又有人评论："调香材料一模一样，该不会有人抄袭吧？"

付冉愉悦地输了两个字："正解！"

随后镜头回归原位，直播间里的人和在场的观众一同看向了台上。

"至于另一瓶香水，"末号选手尹素末继续道，"想必评委老师们已经心中有数了。是的，这款香水的前调、中调和上一款一模一样，可在后调里，我加入了适量的迷迭香。"

"对植物略有研究的朋友都知道，迷迭香具有镇静安神的作用，可用于治疗失眠、心悸、头痛等多种症状。为什么我还调出了这一款香水呢？这个灵感是从我们女生平时常用的日霜和晚霜中得出的。对大部分人而言，白天我们需要的或许是精神抖擞、心情愉悦、光彩照人；可到了晚上，我们需要的则是在一个愉悦的、轻松的，同时有点儿催眠感的氛围里享受一场甜甜的美梦。"

她微微笑，看着前排评委们从眉头深拢到了然一笑，看着后排观众们从错愕地沉默到惊喜地私语，在台下黑压压的人头中，仿佛看到了十多年前母亲孤独的笑脸："这就是我这一次参赛的作品，一个系列，两种香水，味道类似，可对精神的安抚功效完全不同。"

"我的母亲苏微然调香师曾经对我说过，"说到这儿，她可以感觉得到对面的尹院长突然间更盛的怒火，只为这个从来也没人敢主动在他面前提起的名字，她说，"苏微然调香师曾经对我说过，她毕生所调出的每一款香水，都是以'愉悦人心'为最根本的出发点，因为一瓶真正及格的香水，它的作用不仅仅是香，还能抚慰每一颗繁忙的、孤单的、被都市节奏压抑得无从解脱的心，我想接下去的十年、二十年、三十年，这也会是我调香的方向。"

这永远温暾又沉默的女子啊，什么时候竟有了这样的口才和表达能力？

台下杳然无声，突然有人喊了一声"好"，其后，一个、两个、三个……全场一致响起了今天最由衷也最热烈的掌声。

台上，素末深深地鞠了一躬。

第九章 反转

比赛结束了吗？你看，最后一排已经有人开始站起身，欲离开的样子。

可台上的人没有下来。她还笔直地站在讲台最中央，在深深的一躬之后，笔直站立着，看着全场。片刻后，她道："很抱歉，我想再耽误各位一点儿时间来澄清一件事，想必大家应该都挺好奇，为什么今天的赛场上会有两瓶调制原料一模一样的香水。"

与她面对面的尹泽大怒，几缕青筋在盛怒下暴出了额头。

其实尽管她不说，下面好些人也已经了然了。可那些人亦知，他们的尹院长正坐在第一排，那双永远严厉的眼睛正警告性地瞪着台上——她敢说吗？她能说吗？即使能说敢说，又该怎么说？该怎么用最委婉的方式表达出自己作品被盗用的事实？

众人目光集中的那一处，女子微微笑了一笑，说："其实大家应该都料到了，我们的尹学姐，知名网红尹娉婷小姐，她盗用了我的作品。"

完全不委婉，完全不含蓄，完全不看尹院长脸色！

台下哗然之声骤然大起——

"尹素末！"

"你胡说八道什么尹素末？我要告你！告你诽谤！"

全场顿时一片混乱，所有的人都炸了——尹院长、尹娉婷，以及场上所有的观众。可台上遥遥对着这一切的女子只是敛起了方才那道温和的笑："尹学姐，你说，你想告我吗？"

"没错！告你胡说八道毁坏我名誉！"

台上素末轻蔑地一笑，台下付冉无语地摇头：蠢！这女人估计还不知道拥有几百万粉丝的自己就在现场开了直播吧？不知道时就气成了这样，要知道了，又该是什么表情？

付冉真心愉悦地笑出了声，这一刻也染上了贱 Joe 唯恐天下不乱的习性，在直播间里猛插刀："你们看她那样子，心虚了是不是？"

众人："我看是。"

素末不亢不卑，只冷冷地看着尹娉婷，看了片晌，然后把目光移向评委席："有没有污蔑尹学姐，各位老师只需要拿着她的调制说明书到调香室里做个实验便知。自从知道了尹学姐盗用我的研制成

211

果后,我就有意识地向她传递错误的调制信息——当然,各位可能会觉得我的做法有失磊落,但也请各位设身处地地为我想一想,如果是你自己调制了几个星期,前后修改过一百多次的作品被人窃取了,你们还能无动于衷吗?能就这么算了吗?"

"谁能就这么算了啊?"直播间里,付冉不冷不热道。

"傻子才无动于衷吧。"坐在尹院长旁边的 Joe 也笑眯眯地说。

尽管这厢看上去还挺愉悦,口气也听不出有多重,可到底这家伙还是 C&J 的二老板呢,这么明白的态度摆出来了,哪个评委会不在心里掂量掂量?

评委席上观众席上是一片喧哗之后的寂静,谁也想不到,一贯软弱沉默的素末,会选择在这样的场合下说出如此真实却得罪人的话。

众人在一片混乱的讨论后,突然间又静下来了,只因台上女子再一次拿起了话筒,在这之前,尹娉婷气急败坏地吼了一声:"胡说!尹素末,明明是你想拉着我炒作!以我现在的身价和知名度犯得着去抄袭你吗?有眼睛的人都看得出来!"

听着倒是挺像那么一回事,可素末还是笑了,那样轻蔑又不屑:"我想,一名抄袭者并没有资格在这么庄严的场合里大喊大叫。"

回过头来,场下依旧是黑压压的一片,现场已经停止了喧哗。她拿起话筒,郑重地接过尹娉婷刚刚的话:"在这里我可以向大家保证,这一款香水是我尹素末独自一人经过几个星期的反复加工和修改才调制出来的,绝对不涉及一丝丝抄袭!"

她坦然而庄严,清澈的大眼睛无所畏惧也不带一丝犹豫地对着前排的评委,对着台下黑压压的人群。

众人默然,只听着她第二次郑重地提起一个人:"我的母亲苏微然女士,想必全国所有热爱调香的人都知道她。为什么在今天我一而再再而三地提起她呢?

"因为我所有关于香水的信仰,全是从她那里得到的。在我下决心要承袭母亲的衣钵时,她曾经对我说过'所有真正热爱调香事业并准备为此奉献出一生的人,绝对容不下专业技术里的一丝丝瑕疵,容不下抄袭、伪造和争名夺利,因为真正的调香师是纯粹的,用心的'。"

她目光执着而犀利，越过首排评审，越过重重人群，越到后头尹娉婷和方宛的身上："'宁愿终生默默无闻，也不屑阿谀奉承以上位，更不屑抄袭'！"

全场静默。可澎湃的静默积累到了某一个程度，有什么东西势如破竹，在空气中无声地炸开了。那是所有有梦想有信仰的人，在追逐过程里被失败、冷眼和不公平掌了一百个耳光后，依旧迎难而上的魄力。虽千万人，吾往矣。

下一秒，掌声如雷，不绝于耳。评委席上，观众席上，有人悄悄地湿了眼眶。

直播间里——

"一看就知道哪个才是抄袭者好吗？"

"看尹娉婷那个样子，介绍香水就像是在介绍别人家的产品，后面那个就不一样了，眼里全是感情！"

"不用调查了，尹娉婷没有抄袭的话算我输！"

素末无知无觉，就那么站在讲台最中央，站在全场观众与百万粉丝的微博直播前，把该说的话全都说完了，然后，深深地再鞠了一躬。

"你说你们学校最后会判谁赢？"

"尹娉婷。"

"不会吧？整了这么一大出，结果还是会判给她吗？如果真的是这样，那你爸也太偏心了吧？"

"不只是我爸，"素末的神色黯了黯，坐在她身旁的小朋友正拿着一块热乎乎的煎饼馃子愉快地啃着，素末帮他将包装袋再往下撕了一点儿，方便小朋友继续啃，"小冉，还有方宛，要知道，今天评委席上有一半是我们专业的老师，另一半，全是调香实验室那边的专家。"

"可方宛不是已经被学校开除了吗？哪还会有势力？"

"可我现在很怀疑，事实上她并没有被开除。"

"什么？"

江海不渡

　　此时两个大人正一左一右地带着小朋友坐在学校操场的台阶上，Joe 没有加入，大概正忙着和评委以及"爱丽莎"的人讨论比赛的最终结果。素末刚刚经历过有生以来最壮观的一场演讲——没错，就是壮观 。虽然对别人来说这种演讲可能算不上什么，可对她这种口才差出了天际的人来说，那还真只能用壮观来形容。虽然刚经历过一场真真切切的壮观的演讲，可此时她已经平静下来了，冷静而清醒地看着付冉："如果不是方宛还继续留在学校里，我实在想不出为什么那款香还会出现在她的旧调香室里。"

　　"可事实上据我所知，方宛已经离开江海了呀！自从被学校开除后，她就躲回乡下老家，不敢见人了。"付冉也着实想不透这件事。

　　照理说，方宛不在江海这事应该是确切无疑的，可素末的嗅觉她也一向是无条件信任的，付冉仔细斟酌着："有没有可能，末末，我是说假设啊，假设除了方宛之外，还有其他人拥有这款香，你觉得有没有这种可能性？"

　　素末眼睛眯了眯，还没有回答，付冉的手机便响了起来，拿起一看，是 Joe 的来电。付冉接过，也不知对方说了些什么，电话接起的几秒钟里，付冉的脸色乍变。

　　"怎么了？"素末察觉到了不对劲。

　　"末末，"她挂上电话，忽地站起身，用一种大事不妙的口吻说，"'爱丽莎'那边的人说，你那款香水其实早就在市场上出售了。"

　　"什么？"我的香水已经在市场上出售了？"等等，我怎么没听明白你这意思？"

　　太惊人的消息往往让人怀疑自己的理解能力，这言下之意是，香水不是她首创的，就算她能够拿出证据证明尹娉婷抄袭，可凭市场上出售的香水，她也能被全世界判定为抄袭。

　　"不可能！大半个月前才调出来的香水，怎么可能就已经在市场上流通了？"

　　无稽之谈！

　　"爱丽莎"的人还没走，素末将睿睿托给了付冉，急速赶往了评审场地。

第九章 反转

说出方才那席话的是一名年轻的女子,素末抵达评审场地时,就见她与几名"爱丽莎"的工作人员正准备离开。素末速速迎上去:"于诺小姐吗?"

刚刚在电话里,Joe说:"这件事是'爱丽莎'那边一名叫于诺的女士提出来的。还记得我之前说过他们家老板是为了心上人才想做这款香水的吗?这个于诺,就是传说中的心上人。"

所以此话由她提出,可想而知有多严重。

于诺刚刚才在评审席上听过素末的演讲,自然知道她突然闯进来的原因。

素末心急如焚:"于小姐的意思是,我的作品是抄袭的?现在市面上已经在出售这款香水了?"

于诺的表情很淡,几近于冷漠的那一种淡,可开口时,语气里丝毫也没有面对"盗窃者"时应有的不齿:"我是一名心理医生。"

"心理医生?"

"因为长期从事心理研究,所以今天看到你在讲台上的表现后,我可以肯定你所说的话都是真的。可是尹小姐,这款香水确实已经在国外市场上流通了,虽然国内目前还没有出售,但刚才有评委认为,不能排除你盗用国外产品的可能性。"

"乱讲!我妈咪才不会抄别人的东西!"刚被付冉牵进来的小朋友一听于诺的话,比谁都着急,小短腿一溜烟奔到他妈咪身前。

江睿又急又萌的样子让于小姐淡漠的脸上起了点柔意,也不知她自己有没有察觉到,总之语气柔下来了:"既然如此,那么尹同学不妨听一听我的建议。"

"您说。"

"与其在这里向我争取投票,倒不如好好去查清楚,为什么你的作品会出现在异国他乡。"

她说的是"你的作品"——你的。

素末的心头大石略略放下了,当下便问:"不知于小姐是在哪儿见到这一款香水出售的?"

"伦敦。"

"有具体门店吗?"

215

"有。"

"是？"

"国王十字站附近，C&J门店。"

C&J门店——C&J！

"我不是故意要瞒你们的啦，谁知道于诺会刚好从伦敦回来？而且这香水才刚上市半个月，鬼知道它会突然蹿红啊？"Joe无辜地摊手，一大堆不着边际的解释说下来，总而言之就一句"冤枉啊"！

"冤枉个鬼！"付冉没好气道，"那你说，全伦敦爆红可国内一点儿消息也没有，就连C&J的中国员工也没有一个知道的，这到底是谁的主意？"

"还能是谁？咱江老板呗！"

"江玄谦？"付冉想不透了，"为什么？一会儿把香水送给尹娉婷参赛，一会儿又送到伦敦上市？他这到底是想捧尹娉婷还是想害她？"

"当然是捧！"

"那怎么还做这种莫名其妙的事？"

Joe顿了一下，就像是难以启齿，看看付冉，再看看在一旁沉默了许久的素末。她牵着睿睿的手，安安静静地坐在一旁，察觉了Joe的目光后，抬起头来。但凡涉及江玄谦涉及尹家那几口人，她总是太敏感，于是一张脸已裹满了料中某事般的凝重。

顿了一顿，素末终于开了口："在伦敦上市时，调香师那栏他写的是谁的名字？"

Joe的表情看着更加为难了。

付冉的眼皮不祥地一跳："难道是……"

他无奈地点头："中国新生代调香师，尹娉婷。"

"疯子！"新生代调香师尹娉婷？那疯子是打算给尹娉婷安多少个名号？之前的新晋名模就算了，现在还要再来个新晋调香师？色欲熏心了吗！

付冉一下从台阶上站起来，没抽完的烟被重重砸到地上："不能再任他这么欺负下去了，老板了不起啊？竟然这么欺负人！末末——"

第九章 反转

"嗯？"

"你有没有什么想法？"

"有。"她竟这么说。

此前一直生活在江玄谦的庇护下，不论遇到多大的事江大神永远就是一句话——"好好调你的香，什么也别多想"。所以一直以来，她什么都不想，也什么都懒得想，只安心地将自己关在调香室里，所有身外之事，全都交给了他。结果这么一交，满盘皆输。

素末看着陆乔久："伦敦那边到底是什么情况？"

"不清楚欸，全是我哥一手操控的。"

呵，好一个一手操控！

"那有没有什么办法能帮我在最短的时间里办好签证？"

"你是想？"Joe 和付冉几乎异口同声。

素末冷静地点头："我自己的香水，无论如何都要去看个究竟。"

一旁的睿睿睁大眼，迷茫地看着大人们凝重的表情，觉得他们好像是在说爹地，又好像不是，最后只能继续埋头，啃起刚刚还没啃完的煎饼馃子。

素末帮他将包装袋又往下撕了点，一边撕，一边说："还有个事，小冉，我记得之前江玄谦说过，在下季度的新品发布会上，他会将香水连同你的新装一起发布，那些香水具体有多少款，你知道吗？"

"六款。"

"全是我之前调的吗？"

"没错。"

"也打算写尹娉婷的名字？"

"这……"付冉犹豫了，不是不敢说，是真不知道。

结果一旁的 Joe 点头如捣蒜："对对对，都打算写尹娉婷的名字呢！"

素末眼睛眯了眯，在冬日昏黄的夕阳下，浓黑的睫毛看上去像一双展翅的黑蝶。

"撤下来，我不会再给他用了。"声音那么那么轻，却那么那么坚定。

Joe："啊？这样不好吧？"

付冉:"哪儿不好了?我看好得很!"

凭什么好事都让她尹娉婷一个人占光了?别人辛辛苦苦调出来的香水,他江玄谦一句话就全变成了另一个人的?

"你放心,这件事就交给我了。"Joe还想说什么,付冉往他肩头警告性地拍了一记,严肃道,"敢阻碍我的话,你我的缘分就到这儿了!"

人人皆知陆二老板人帅可爱脑子好,可就是一点,惧内。

美人儿一句话,他便耷拉下脑袋,开始了睁一只眼闭一只眼的生活。

于是事情开始安排了,素末和付冉先是撤下为发布会准备的所有香水,再回万花庄园的调香室里带走了所有作品和原料。

原本素末没打算把设备和香精原料也带走的,可付冉说:"凭什么?他能滥用你的成果,难道你就不能把他的东西全带走?反正江禽兽钱花都花了,放着也没用。可对你,这些东西太重要了!"

最后,素末回到三楼的房间里——在庄园里住了太久,之前没来得及带走的那些零零碎碎,这一回,她全都打包装进了行李箱里。

钟老头儿还是牵着小朋友,还是站在楼梯口,还是和上回她离开万花庄园时一样,看上去那么不舍又心碎:"小姐这是做什么啊?昨天先生听说你把调香室都清空了,已经很生气了,你现在、现在……"

"那就生气吧。"素末无所谓了。

"可是你……当真再也不想回来了吗?"

手中的动作停了一下,素末直起身来,看着这一老一小。也不是没有想过这个问题的,只是世间种种,大事小事,她都可以不和这个复杂的人间计较,可唯独调香,十几年来她始终视为信仰的调香,素末无法任他用这么无耻的方式,将自己的作品和心血挂上第二个人的名字。

她沉默地抱了下睿睿,再转过来,轻轻抱了下钟先生:"钟先生,珍重。"

一切进展得很顺利,只因江玄谦出门在外。据Joe说,是陪着尹

第九章 反转

娉婷到欧洲去和某个大牌谈时装周的走秀工作了。他一手将那女子捧到了世界的巅峰,什么时候这人还同自己说"三年后我会让你成为调香界最耀眼的新星"呢,如今三年在即,可事实上,所有诺言最终都实现到了另一个人身上。不可笑吗?

"好了,这下签证办好了,机票也订好了,酒店的话,要不你就住我之前到伦敦出差时住的民宿吧?"

"好。"

"当时是 Joe 给我订的,地理位置、设备、卫生什么的都挺好的,关键你英文不好,那个房东会一点儿中文,你下个 APP,我让 Joe 把链接传给你?"

"好。"

这一天上午,付冉还没有去工作室,在餐桌旁边喝着咖啡边问她。

那时素末正站在落地玻璃前,口袋里的手机第 N 次焦躁地振动着。她没有认真听付冉的话,只是握着手机,用掌心感受着它每一次振动的幅度,就仿佛感受到了振动幅度,她便能看到来电者脸上的阴霾。

付冉的声音有一搭没一搭地传过来:"江老板现在估计要气死了吧?哈,真想看看那渣男现在是什么表情!"

口袋里的手机继续振动着,振了停,停了又振。第几通了?从早上那通把她吵醒的来电开始,这已经是江某人今日的第十三通电话了吧?可她没有接,只是将铃声转成了振动,任由它坏脾气地振动着,不停歇地,十三次。

付冉:"Joe 说他已经知道这事了,现在正龙颜大怒呢。"

焦躁的振动终于停止,接下来,有动静的换成了微信。就和早上无数的电话一样,微信也来自那个正龙颜大怒的男人:在我下周回国前,你最好把所有东西都归回原位。

所有的东西?应该不是指她的行李吧?是指那六款原打算冠名"尹娉婷"然后借此将她推向最高峰的香水?还是指他从前为她提供过的一切?

素末没有回复他，可很快，下一条微信又进来了，嚣张专横地映入她的眼帘：亲爱的末末，我相信你不会蠢得想尝试惹火我的下场。

呵，永远优雅又强势，永远独裁又残忍。她就是在这样的一个人身边，度过了将近三年的时光啊。

指尖终于点开了某个微信好友，却不是那个正龙颜大怒的人：Joe，我已经和下面的人都交代过了，等江老板回来后，就让他们说事情全是我做的，你记得到时候看着小冉，别让她和江老板置气。

Joe很快回过来：OK，Get（好的，收到）！

素末笑了下，萌贱萌贱的二老板永远让人心情愉快。

不过这一回，她一个笑脸都还没回过去呢，身后付冉的声音就不客气地响起："尹素末你是不是傻？做什么蠢事呢！"

"什么？"

付冉没好气地走过来，往她脑袋上拍了一下，顺便将自己的手机摊到她跟前——

刚发给萌贱二老板的微信竟被二老板截图下来，传给了小冉，后面附言：看到了没有？感动不感动？惊喜不惊喜？素末真是蠢到家了，自己都死到临头了还在担心有本帅罩着的你，啧啧啧……

素末："……"

"你是不是傻？江禽兽现在想治的人会是我吗？他已经够生气的了，结果你这么一交代，待会儿所有人都把矛头指向你，到时连怎么死的都不知道！"

"无所谓了。"

"真的无所谓吗？你就不担心你们俩的感情继续恶化？"

"还有继续恶化的余地吗？"素末无奈地一笑，想起刚刚那人在微信里说的——"亲爱的末末，我相信你不会蠢得想尝试惹火我的下场"。

那么，惹火他的下场又是什么？刀山火海？碎尸万段？万劫不复？

可她以为，已经没有什么能比现在更糟了。

素末拍了拍好友的手背："无所谓了。"反正人要走了，归来也不

第九章 反转

知是几时,"小冉,离开之后我只希望这辈子,下辈子,下下辈子,都不要再和那个人有一丝丝联系。"

"真的吗?"

"真的。"

第十章

套路

"真的吗？"

"真的。"

"真的吗？"后来付冉又问了一遍，再后来，她就没有说话了。

也许，也没有那么真吧。

伦敦这一座城，她曾经在年幼时来过一次。那时母亲尸骨未寒，小尹素末跟在脸色和衣着一样黑的父亲身后，沉重地踏入母亲工作的调香室。

印象中那是一个干净的空间，伦敦最常见的哥特式建筑，明亮整洁的内里，香精原料数以万计。在伦敦那两年，妈妈就是在这里努力地调制着所谓"能让抑郁症患者都开心起来的香水"吧。后来午夜梦回时，不知有多少次，素末总能听到她当年的声音："末末啊，再等一个月，一个月后妈妈就回家了，到时候还可以给我们末末带一款特别棒的香水呢。"

可还没等到她回家，素末反而来到了这一座城——大人们说，她是去给妈妈收尸的。

而这回呢？来替自己的心血收尸吗？她自嘲地笑了下：看，每一次来的原因都那么不欢喜，她和这一座城，终究是没有善缘哪。

飞机在下午三点落地，办完入境手续，转了三趟车，当她在 APP 上所指的位置下车时，这个城市的天已经黑透了。

狂风暴雪凶猛地拍打着途经的每一寸土地，明明处于温带海洋性气候带，可当她抵达这座城市时，空气中的每一个分子都透着不善的冷意。冷，非常冷。素末畏寒地裹紧了大衣，站在这栋提前预订好的房子前，不知为什么，突然有了点莫名的退意。

两个多钟头前下机时，素末曾经给房主发过一条求助信息——因为 Joe 当初在介绍这位房东时曾经信誓旦旦地说"有什么问题随时

第十章 套路

联系房东就成,我打过招呼了,那家伙特别友好热情",所以她厚着脸皮发出信息:不好意思,我不太认得路,你可以来机场接我吗?

可等了又等,等到同一拨出来的旅客都离开机场了,那房东才回消息:抱歉,并不方便,你可以打车过来,伦敦的交通十分发达。

素末愕了,料不到自己会被如此直接地拒绝。

可很快,她又退而求其次:或者我坐地铁到某个站,你出来接我一下?很抱歉,实在是人生地不熟,听 Joe 说你们那一带的小巷子很多,雪又那么大,我提着行李实在是很不方便。

可结果,房东回复:抱歉,你可以打车过来,伦敦的交通十分发达。

伦敦的交通十分发达——是,十分发达!发达的点就在于从机场打个出租车到这里需要花费一千多元人民币!而舍不得那一千多元人民币的她,只能换三趟车,用掉整整两个多小时,才抵达这里。

雪呼呼地下着,密密麻麻地钻进她发间。她脖子更冷了。素末手里拖着一个和她的十指一样被冻僵了的行李箱,一步步走向了预订的房子。

尽管正值十二月冷冬,皑皑白雪将这个区域装点得如同童话书里的圣诞雪景:维多利亚式的建筑、漂亮的尖头屋顶、莹亮的厚雪,就连路灯也恰到好处地温馨,可她已经没有了一丝丝欣赏的兴致。

那栋别墅就立在她眼前,素末抬起手,在按下门铃时,看到了外头挂着的门牌:Sumor's House(Sumor 的房子)。

Sumor's House?二十几个钟头前刚订好的房子,为什么门前已经挂上了她的名字?她疑惑着,不经意间,闻到了室内飘出来的香气……

素末心中一凛,那是热可可混合着红酒与迷迭香的气息——是,她最爱的热可可,还有她那款新香水的迷迭香尾调!

一切的一切,那么熟悉又震撼地侵入到她的感观里。瞬间,所有的疲惫一扫而空,她的整个胸腔全被骤然腾起的恐惧填满了——谁?门内是谁?谁在她到来前准备好这一切?谁会同时拥有热可可与迷迭香的气息?

她紧紧握着行李箱,心中突然腾起了想逃离的念头。可,来不

江海不渡

及了。室内的男子已经在监控器里看到了她惊慌失措的脸。素末恐惧到了极点,可还来不及掉头更来不及逃走,门被打开了,下一秒,英俊的面孔映着屋内的光亮,出现在她面前。刀削般深刻的五官,挺拔的姿态,所有的一切全是她最熟悉的样子,还有那道优雅而迷人的低音:"Hi,Sumor.(你好,Sumor。)"

越过上万公里的路程,越过山长和水阔,越过一路黯淡的星光与月色,她疲倦而狼狈,浑身被落雪拍打得湿透时,他依然如初见般俊挺。在十二月隆冬凶悍的风雪中,笃定地,胜券在握地,加了一句:"My Sumor.(我的 Sumor。)"

素末如坠地狱。

不会的,不应该的,怎么会变成这样?

此前每一次联系的讯息都还躺在 APP 的对话框里——
"Hi, I'm Sumor.(你好,我是 Sumor。)"
"Hi, I'm Caesar.(你好,我是 Caesar。)"
明明她是怀疑过的,在看到房东拥有和江玄谦一样的英文名时,她就下意识地拒绝过,可 Joe 信誓旦旦地保证:"哪里会是我哥?绝对不是!这房东我认识,人超级好,而且还会中文呢,末末,你人生地不熟的,我真的不放心你,这个房东会好好照顾你的,真的!"

可结果……

"怎么会是你? Joe 不是说此 Caesar 非彼 Caesar……"

"天真的女孩儿。"淡淡笑音从口门传过来,混合着满屋明亮的灯火。他让她进门,自己在身后关了门,轻轻的一记锁门声落下,所有风暴都被阻挡到了外面。

可是,更冷了。明明室内火炉燃得正旺,素末却觉得有一股寒气从心底蹿上来——那是从意识到这屋里的人可能是他的那一刻开始,便从心底腾起的惧意!

男人慢悠悠地踱步到她跟前,看着女子不知是因为冷还是因为心慌而彻底白掉的脸。她轻轻哆嗦着,就连漂亮的唇瓣也轻颤着,他微微一笑,想起这双唇上甜美的滋味,伸出手,轻轻擦过了她唇瓣:

第十章　套路

"傻孩子，Joe 和我几十年交情，你以为他真能为了小小的一个你来背叛我？"

素末迅速往后一退，避开那只手："你是说……"

"从引你来到这栋屋子的第一刻起，他，我的好搭档，"他俯下身，声音低得如同耳语，"就已经开始坑你了。"

素末浑身冰冷。江玄谦的意思是，从她在操场上愤然起身，告诉 Joe 说自己要亲自来伦敦看一眼那款被冠上"尹娉婷"名字的香水时，那混蛋就已经和眼前这混蛋串通一气了吗？难怪会把一个陌生房东夸上天，难怪会一步一步地引她来这里！而她，竟也真在这场真假难分的欺哄下，千里迢迢地自投罗网，投到了他家里！

素末不断发着抖，不知是因为生气还是因为心中恐惧。明亮的灯火更清楚地照出了她一身的狼狈，那些雪粒子挂在她的软帽上、头发上、外套上，在火炉烧得正旺的屋子里，开始融化。

江玄谦很嫌弃地看着那些滴到了地上的雪水："你瞧瞧你，又冷，又脏，又狼狈，谁家能养出像你这么脏的孩子？"

明明眼睛里净是嘲讽和嫌弃，可那只手却抚上了她脖子，在那被冻僵了的细颈上焐了一下，然后利落地一剥，脱去了那件看上去像是要把她冻坏了的厚外套："冷吗？"

素末说不出一句话来。

他却笑了，刻意柔下声："知道我为什么拒绝到机场去接你吗？"

那只危险的手还在她裸露出的后颈上游移着——不，不是从前那种或亲昵或暧昧或调侃的碰触了。他的那一只手，带着数不清的危险寓意，在她的脖子上走着，走着，走着……突然间，一个用力："因为不听话的孩子，都是需要受点惩罚的。"

素末心头警钟大响。

果然这话音一落，江玄谦就恶狠狠地扳过她的面孔："好玩吗，尹素末？"

一时间，温和的假面统统退去，他英俊的面孔罩下来："缠着我给你提供调香室，几年来用我的、住我的，哄得连我儿子都叫你妈，现在呢？竟敢怂恿我手下的人背叛我！尹素末，你这是嫌日子过得太安逸，还是愚蠢得想挑战人性？"

他手再一用力，唇角伪善的笑意全权退去。

素末被那凶狠的力道捏得下巴都要碎掉了："好痛……"

"痛？从你教唆付冉那蠢货撤掉香水的那一秒开始，就应该清楚有这么一天。说，为什么要那么做！"

他不过是回伦敦总部处理一些事，不到一个月，人还没回国，就听说C&J发布会上的香水全撤了，调香室被搬空，三楼房间里她原本还留下的零零碎碎也全都被带走，就连向来和这丫头一个鼻孔出气的钟老头儿都不敢再包庇她："尹小姐她……呃，的确是好几天没回来了。"

"有意思吗，跟我玩这种欲擒故纵的游戏？"

扣着她下巴的手不知有多狠，甚至就连另外一只手也掐上了她脖子。

素末的唇瓣已渐渐失去了血色。

窗外的飞雪还纷纷扬扬地下着，势头更大了，天地之间一片白茫茫。

耳旁又传来了男人低沉的嗓音："你说，我该怎么惩罚你才好？"

被巨大的力道禁锢住的下巴已经渐渐地麻木，渐渐地，她涣散的目光移到了窗外——怎么惩罚？人最害怕的，还能有什么惩罚？

"千里迢迢引我到这里，还想怎么惩罚？杀了我吗？"她轻笑了下。

怎么会在这时候突然想起从前呢？想起两三年前初相遇时，在万花盛开的庄园里，他着一件白色的衬衫，身姿挺拔，气质优雅，五官深刻得如同上帝精心雕琢的工艺品，和别人不同，和那些被上帝用流水线加工出来的人都不同。那时候她想：真奇怪，这世上怎么能有这么好看的男子？

就因贪图这一分好看，她看了一眼。一眼后，忍不住又看了一眼。

平生一顾，惊鸿一瞥，一眼已万年。

男人更近地挨向她，眼瞳里有清晰的暧昧慢慢聚拢："傻孩子，杀了你有什么意思？"

抚着她发丝的那只手轻柔而缓慢，就像是在安抚他最心爱的女

第十章 套路

子:"你看看,好好的发布会被你破坏了,C&J 的计划满盘皆输,现在呢?竟然连捧个小模特你都要插手,弄得我这么不开心,要不然,想想办法让我开心?"

男人的目光与女子相接时,危险的讯息迸发出来。素末心头一紧,然后,就听到他含着笑的嗓音:"把衣服脱了。"

"什么?"

"不是要让我开心吗?该怎么让一个男人开心,末末,你不至于现在还不懂吧?"

素末整个人都僵住了!

"你在开玩笑……"

"怎么会?我很认真。"那只危险的手暧昧地移到她的锁骨上,"更何况,你那天还在问我什么时候再进你房间呢,我这也是如你所愿,不是吗?"

不,不可能的!她一定是听错了:"可你明明说过对我没兴趣的!"怎么可能又突然变卦?不可能啊,他都说过了不要她,他亲口说的。

她还记得那一刻的痛楚,就像一根针轻轻地在心房上扎了一下,等血流出来之后,再扎第二下、第三下,那么痛,那么痛……不可能啊,他明明说过的!

可就在这一刻,几乎连过渡都没有,所有的亲密戛然而止。素末一愣,他退开身,推开她。那个丢人的清晨,也就是这么一瞬,短短数秒,他陡然间从热情转变成冷静,然后,推开她。一如此刻,他收起所有暧昧的姿态、温柔的表情,那张脸上只剩下冷冰冰的讽刺:"看来就算是有过惨痛的教训,我们末末也还是学不乖呢。"

"只需要随便逗一逗,就能随时为我赴汤蹈火。"

"江玄谦!"

"怎么,我说错了?"江玄谦微讽地笑了。

素末指尖深深地陷入掌心里。呵,多可笑啊尹素末,明明这人已经或直接或间接地羞辱过你那么多次,明明这人已经用最卑鄙的手段夺取了你的作品,可当最致命的问题出现时,你最先反应过来的,不是自己对他的愤慨,而是他对你的"没兴趣"!

229

江海不渡

飞雪在屋外漫天漫地地飘扬着，窗外天地，莹白如新。耳旁男人的声音仍继续："末末，我原谅你了。"

可是，这是原谅吗？这样的引君入瓮，这样彻底的羞辱，这叫原谅吗？

她放弃地笑了一下："算了。"

真的，都算了。

"知道吗，离开江海前我曾经和小冉说，一切都无所谓了。可直到现在我才发觉，原来当时并非彻底无所谓的，真的。可现在，"那双清澈的瞳眸看了过来，越过空气中无数裹着香气的隐形尘埃，越过亿万个光年，对上了他深杳的眼，"真的，已经无所谓了。"

什么时候她还以为这人会是自己的全世界，即使这世上人潮再多，她也固执地以为除了他之外，其他的人对自己来说都是"别人"。可原来，人生并不是这样的啊。

"江玄谦，从今天开始，我死心了。"

那握着酒杯的手紧得逐渐泛出了白，可表面上，他依旧是世界上最优雅的绅士，他倾斜酒杯，将杯中的红酒一饮而尽。热辣的液体顺着喉头涌入空洞的胃，悄无声息地，就像屋外寂寞的深雪。

素末弯下腰，再次提起行李。大门被推开时，屋外漫天漫地的飞雪闯进来，吹得壁炉里的火焰"啪啪"作响。

男人的声音在她身后响起："去哪儿？"

素末没有应。去哪儿？这偌大城市，无垠天地，却似乎哪里也不能去。

他已经来到了她身边，一手截过那行李箱："晚餐时间到了，去，把厨房里的东西端出来。"

"放手！"

多么愚蠢的命令，江玄谦几乎被她逗乐了："傻孩子，好不容易才逮回的猎物，你说我能放手吗？"

素末一惊：猎物？不放手？这话是什么意思？

"你不是已经让我走了吗？在江海时你已经让我离开了！"

"那件事，你就忘了吧。"

"你说什么？"

第十章 套路

"我反悔了。"

我反悔了——四个字,他说得轻轻松松,说得理所当然,说得好像她再多提出一个疑问,就是在质疑一个全世界都已经认可了的真理。可分明他在万花庄园里已经用最残酷的方式命令她离开了——"会让你产生我不想见到你的感觉,我很抱歉,可那也是事实"。当时他就是这么说的,不是吗?可现在,这人怎么可以出尔反尔,而且还出尔反尔得这样理所当然?

"为什么?"

"我高兴。"

素末简直要疯了:"你不是高兴,你是变态!"

"是啊,我变态,"江玄谦冷笑了下,"我变态,你们家关竟风不变态。"

她无语了。

江玄谦已经转过身,提着她的行李走向了楼梯:"二楼左拐第一间房是你的,都让人安排好了。这回再出什么幺蛾子,末末,别怪我不客气。"

她真的,真的,再也说不出话了,到底是遇到了什么样的一个神经病,在最炙热的时候给你泼一盆冷水,然后在你透心凉之时告诉你,他要收回那盆水。太可笑了!

二楼左拐的那一间房,布置几乎与她在万花庄园里住的那间一模一样。素末从来也没想过,在异域他乡,她竟然还能回到熟悉的房间里:白色系家具,木质地板,橡木质大架子上工工整整地摆着她这两年来调制的香水,床罩是她喜欢的纯棉灰色。这一切一切,全都完美地复制了她之前的居所,甚至就连床头柜上,也摆着一张她与他的合照:在半年前TANG的新品发布会上,众目睽睽中,江玄谦亲昵地俯在她耳旁说话。

江玄谦将行李拉进来后便离开了,只留下一句:"把自己弄干净点儿,马上去。"

大半个小时后,她从浴室里走出来,就看到他的微信消息:下来吃晚餐。

可素末没有回,只将手机搁到床头柜上。很快下一条微信又传

江海不渡

进来：不下来的话我就倒掉了。

她这下不只不回复，甚至连微信也退出了。太累了，一路坐了十几个小时的飞机，两个多钟头的车，素末实在没有力气再去面对那个人的冷嘲热讽。

行李箱就依偎在书桌旁，除了刚刚淋浴前取出的睡衣，其他东西全都还留在行李箱里。素末看着手机上显示的时间，伦敦时间晚上八点整——很好，才八点，这就意味着如果她现在赶紧睡，睡足八小时，养足了精神后，醒来时也不过是凌晨四五点。凌晨四五点时那禽兽怎么可能还醒着呢？只要他睡了，这屋里没有一个清醒的人，那么她就可以在明天四点多时，安静地，顺利地，离开这栋屋子。至于离开后她是去方才路过的那家三明治餐吧填一填空虚的胃，还是立即寻找下一个住所，那都是离开之后的事了。

素末定了闹钟，躺上床。暗夜深而沉，整个地笼罩住了疲惫的人儿。

睡意沉沉中，有什么东西轻轻扫过了她的房门，"唰——唰——唰——"，可她太倦了，也没有细听，就这么沉沉地睡了过去。

"唰——唰——唰——"房门口有什么又轻又清晰的声音持续不断地响，就像是一团粗壮的柔软生物在房门的下半部分扫啊扫，怎么也不肯停歇。

素末半梦半醒，忽地，一个激灵，睁开了眼睛。窗外已经彻底暗了下来，连路灯都熄灭了。万籁俱寂中，她清晰地听到房门口有奇怪而规律的声音。是老鼠吗？不，那人对脏东西过敏，家里怎么可能有老鼠？况且老鼠的尾巴发出来的也不是这种声音吧——就像是有什么粗壮的柔软物在那扫着房门……

素末迅速拍开灯，可灯一亮，那声音就不见了。怎么回事？

她疑惑地关了灯，依旧倦，依旧累，可眼睛迷迷糊糊地合上时，那声音竟然又开始响！见鬼了，这下素末连忙拍开灯，起身裹上了大衣，开门出去。可是，什么都没有。

整个二楼全是暗的，走廊上的每一盏灯都关着，只一楼的沙发处开了盏小灯，素末摸着黑走下去，发现原来那是江玄谦，穿着睡袍，

第十章　套路

只身一人，坐在那里。身旁的小灯被调得很暗，淡淡照着他英俊的轮廓。也不知他是在跟谁讲电话，从素末的角度看过去，就见他左手一杯红酒，右手拿着手机，声音压得低低的："蠢女孩儿，她以为她结得了？"

素末辨不清他是在说谁，但看样子，这电话已经打了有一会儿了。

难道说，刚刚在门口的不是他？那到底是谁？什么声音？

江玄谦发现有人在，很快便挂断电话："在那儿鬼鬼祟祟的做什么？"

"我……房间外好像有一些奇怪的声音。"素末声音低若蚊鸣，想起几个小时前自己宁愿饿肚子也不愿多看他一眼。当然，现在她还是不愿多看他一眼，于是只能眼观鼻，鼻观心。

这模样全数落入了江玄谦眼底，他冷笑了一下："既然有勇气来到鬼城，还怕那些做什么？"

"什么？"

"'鬼城'伦敦，没听说过吗？"

啊！素末脊梁骨上迅速蹿上了一股阴森森的凉意，原本完全没往这方面想的，可这人的意思是……

挂断了电话，搁下酒杯，江玄谦起身，路过素末往楼上走时，添了句："对了，之前 Joe 没告诉过你吧，英国许多房子都是有一定历史的，比如你今晚住的这一栋，大概……就死过十几代人吧。"

素末："……"

素末："！！！"

素末："你胡说什么！"

混蛋！为什么要在凌晨一点多跟她说这个！而且说完后，这混蛋就直接上楼去。素末心头漫过了一阵阴森森的冷意，见他走上楼，也连忙跟着走上去。原本还打算趁着凌晨四点钟逃走呢，可一走上楼，单是看到她的房间在第一间，而他的在最后一间，漫长的距离已经让她心中泛起了恶寒。

江玄谦那家伙长手长脚，没几步就走到了走廊最尾端，素末在看到他拉开房门的那一刻下意识低叫："江玄谦！"

233

江玄谦悠闲地停下步子:"怎么?"

"你、你隔壁的房间……有人住吗?"她的意思是,如果他隔壁还空着,要不今晚她就睡那里吧,再怎么着,隔壁睡着点儿阳气,至少……

可黑暗中她看到男人回过头,似乎有些瘆人地笑了下:"人是没有,至于其他东西,我就不知道了。"

其他东西?素末忽地一个激灵,这家伙是故意的吗?

一整夜,她就那么睁着眼,听着门外"唰唰唰"的声音。每次一开灯,那声音就立马消失,最终即使睡眠质量再不好,素末也只能开着灯睡觉了。可结果灯开久了,那"唰唰唰"的声音竟然又响起来!就像是不怕光了。

她将自己完全蜷在被窝里,已经快哭了。

"唰——唰——唰——"

"唰——唰——唰——"

那声音越来越响,越来越快,够了!素末一跃而起,恨恨地瞪着那扇纯白色的门,心中无数情绪翻滚而过,咬牙拿起手机,打了江玄谦的电话——反正是他家,房费她都在APP上付过了,有鬼难道那王八蛋不需要负责吗?

王八蛋没有关机,手机铃声很快就响起,甚至连隔得这么远的她,似乎都能听见一点点儿,可王八蛋不接。他一贯浅眠,素末不是不知道的,现在不接电话是什么意思?很快她又打了第二通、第三通……可没用,他根本连接一下都不肯,素末没有办法,只好学之前的他,在无数通电话都被拒听了之后,打开微信:来我房门口看看好不好?

江玄谦没有回复她。

素末:真的!真有东西,就在我房门口!

他还是没回复。

素末:江玄谦!

素末:江禽兽!

素末:求求你了,真的好恐怖……

江玄谦:在你门口了。

第十章　套路

果然,"唰唰唰"的声音已经消失了,素末大大地松了一口气,迅速下床,迅速拉开门。男人挺拔的身姿就融在黑暗中,不管之前再怎么气他恨他,可此时在这偌大"鬼屋"里,一见到人影素末依旧如同见到了救命稻草:"江玄谦,"原计划凌晨四点钟趁着他入睡时逃走的人,此时竟揪住他衣角,可怜兮兮地请求,"让我睡你房间好不好?"

可男人毫不留情地甩开她:"不好,我不习惯和人睡。"

"不是不是,我只睡沙发,绝对不会影响你!"

"我房里没沙发。"

"没沙发我就睡地板!求求你了……"

他唇角勾起一抹难以察觉的笑,语气略带讥讽:"怎么,之前不是宁愿饿肚子也不想见我吗?敢情鬼的威力这么大,让尹小姐吓得连生气也忘了?"

一时间,素末尴尬地僵在了那里。是啊,之前她还那么决绝地想要离开他,还那么坚决地想好了在凌晨四点逃离。揪着他衣角的手默默缩了回来,江玄谦冷笑一声,收回手,转身离开了。

素末呆呆地站在那儿,突然间仿佛又看到了那夜在小冉家楼下,男人毫不犹豫离开的背影。只不过这回,那背影走到了长廊最尾端时,又停下:"怎么?还不跟上来?"

素末一怔。

只这一怔,江玄谦已微讽地牵起唇角:"那就晚安吧。"

"等、等一等!"素末一惊,迅速跟了上去。

房间陈设依旧是江玄谦一贯的风格,就和万花庄园里他的那间房一样:纯白色的墙壁,纯白色的床,所有软装硬装都洁白简约到了极点,唯一的异色,大概就是他身上的那件黑睡袍了。

一走到床前,这人就像是把她忘了似的,开始脱掉这件黑睡袍。脱完之后,甚至还弯下腰,准备把裤子也脱掉……

"你做什么!"素末惊呼。

"三更半夜还能做什么?"江玄谦没好气,"睡觉。"

"睡、睡觉为什么要脱裤子!"

"蠢东西,没听过裸睡吗?"

她都快哭了！本来千里迢迢地来到这儿，租好了房，结果房东却是这个混蛋。想避而不见，可偏偏房间里"闹鬼"。好不容易抛开自尊心跑来他房间的地板上睡，可现在……

"能、能不能不要裸睡？"

江玄谦像是听到了天大的笑话，这下也不急着脱裤子了，一步步踱到她跟前："怎么，房间都敢进来了，还怕长针眼？"

似取笑似逗弄的语气，好自然地从口中溢出，就仿佛……又回到了从前的日子。

素末有一瞬间的恍惚。可也只是一瞬间，杉木的气息已经远离，床头那边传来一声"啪"，壁灯被关上了，黑暗笼罩了这一空间。

"地板很大，随便睡。"熟悉的声音在黑暗中响起，带着他一贯的挑剔，"但不准发出声音，重一点儿的呼吸声也不可以，一旦打扰到我，尹小姐，就请自觉点儿出去和鬼睡吧。"

她实在是困极了，也累极了，房里的暖气开得恰到好处，几乎是一沾到地板，素末就沉沉地浸入了香甜梦境。外套被脱下来当被子，枕着一室淡淡的杉木气息，一觉到天明。

第二天素末是被江玄谦的声音吵醒的。也不知怎么回事，睡的时候她原本是盖着外套的，可醒来时，素末发现那外套已经被扔到了一旁，取而代之的是一床柔软的鸭绒被。她脑袋还蒙蒙的，只听着不远处的床上，男人用英文和谁说了句："别上来，脏死了。"

话落，一道小动物的声音也传了过来，细细的，哀哀的，听上去失望极了。

这是？素末疑惑地站起身，朝那细小声音的发源地看去，就见离江玄谦不远的地方，一只小小的生物正站在搁睡袍的那把椅子上，它大约二三十厘米长，除了橘红色的可爱四肢外，罕见的雪白色绒毛几乎遍布了它全身，一双无辜的黑色大眼睛转呀转，圆溜溜的，两只耳朵竖起来，小小的身子也一整个地竖立起来，很委屈，一副被主人嫌弃之后的可怜样儿。

"这是……'松鼠吗？'"素末好奇地走近了些。

哪知这声音一出来，矜贵的小东西就被惊扰了，细细地叫了一

第十章 套路

声后,受了惊似的往床头柜上一跳,圆溜溜的眼里写满了又蠢又萌的防备。这表情……哎呀,这表情看着怎么就那么眼熟呢?又娇又憨又萌的,像谁来着?她一时间想不起,却还是用最友好的口气朝它打了个招呼:"Hi~"一边招呼着,一边朝着床那边靠近。

房间里此时正诡异地呈现着三点一线的画面:靠门这边的女子一步一步地往中间走去,中间的小松鼠又憨又萌地站着,一双圆溜溜的眼儿防备地盯着陌生女子,而最里头,是江玄谦那张白得找不出一丝异色的床。

白色的被子被毫无预兆地掀开,床上的男人走下来。

"啊!"眼前一片白掀起,素末连忙条件反射地背过身去,"你……暴露狂!你干什么?"

可恨,他不是声称自己裸睡的吗?怎么连招呼都不打一声就掀被子?可这不打招呼的家伙就像是觉得她问了个蠢问题,连回也懒得回一下。倒是身后那小松鼠细细地叫了两声,跳下床头柜,一溜烟跑到浴室门口,就像以前一样,做出一副恭送男主人进浴室的样子。毛茸茸的尾巴往上翘起,在浴室门上扫呀扫,"唰——唰——唰——"。

原本素末还没在意,只是气恼地背对着他站着。站久了,没听到他回应,倒是听到浴室大门被推开的声音,男人开始洗漱了,然后,是某个奇怪的声音,"唰——唰——唰——"。

素末一惊,瞪大眼。这声音……这声音可不就是昨晚困扰了她一夜的声音吗?那种粗壮的柔软生物轻扫房门的声音,灯一开声音就消失,灯一灭声音又继续——就发生在她的房门前!前半夜!一模一样!

蓦地,素末转过身,惊悚地瞪着那只看上去无辜到了极点的小东西。粗壮的柔软的尾巴,在门上扫啊扫,扫啊扫……

素末简直欲哭无泪:"江玄谦,你混蛋!"

浴室里的男人正在刷牙,从镜子里看到素末气恼地闯进来,估计是猜到了她在气什么,也不理人,继续做着手上的事。

"昨晚不停发出声音的就是那只小松鼠吗?你明明知道为什么不告诉我?!"

不只不告诉她，甚至还故意打着"鬼城"的旗号来引她胡思乱想，胡思乱想得连"四点钟计划"都耽搁了——不，不对，这家伙会想出这么幼稚的把戏，根本就是存心要她耽搁原计划的吧？

江玄谦用一次性毛巾擦干脸后，又转向淋浴室："因为你没问。"走进去，准备脱下睡袍时，回头好笑地瞥她一眼，"不是担心长针眼吗？怎么，现在倒是反悔了？想和我一起冲凉了？"

"你！"她真是疯了才会闯进来想找他讨个理！

素末愤怒地冲出了浴室，一路冲回房。还好昨晚下决心要离开后便没有收行李，这下也省得再整理了。匆匆到浴室里洗漱，打点好自己后，她便拖起行李，穿鞋，穿衣，走出房间。

楼下已经有人在了，无须多想，素末也知道站在开放式厨房前的挺拔身躯属于谁。可她熟视无睹，只拖着自己的行李朝门口走去。

端着红茶和热牛奶出来的男人就像是不知她意图，只将热饮搁到餐桌上："过来吃早餐。"

素末没理他，绕过餐桌走向大门口。只不过还没走到门口，她的手就被他扣住了。江玄谦轻而易举地一手控制住她，一手夺过她的行李，在素末还没来得及抢回前，以迅雷不及掩耳的速度将行李拖到了最近的房间，然后关门，落锁，将钥匙放进自己的口袋里。

他在做什么？为什么要把她的行李锁起来？

"江玄谦，把行李还给我！"

"吃饭。"

"我的行李！"

他微微笑了一下，看上去那么优雅："别想了，不会还你的。"

"你！"

餐点不及钟先生做的那般繁复多样，不过是红茶、牛奶、点心，可诱人的香气还是一分分钻入了她鼻腔。很快，饿了一夜的胃开始不争气，又要发出那种丢人的咕咕叫声了。在更丢人的场面发生之前，素末转过身："先是装神弄鬼，再扣留我的行李，江玄谦，现在的你到底还有什么事做不出来？"

男人自顾自地坐到餐桌旁，根本连应都不打算应她一下。

"既然如此，"素末讽刺地勾了下唇角，"既然这么喜欢我的行李，

第十章 套路

那就送你吧，我不要了。"

是，不要了，全都不要了。

大门就在眼前，不过几步远，可当素末的手刚碰到门把，原本已经端起热茶的男人竟来到了她身后，温热的气息罩上来，在素末拉开门想跑出去时，江玄谦快速截住她："够了。"

"江玄……"

"闹了一早上还不消停吗？"

是她在闹吗？分明是他想方设法地捉弄她，又装神弄鬼来吓她，她什么也没做，现在怎么就变成她在闹了？

可所有挣扎如螳臂当车，她整个人被牢牢禁锢在他怀里，越挣扎他就扣得越紧。素末手脚并用，使劲想逃离，最后惹得江玄谦不耐烦了，干脆一只手扣住她双腕，将她一整个按到了墙壁上。

温热的气息罩上她，在素末抵达伦敦的第一个白昼，她那么努力想逃离的人，几经辗转，却终究还是来到了她身旁。

熟悉的手机铃声就在这时候响起，就来自她的包包。直到此时素末才想起自己自从上了飞机后就没有和小冉联系过了，会不会是她？她心头一急："放开我！"

可这恶劣的男人竟抢先一步拉开她的包，拿起手机。屏幕上赫然浮现着来电人的名字，不是付冉。亮起的屏幕上清清楚楚地闪动着"关竞风"三个字，他看到了，她也看到了。江玄谦唇角勾起了一抹讽刺的弧度，这下终于松开她："接吗？"

醒目的文字在屏幕上持续滚动着：关竞风的来电是否接听？

"关竞风的来电是否接听？"他学着那屏幕上的字问了一句，凉凉的口气，凉凉的目光。

素末不知为何竟觉得有一点儿心虚，可事实上她该心虚什么？明明坦荡清白问心无愧，她心虚什么？该心虚的，难道不是眼前这个毫无愧疚之意的人吗？

她恨恨地瞪着这个人："不关你的事，还给我！"

"好，自己来拿。"江混蛋摊开手，往后退了两步，一副乐于奉还的模样。

手机就在眼前，扰人的铃声持续地响着。素末也没有多想，上前两步就要夺过那手机。可谁知,她人才刚扑过来,这不讲信用的混蛋竟又将手往上一伸。

太过分了!她结结实实地扑了个空,欲退开身时,这混蛋竟又伸起另一只手,将她牢牢地按入了怀里。

久违的温暖的怀抱,盈满了大西洋杉木坚定的气息。素末惊慌地抬起头,正好碰到了他刚俯下来的脸。不过是电光石火间的一个摩擦,他眼中却突然燃起了熊熊烈火。

来不及后退了,也来不及拒绝了,背后的那只手已经伸到了前面,狠狠地扣住她下巴。

"江——"

极英俊危险的面孔俯下来:"张嘴!"

她心头一凛:"不……"那薄唇已经恶狠狠地罩下来,彻底覆住了她唇瓣。

素末惊呆了。

第二次了。

上一次,在江海市,在万花庄园里,他就是这样,一声令下便不由人抗拒地掠夺一切,可夺到一半时,又莫名其妙地停止,留给她一句"对不起,我越轨了"。

越轨了?这轨可真好越啊!然后现在,现在,他又准备随随便便地越轨,再随随便便地道歉吗?想得美!

素末突然剧烈挣扎起来,可他的怀抱更炙热也更凶猛,一整个地罩住她细瘦的身子。

头顶的铃声不知何时已经停了,大厅里头一片安静,只有男人亲吻着姑娘时暧昧的声音。渐渐地,她没有力气了,只觉得亲密的拥吻越来越深,带着某种连她也理解不来的惩罚意味……

可突然,手机铃又响起来!惊天动地振醒了两人的理智。她神志顿清,他动作一顿。

两人还是挨得那么近,近得素末可以清楚地看到这男人眼底突然又添进了某种让人害怕的东西——那是属于兽类的掠夺目光,她心中漫过了无边的恐惧,然后,看到江玄谦毫无预兆地笑了一下。

第十章 套路

轻柔地，却吓人地，笑了一下。

手机铃声还在响，屏幕上的名字依旧清晰。他将手机移到了两人之间，按下接听键，打开扩音。

不！素末惊恐地瞪大眼。手机那头已经传来了男人着急的声音："末末？末末？"

末末？什么时候竟熟成了"末末"？江玄谦讽刺地开口："叫你呢，'末末'。"

生硬的阴沉的话语，恰到好处地揉进了某种暧昧，就么传入手机里。素末只觉得整张脸都丢到太平洋了。可这混蛋竟然还不罢休："怎么，不说话吗？好好和你们家关先生解释解释，说说一大早的，咱们孤男寡女在这儿做什么？"

素末整张脸都红透了，暧昧的气息扑在她脸上，而千里之外的关先生根本就和这事没关系，却因为自己被拖入了这种低俗的戏码里！

素末死死地咬住自己的唇，唇瓣咬白了，眼眶熬红了，也不肯吭一声。

不吭声吗？呵，江玄谦冷冷笑了下，突然，坏心眼地吮上了她敏感的耳垂。瞬时间，素末如同被电了一下："不要……"

那么细，那么恼，却也那么丢人的柔媚。

"宝贝儿，你的话真是没有说服力呢。"

暧昧的声音一五一十全淌入了手机里，终于，他满意了，关了机，直起身，松开紧抱着她的手："不好意思，你和那姓关的，看来是没机会了。"

数不尽的羞耻熬红了素末的眼，她这辈子所有的怨气和仇恨，已经全都用到这个眼神里了："江玄谦，你这个变态！"

"是啊，我是变态，可昨晚我面前这个小变态还拼命地想钻进我房间呢。你说，是你变态，还是我变态？"

"住嘴！"她真是要疯了！双手忍无可忍地握成拳，狠狠地捶打他胸口，"你这个王八蛋！王八蛋！"

"够了！"胡乱拍打的双手被他毫无难度地扣住，江玄谦冷下声，"不要以为现在有姓关的给你当靠山你就能为所欲为，从现在开始没有我的允许，你想都别想踏出这房子一步！"

"你混蛋！"

"还有没有其他词？没创意的东西。"

他还嫌她骂得没创意？那一瞬间素末几乎就要由怒转笑——是，被气笑的！

从小到大她都是个迟钝的甚至还有点儿蠢的人，口才不佳，词汇量不大，可这辈子学过的所有的好的坏的形容词，她几乎全在这人身上用过一遍了。可这个人，在对她做出了那么多禽兽不如的事情后，竟然还能厚着脸皮数落她骂得没创意！

没创意是吗？对，没创意——

"你这个小偷！"对，就是这个词，"小偷！"

江玄谦本来已经走到餐桌前准备吃饭了，结果又听她没头没尾地来了这么一句："我偷什么了？"

"偷我的作品！"

他不以为意地"哦"了声："这事你晚点儿就会明白了。"

"不用晚点儿，我早就明白了！"素末的声音别提有多讽刺，她红着眼，也紧跟着来到餐桌前，"真是没想到，偷了我一个作品还不算，还想偷其他的！这么大一个人了竟然还会偷东西！"

她义愤填膺，可江玄谦明显没当一回事："什么'其他'？我还偷你什么了？"

"还想装成什么都没发生吗？"

江玄谦不以为然地耸耸肩。

素末被这态度激怒了，像只小猫咪一样张牙舞爪，可在大老虎眼里，这点儿怒气却根本都不够看："国王十字站那边的 C&J 早就在卖我的香水了是不是？你敢说写的不是尹娉婷的名字？这还不够，你还打算在接下来的六款香水上全写上尹娉婷的名字！江玄谦，你别想再瞒我，这些计划我全都知道了！"

这下子，他端起红茶的手一僵："你说什么？"

"小偷！"

可笑的表情在男人脸上维持了一秒，一秒之后，就像是有什么东西在他脑袋里过了一遍:"这就是你突然让人把香水全都撤掉的原因?"

他就说,这小东西究竟是吃了什么熊心豹子胆,竟胆大包天到这个地步!

"砰"的一声搁下了茶杯,江玄谦厉声问:"谁和你这么说的?"

"还有谁?若要人不知,除非己莫为!"

"己莫为?很好,我等等就让你看看什么叫'己莫为'!现在,马上给我坐过来,把东西全吃掉!"

也不知道这人怎么突然就一副又好气又好笑的样子,明明是做了亏心事的人,可你看他那表情,哪里有一点点亏心的模样?

几乎是强迫性地按着素末的后颈,过分地将她推到了早餐前。素末原本是不配合的,可这混蛋在强迫她坐下后,又似笑非笑地添了句:"我有一百种喂你的方法,你要自己来,还是让我动手?哦,或者是——动口?"

瞬时间,发烧那夜被喂水喂药的场景闯入她脑海里,十分钟不到,素末已经将面前的餐点全解决了。其实,也是因为她饿了,很饿很饿了。

江玄谦不是看不出来,看她连最后一颗焗豆也吃入肚子后,他将自己的煎蛋也叉到了她的碟子里。可素末不领情,推开餐具:"我吃饱了。"

"那就走吧。"

"去哪儿?"

"国王十字站,你这趟来的目的地,不是吗?"

沿途风景她已无心欣赏,尽管中英的文化差异那么大,满街皆是令人欣喜的异域风情,可此时,素末已不是普通的旅人了。

国王十字站附近的商店正销售着她亲手调制出来的香水,说不定,这个城市里的好多好多门店,已经都摆上了她的香水,可据说,写的全是尹娉婷的名字。

车子很快就停在了C&J门店外,冬日的阳光惨惨淡淡,灰扑扑地洒在写着"C&J"的牌匾上,十一点不到,门店前竟已排起了一条长龙,不知多少顾客已经候在了门口。

他们一下车，店内便有金发员工热情地迎了上来，同老板打过招呼后，金发美人儿将目光落到了素末身上。看了一眼，瞪大眼，再看一眼，然后——欣喜地打招呼："Sumor？"

还不等素末反应过来，美人儿已经激动地握住她的手："Hi, Sumor!Dear Sumor, I love your fragrance so so so so much!（你好，素末，亲爱的素末，我简直太太太太喜欢你的香水了！）"

江玄谦唇角噙着一抹笑，看着姑娘茫然又错愕地看看金发店员，再看向自己，又蠢又萌又疑惑的样子，真真像极了他家那只蠢松鼠。

"怎么，这么简单的英文都听不懂吗？四级怎么过的？"

不不不，这么简单的话怎么可能听不懂，只是："她说喜欢我的香水？'我的'？"

话落，不待江玄谦回答，金发美人儿已经热情地将她拉进了店里："Look, your fragrance!（看，你的香水！）"

门店最中央，临时搭建出来的香水柜台上，醒目地架起了一个名字：SUMOR。

素末震惊了！在那醒目的标志下，更醒目的是一张她手机里也存有的照片：年轻的女子站在万花庄园的调香室门前，转过头来，略带羞涩地微笑着。

那是两年前，她在万花庄园的调香室里研制出第一款香水时，男人为她拍摄的照片。那时素末刚刚得到他的赞美——你知道的，这人若是愿意哄你赞你，真真是什么话都说得出来的。那时候他说了什么呢？他说："我们末末真是人美心善手又巧，对了，还才华横溢呢。"一边说，一边习惯性地揉着她的发丝。

素末被这赤裸裸的盛赞夸红了脸，心中不知有多欢喜，就连脚步都轻盈了，踏着小碎步回到调香室时，他就跟在她身后，忽而叫住她："末末。"

"嗯？"素末不明所以，回过头去，就听得一声"咔"，男人的手机里已有了她的照片。

"真好看，"那时候他说，"以后我们末末成名了，名人简介里就放这张照片吧。"他开玩笑道。

第十章 套路

如今，两年之后的今日，在国王十字站附近的门店里，在这一大早便有人排着队想进来选购香水的地方，那张曾被他赞美过的照片被放大，裱在了最醒目的柜台上。

SUMOR——新生代东方调香师，素末。

"截至昨天上午十点钟，全世界已经有一百三十家门店进驻了'SUMOR'柜台，当然，不仅仅是C&J，欧洲每一间高端的彩妆连锁店都进驻了'SUMOR'。"他走过来，一直走到她身边，用中文轻声地说，"这就是属于你的品牌，'素末'。"

不是新生代调香师尹娉婷，是新生代东方调香师尹素末，独属于她的，完整而完美的品牌：SUMOR。

身旁无数高挑的柜哥柜姐全都围着她，白皮肤的、黑皮肤的、黄皮肤的，他们的脸上挂着友善的笑，他们的左手和右手相互碰撞着，拍出质地清脆的掌声。

Hi, Sumor. Dear Sumor, I love your fragrance, SUMOR.
（你好，素末。亲爱的素末，我喜欢你的香水，SUMOR。）

"为什么？"

许久许久，素末才像是完全理解了眼前这一切，理解了，吸收了，却怎么也无法弄明白他这么做的初衷："为什么要安排这一出？你不是已经把香水送给尹娉婷了吗？可你又用我的名字来上市，你做了这么多事，你……"

"忘了吗，我一早就说过的，会捧红你。"

初遇的那个春天，万花盛开，氤氲撩人，手中捧着《孙子兵法》的男人对女子说："好好遵守约定的话，三年后，我会让你成为调香界最耀眼的新星。"

原来他没有忘记，兜兜转转，发生了那么多事后，原来，他一直都没有忘记。

"快三年了，你遵守了你的约定，我也得实现我的诺言，不是吗？"

"可是尹娉婷她……"她已经乱了，彻底地乱了，"你不是已经把我的香水送给她了吗?还让她在'爱丽莎'的总决赛上和我争名次,你……"

"那都是策划而已,总而言之,目的还是要捧你。"他看着她混乱又疑惑的表情,轻笑了下,"回国之后你就知道了。"

"可 Joe 不是这么说的啊!"

"Joe?"

"对啊,他说你在香水介绍上写的调香人是尹娉婷,他还说接下来 C&J 生产的香水全会写上尹娉婷的名字!而且他都让我看过香水瓶的设计照片了,上面写的是'娉婷'呀!"

江玄谦的瞳仁急速收缩,所以说,今天早上他问这丫头那些荒唐的鬼话是谁告诉她的,这丫头袒护的,就是他那好搭档吗?Joe?陆乔久?

看来,这事有意思了——陆乔久!

"冤枉啊大小姐,哥这不是为了帮你吗?要不是这招激将法,你这死心眼又薄脸皮的,能自投罗网投到我哥怀里吗?你看看现在多好,一举两得,香水疑案水落石出了,你和我哥也有了突破性进展……"

"停,什么叫'突破性进展'?"

"不是又亲上了吗?这还不算突破啊?"

素末:"……"

简直气到无语,气到她都没心思去怀疑这家伙怎么会知道她和江玄谦又亲上了,只满脑子想着她这个蠢蛋被他这个混蛋花言巧语地一骗,就像个神经病似的,急匆匆地飞到伦敦,紧接着又要急匆匆地飞回去,可偏偏这姓陆的一点儿愧意都没有,还在那儿大言不惭地说什么"一举两得"。一举两得?敢情老祖宗的成语就是这么用的吗?

别墅二楼的房间里,素末怒目瞪着视频另一端的男女。而千里之外,大洋对岸,在视频另一端散漫又温馨地相依偎着的,正是那给她制造出惊天奇案的陆姓混蛋,还有她的好闺密付冉!

一切简直不可忍:"还有你,Joe 乱来也就算了,怎么连你也

第十章 套路

一起？"

"别冤枉我啊喂！"那端付冉一听她数落，赶忙从 Joe 身上坐开来，撇清关系，"第一，我是直到你出国了才知道这贱人的把戏的，他连我也瞒呢。"说到这里，她恨恨地往陆乔久身上捶了一记，可捶完后，付冉又笑眯眯地凑上前去，亲了 Joe 一口，"第二，其实我觉得 Joe 做得很对呀，要不是他，你和江 BOSS 哪能那么快又亲到一起？做得好做得妙，来，再亲一口，MUA！"

瞧这神经病爱侣！

"还妙？你不知道我昨晚差点儿就被他给捏死了！"

"放心，他捏不死你的，他哪里舍得捏死你？"Joe 还是笑眯眯的，在视频那边贱贱地朝她眨了下眼睛，"而且你不觉得这次再见面，那家伙的态度简直是一百八十度大转变吗？"

的确，那家伙的态度简直就是一百八十度大转变：原本说好的不想再见她，可这回再见时，这人说"反悔了"，不仅反悔了，还手段用尽地阻止她离开，别说锁她的行李箱，就连让 Mini——那只又萌又蠢的小松鼠装神弄鬼的幼稚招数也都使出来了。

"知道为什么吗？你一定以为是为了那几瓶香水吧？"Joe 得意扬扬的，"然而事实是，因为本帅告诉他'你们家那小东西啊，千里迢迢地订了机票去伦敦，就为了跑到名流们最爱办婚礼的教堂里，去和关竞风结婚呢'！"

"你说什么？"素末惊了，这家伙是疯了吗？她要结婚？而且还是和她压根就没多熟的关竞风？

"你把关先生拉进来做什么？"还嫌那晚在小冉楼下时她的脸丢得不够多吗？"他对关先生根本就不在意！"

"错，他在意，在意得都快疯了。"

"怎么可能？"

素末永远也忘不了那一夜，当关先生的车停在小冉家楼下，她在车厢里看到他颀长的身影时的场景。几乎就像是个疯子，她从车上下来，她拉着关竞风陪她一起做戏，她死死瞪着他无动于衷的背影，可这个男人，最终也不过留给她一句"怎么了"。

她还能说什么？除了没什么之外，还能再说什么？

"Joe，他对关竞风不在意的，说穿了，他对我、对我所有的事、对我这一整个人，他都是不在意的。"

"可如果不在意，今天早上看到关竞风的电话时，他又为什么会那么抓狂？"

"我不知道。"素末笑了下，飘忽的大眼慢慢看向了床头柜上的照片：男人亲昵地抚着女子发丝，在众目睽睽下，俯下去说话的唇几乎要吻上她耳骨。可事实上，她和他之间，又怎么会是这样亲密的关系呢？他和她之间——"就你妈妈和我父亲那种关系，和你在一起我嫌恶心"，这就是他的话，原原本本，不是吗？

她放弃般地笑了一下："或许我从来都不了解他吧，那人从头到尾都言行不一。"

"是啊，你也知道他言行不一。可他言行不一的原因你不是不知道的啊，末末，你好好想一想，就你妈和他爸那种关系，他能言行一致吗？他能毫无芥蒂地和你在一起吗？那还不得被他妈从棺材里跳起来掐死啊？"

"可我都说过一百遍了，我妈妈和他爸爸不可能……"

"行，现在的重点不是你说过几遍，甚至也不是他爸跟你妈到底有没有一腿，你先听我说完——末末，我就说一次，一次性全部说完吧，从头到尾全都告诉你。"

Joe 终于不再是唯恐天下不乱的欠扁样了，认识他那么久以来，第一次，素末看到他这么认真的样子，他说："你知道我哥他当时为什么会同意让你到万花庄园里调香水吗？"

"因为这个行业有利可图。"这是江玄谦当时的原话。

Joe 却摇头："不，末末，那是因为当时的他想着，'也好，就让这蠢丫头来替她妈妈还债吧，所谓母债女还'。很恶俗的剧情，对不对？可末末，这就是他的初衷。我哥把你留下来，真的就是想着日后变着法子折磨你，替他妈妈出一口气的。"

"可后来呢？他做了什么？末末你想想，自己用脑袋认真地想一想，从头到尾，他折磨过你没有？给过你脸色没有？做过伤害你的事没有？没有，都没有。末末，为什么呢？因为他喜欢上你了，他下意识地就想疼你护你，他根本就下不了手去折磨你。"

第十章 套路

"因为喜欢你,他不计代价,满世界给你找调香原料,哄你高兴——OK,我知道你要说什么,你要说他和尹娉婷那点儿事对不对?可是末末,我可以百分之两百地向你保证,他会和尹娉婷走得那么近,除了他本身有相关的策划案之外,最重要的目的,还是借尹娉婷来捧你。"

"因为喜欢你,看到你被尹娉婷母女赶出家门时,他就让睿睿和钟先生把你留在万花庄园。明明是因为不忍心让你一个人流落在外面,可你知道他当时是怎么自欺欺人的吗?"Joe学着江玄谦的样子,沉了沉嗓音,做出一副优雅又气定神闲的样子,"'小姑娘她妈和我爸爸有染,这会儿她住进来了,不是正好能给她点儿苦头吃吗',当时那表情,别提多自以为是了,可后来呢?后来他都做了什么?

"好吃好喝地招待着,大小姐你心情不明媚了,我哥他就带着你满世界逛;你被人欺负了,我哥他就亲自出马把欺负你的人给赶下台。更可笑的是,这回明明都受了刺激,下定决心和你分道扬镳了,可一听说你准备和人私奔,本来米兰时装周那边还有一大堆事等着他去谈呢,可他呢?现在米兰也不去了,就待在伦敦等着你。"

江大神啊江大神,看上去最酷最牛最不可一世的江大神!

"末末,我哥对你,那可真是明知不可为,而彻彻底底地为之!"

素末有一瞬间失神,Joe的声音一字一句地从遥远的大洋彼岸传过来,一字一句地撞入她心口。所以说,之前她的直觉全都是对的。他对她,真的是很喜欢很喜欢的,对不对?

手机铃声又响起,素末看了一眼来电显示——关竞风。怎么又是他?认识了大半年基本通不到两回电话的人,为什么这两天不停地给她打电话?

视频里的Joe说:"接电话,末末。"

"嗯?"

"是我。"

"什么?"她错愕地瞪着手机,可上面明明写了关竞风啊。不,不对,不对劲极了!最初她存关竞风的电话时,和他完全不熟悉,为了不让自己在接电话时犯尴尬,她特意存了"豪朗关竞风"几个字。可看这名字……"豪朗"两个字呢?

手机铃声持续不断地响着，终于，素末按下了接听键。

"这个电话其实是我的另一个号码，前阵子让睿睿趁你不注意时存进去的。当时就想着，也许能在某些关键时刻起一点儿推波助澜的作用呢，没想到还真发挥作用了。"

那头传来的竟是陆乔久的声音，而且所指之事，是她和江玄谦今早刚发生的那一场闹剧！

素末还来不及问他突然是怎么一回事，Joe 又开口："你一定在想，为什么我要整这么一大堆事出来吧？可末末，如果你知道他前阵子刚做的决定，你就会明白了。知道吗，其实他原本的计划，是帮你推出香水品牌，实现了当年的承诺之后，就和你分道扬镳的，是真正意义上的分道扬镳，是永远都不再见面的那种分道扬镳，明白吗？可我知道那并不是他真正想要的。"

他想要的，是离她近一点儿，再近一点儿，能天天挂在身上捧在掌心最好，无法捧在掌心，每天早晨一起吃钟先生的早餐也好。

可这么肉麻的话 Joe 说不出来，他只是说："所以我故意误导你，让你将事情闹得这么大，其实也是在帮我哥找借口。他现在真的是需要给自己找一个借口，才能说服自己去见你。末末，那借口他可以找一次，可以找两次，甚至三次四次五次，可他找不了一辈子。所以，末末，剩下的，就靠你了。"

他已经走了九十九步，剩下最关键的那一步，靠你了。

迟迟迈不出去的一步，末末，只能由你来走。

素末走出房间时，已经是晚饭时间。

她一个人，关了视频后在房间里躺了许久，直到江玄谦的微信传进来：下楼吃饭。

她才满腹心思地起身，朝楼下走去。

晚餐是简单的意面和牛排。原来他的手艺这么好，她不过是走到楼梯口，就被浓郁的香气扑了满脸，那是属于食材本身的实实在在的香。江玄谦将餐点全都端上桌，看上去心情还不错，特意给她配了一杯热红茶一杯热可可，再给自己配了一杯酒。剔透的酒杯在灯光下泛着完美的色泽，素末看着看着，不知不觉中，竟入了迷。

第十章 套路

"傻愣在那儿干吗？过来吃东西。"

她这才将目光自红酒杯上移开："Joe 是不是已经告诉过你，我为什么会来英国了？"

这是陆乔久教她说的话——"照着我的剧本演下去，一直演，直到把那家伙逼疯为止"。

只不过江玄谦看上去并没有 Joe 描述的那么在意："什么目的？和关竞风结婚？"他不以为意地啜了口酒，"说实话未末，有时我真的很怀疑你那颗脑袋里装的都是什么。"

素末只静静地坐在他对面，看着他。

"你以为那姓关的是什么好东西？就今年，他换了两个女朋友，加上你，三个。去年也换过好几个，别更提前年、大前年。尹素末，你千里迢迢跑来和这种人结婚？"

"那是我的自由，"她很认真地看着他脸上的表情，说，"再说，关先生他承诺过的，会一直对我好。"

"呵，真担心你那点可怜的智商够不够让人耍！"讽刺的，微厌的，事实上带着淡淡不悦的口气。

素末微微地笑了，他是不高兴的。既然他不高兴，那么，她就高兴了。

手机在不久后响起，他的。看来电显示，是 Joe 打过来的电话。

江玄谦接起电话时，似乎又突然愉快了，按下接听键："说。"

电话那头是 Joe 听起来同样很愉快的声音："大功告成！那姓关的在机场被成功地拦下了！"

"理由呢？"

"签证过期。"

"很好。"江玄谦挂了电话，微笑地看着素末，心情看上去比之前上菜时更好了，"很遗憾地通知你，宝贝儿，你的准未婚夫关先生，这回恐怕是来不了了。"

"什么？"

"哈哈哈！太痛快，太痛快了！"

这世上还有比成功戏耍大神更让人心情愉悦的事吗？

"你们看看我哥这小人得志的表情,还当全世界都被他耍得团团转呢,结果却是他被所有人耍得团团转!哈哈哈……"

远在国外的江策划,无端地打了个喷嚏。

而万花庄园的大厅里,从老到小四口人正排排坐着,围着一台电脑看伦敦那边的直播。

钟老头儿优雅地微笑,陆乔久痛快地狂笑,付冉酷酷地赞了一声"好",而江睿小朋友双手托着腮,一双深褐色的眼睛瞪得大大的,不肯错过直播里的爹地和妈咪一分一秒:"所以,妈咪快要回家了是吗?"

"是的呢,宝贝儿,"老管家在宝贝儿脸上响亮地啵了下,"多亏了睿睿在妈咪的手机里输入关叔叔的名字,这一回,我们睿睿可是最大的功臣呢!"

小朋友这下开心了,一双可爱的大眼睛笑得弯弯的:"那妈咪什么时候可以回家呀?"

"这个,"陆乔久掐指一算,"大概,就这两天吧。"

万花庄园里一派其乐融融,老头儿和小朋友一听说两人快回来了,竟屁颠屁颠地上楼,还没得到准信儿呢,便开始替"洁癖江"收拾起房间。

"怎么样,是不是觉得你男朋友胆大又心细?机智又有爱?"楼下大厅里,Joe 与付冉愉悦地碰了个杯。

"是啊,不只有爱,还特别仗义。"

付冉漫不经心的,语气里不知为何添入了一丝凝重的味道,可 Joe 没听出来,还自顾自地乐着:"没错吧?我也觉得我特别仗义。"

"只是,这仗义只对江老板吧?"

"嗯?"

"我昨天在你的房间里发现那一款香了,"她啜了一口酒,把声音压得很低,"就是导致方宛被开除,最近又频频出现在江大的那一款怪香。"

陆乔久手中的杯子一顿,然后,听到她凝重的声音:"我之前其实还挺奇怪,明明方宛已经被学校开除,为什么江大里还会频频出现那款香的味道?Joe,现在想一想,你和江老板,该不会就是想借由这款香，来实现你们的四个策划吧？"

"你……"

"如果是这样的话，那么这四个策划，你们现在也完成得差不多了吧？"

第十一章

认输

江海不渡

　　Joe的预料很准确，两天后，素末跟着江玄谦搭上了回国的飞机。原本还可以再早一天的，可偏偏江玄谦在C&J的门店里替她安排了一场采访，这个最擅长公关的家伙不知喊了多少家媒体过来，问题一个接着一个，素末几乎应接不暇，一场采访下来，恨不得能直接摊死在被窝里。直到第二天上机了，她还是累，闷着头始终没说话。
　　这要死不活的样子看得身旁的男人没好气："怎么，还遗憾着没能在'鬼城'举办你的世纪婚礼？"
　　"婚礼？"素末错愕。
　　那笨脑子经昨天的采访一折腾，已经将在教堂里办婚礼这件事给忘了大半，结果江禽兽还记得牢牢的，那毒舌程度简直让人无力接应："真有趣，自己在这儿一头热，反观那位关先生，这都几天了，好像也没怎么着急吧？"
　　冷嘲热讽向来是江策划最擅长的，不过这回素末丝毫也不恼，只淡淡道："江老板何必冷嘲热讽？不过是签证过期了而已。"
　　"签证过期影响婚期。"
　　"有差吗？反正回国结婚也是结，"她瞄了他一眼，又加一句，"真心相爱的人不在乎形式。"
　　江大神瞬间无言以对，一时沉下了脸，不说话了。
　　从家里带出来的报纸就在他的电脑包里，江玄谦黑着脸抽出报纸，看了几分钟后，忽地，毫无预兆地站起身："去别处坐。"
　　"什么？"素末以为自己听错了。
　　两人并排坐着，她在里头，他在外头。商务舱里的乘客寥寥无几，身后那两排位置都空着，而这家伙竟然站起身，给她让了个出去的位置："到后面去坐。"
　　"为什么？"
　　"不想看到你。"

第十一章 认输

素末无语了！这人真是……怎么回事啊？竟能这么过分地用这么正常，正常到让人以为他的要求没有任何问题的口吻，提这种不正常的要求！当真是自己不痛快了，也绝不会让身旁的人痛快吗？

男人睨着她，满脸坦荡的"还不快走"的表情，素末简直要被气笑了，闷着声把东西随便一收，挪去后面。

只是半个多钟头后，当她迷迷糊糊快要睡着时，有人悄悄来到她身旁，替她掖了掖身上的毛毯。素末睁开眼，就看到空姐温柔的笑脸："很抱歉女士，是您的男朋友让我来替您把被子盖好的，抱歉吵到您。"

不，不用抱歉，这样很好，真的很好了。

她微微一笑，在并不舒适的座位上，舒适地睡了过去。

十几个钟头的飞机，漫长而沉默。素末似乎已经好久没有这么安稳地睡过了，而且一睡就是十个钟头。下飞机时，她还睡眼蒙眬，一边揉着眼睛一边推行李，不知踩到了什么，差点儿绊倒时，下意识便扯住了江玄谦的衣角。

他被她扯了一下，垂下头来看那挂在自己身上的纤手："睡蒙了，路都不懂得走了？"

素末没有和他争辩，只是抬起眼悄悄瞄了下他的表情，其实也没什么表情，只不过那本应挺嫌弃的脸上并没有嫌弃或不悦的样子，素末在心里做了个小小的决定：不撤回手了，继续扯着他的衣角吧，一直走，一直走。

于是挺拔的男人与娇小女子，一路上，就这么并肩着往前走。完美的画面。

突然，素末想起了去昆明的那一次，她因为偷着乐越走越慢时，他停下了脚步，一只手自后面捏住她细细的颈项，半推半揉地带着她办完了登机手续。而今还是她与他二人，在机场人来人往的走道里，她偷偷地笑了起来。他或许发现了，可还是当成没发现，就这么任她拉着他衣角，一整路。

机场永远繁忙，不分时间，无淡旺季。

忽而一道熟悉的香气飘来，素末听到了陌生女孩儿不确定的询问:"请问,是尹素末小姐吗?"

她疑惑地回头,可头才刚转过去,又立马被江玄谦扣住了后脑勺,转回来:"不是。"他代她回答。

陌生女孩儿递笔和本子的手生生地僵在了空中,而素末已经被江玄谦拉走。这回不再是她扯着他的衣角了,温暖的大手一整个地包住了她的,牵住她,加快脚步:"走。"

"怎么回事?"

"那个女生在叫我欸……"

"你为什么说我不是尹素末啊?"

"对了,她身上用的是我调的香水欸,为什么她会有我的香水?"

"……"

素末问了一成串问题,江玄谦却一个也不答,只牵着她,飞速往前走。

司机小王已经候在了接机处,一见着江玄谦便殷勤地迎上来,伸手就要接过他行李。可江老板手一移:"拿尹小姐的。"

明明他手上那个才是大件啊,素末正想拒绝:"不用了,小王你替先生……"

却被这禽兽打断:"不想等会儿被人围在机场的话,你就快一点儿。"

"啊?"

小王乐呵呵地听从老板的命令,接过她的行李:"尹小姐现在可是名人了,您自己还不知道吗?"

"名人?"

"是啊,超级大名人!"

"什么?"

老天爷,太可怕了!到底发生了什么?她不过是到伦敦走了一趟,短短数日,再回国时网上竟有了她的资料,打开微博,原本只默默地拥有着几十个广告粉加僵尸粉的博主"尹素末",竟一跃成了微博大V,而认证身份是"知名华人调香师,SUMOR品牌创始人"。

怎么回事?

第十一章 认输

素末不敢置信地将目光从手机移到身旁的男人身上时，声音好似浮在云里雾里："这不是真的吧？"

"哪个字不是真的？是'知名华人调香师'不是真的？还是'SUMOR品牌创始人'不是真的？"

她有些困难地想了下："知名。"

可他说："你现在很知名。"那眼睛里分明还藏着笑，那种对自己的杰作还算满意的笑。

素末这下终于反应过来了："都是你安排的？"

那天在国王十字站的C&J门店里他说"回国你就知道了"，结果一回国，这人竟给了她这么大的一个见面礼！

"可是大家都在骂尹娉婷啊！你不是想捧她吗？怎么会允许这种场面出现？"

打开浏览器搜索"尹素末"，上面一堆又一堆的讯息写的全是"知名网红兼模特尹娉婷抄袭调香师尹素末的作品"，看这架势，要不是抄她的人那么有名，素末完全可以肯定自己仅凭那几款香水，是万万不可能拥有这样的名气的。可那个被众人指责说抄袭她的人，不是江禽兽一手捧上来的吗？

结果，江禽兽说："捧她本来就是为了给你铺路，不然非亲非故的，你以为我捧她做什么？"

"因为你想追她呀！因为想追她，所以捧她，不是这样吗？"

江玄谦就像是在看一个可怜的傻孩子："尹素末，你觉得一名年纪正当、英俊多金、才华横溢，重点是个人魅力深厚的男人，追一个女人，需要下那么大力气？"

素末被那一个又一个的形容词绕晕了，不聪明的脑袋转了好半天，才反应过来这人用无数个美妙形容词形容的……好像就是他自己。

瞧这孩子傻的。

"还没听明白？我的意思是，一开始捧她，就是为了创造机会让你顺势而上，把她捧得越高，到时候你踩在她肩上，站得就越高，这么说你懂了吗？"

可看样子素末还是不懂，那小脸依然呈迷茫状，看看江玄谦，再看看前面开车的小王。

小王朝她露出一口大白牙："我们江老板说的就是理！"

素末无语，再回过脸来，对着江玄谦道："你的意思是，之前做了一大堆事，就是料定了有一天我会靠着她，打开自己的品牌？"

"错，你靠的是我。"想了一想，好像也不对，江玄谦轻笑了一下，又改口，"不，你靠的是自己，只是尹娉婷的人气可以让你用更短的时间被所有人知道，这事用我们的专业名词来概括，就叫作'策划'，按你们的说法，叫'炒作'。"

"可为什么我要靠着她炒作？"

"不靠她你也得靠别人。"那不如，就靠这个女人，反正在他的策划里，尹娉婷原本也是必须被捧红的，四大策划里，最先针对的就是她，不是吗？

可后面那段话，江玄谦没有说出口。

素末还是云里雾里："为什么我得靠别人？"

"不然你自己身上有可炒作的点吗？"

"可为什么一定要炒？我不偷不抢，靠的是自己的努力。"

江玄谦揉了揉眉心。真见鬼，坐了十几个钟头的飞机不累，策划那么大一出戏不累，倒是和这蠢东西解释这么一出迂回曲折的大戏，累得够呛。他叹了口气："末末，我的意思并不是你不需要努力，相反，我和你一样相信，一个人能走到专业领域里的最尖端，是因为个人的天赋和努力。可是作为一名专业的策划人，我需要做的，是把你的名气提高到可与能力相匹配的水平，用最短的时间。"

只是她这个人，没有棱角，没有野心，没有这个时代疯狂热爱着的鲜明个性，唯一有的，不过是一颗对所爱事业孜孜以求的心。可仅凭一颗孜孜以求的心，是不可能那么快得到大众认可的。所以他只能另辟蹊径，创造出一个会争会闹会炒作的"巨人"，让她站到"巨人"的肩上。

素末似乎是明白了，这一回，似乎都明白了："所以说，你之前和尹娉婷的那些事，全是假的吗？"

这下江玄谦没有回答了。

即使之前 Joe 在视频里已经隐隐地向她透露过，可这一刻，素末还是执意拉着他的衣角:"告诉我。"

江玄谦不应。

"江玄谦,你告诉我。"

江玄谦还是不应,直到好久后,见女子固执的手还黏在他的衣袖上,那双眼还紧紧盯着他,江玄谦终于松口:"和你有关的我都说完了。"

言下之意就是,他和尹娉婷到底是真是假,和她都没有关系吗?这人怎么能这样啊?特意在伦敦守株待兔,就为了破坏她那不存在的婚礼,可现在押着人回国了,他又准备变脸,恢复回从前的样子吗?

素末松开手。存着"关竞风"号码的手机就躺在她的包包里,Joe 说"为了在某些关键时刻能派上用场",现在可不就是关键时刻吗?

她拿起手机,点开"关竞风"的短信对话框,写下:我回国了,明天见个面。

自然,那么近的距离下,江禽兽饶是不想看也已经看到了。可他还没来得及说什么,手机铃声便响起,来电者——江玄谦状似不经意地瞄了眼,"关竞风"。

冷意在他唇角泛起,素末已经接听了电话。那头不知说了些什么,她"嗯"了两声,最后又轻声说:"好的,明天见,就约在万花庄园后面的咖啡馆里吧。"

江玄谦冷哼:"真是迫不及待,一回国就忙着约时间重新订婚期了?"

素末学着他刚刚的样子,故意不回应。果然,这家伙更不痛快了,尽管表面上看着还是那么副优雅又绅士的模样,可熟识者如素末,哪能听不出这话里的异常?

"我之前说过的话敢情你都扔到太平洋了?那位关先生女朋友众多,宝贝儿,当心结了婚之后你就成了怨妇,那滋味恐怕就很不美妙了。"他也不看她,就那么一边盯着他的报纸一边说,还要做出优雅又不以为意的样子。

素末悄悄抬眼,看着男人好看的侧脸,心里已经被小小的雀跃填满了。

"你这么介意关先生，"她在心里头犹豫了一番，最终还是试探性地开口，"其实，是不是嫉妒他啊？"

前头小王没忍住，"噗"的一声笑开了。

江玄谦凉凉地看过来："您真有自信。"

"不是自信，我就是觉得每次提到关先生，你好像都挺生气的。"她很认真地说。

江玄谦沉默了片刻后，说："看你的新闻吧。"

"江玄谦……"

"闭嘴，就不能安静一下吗？"

真是的，不安静的人明明是他吧？

素末有点儿气恼，可江玄谦已经重新翻起报纸，不理她了。

无奈之下，素末也只能继续刷手机了。微博上各色论坛里仍然很热闹，自小冉在"爱丽莎"的总决赛上直播后，因为尹娉婷，她已经一跃成为网友讨论的热门人物，从她的 SUMOR 香水，到她从前调过的每一款香水，都成了热门话题。

江玄谦的公关做得好，即便网上的信息热热闹闹，可来来去去被讨论的也全是她的调香成果，她的生平、感情和隐私，这些别的名人会被扒出来的东西，江玄谦全给她封得严严实实的，除了她就读的学校以及——她与尹娉婷共同的父亲，尹泽。

素末翻着网上的资料，突然在某个页面上停了许久："我爸出事了？"

"嗯？"

"网上有人说，江大的调香室里又出现那款香了，而且，"她定在屏幕上的两指迅速动了起来，将字体扩大再扩大，"就在我爸的课堂上。"

原来除了她的信息外，尹院长和江大的事情这两天也在网上被传得沸沸扬扬。

是，江大出事了，尹院长也出事了：就在四天前，某个调香班的学生在上完尹院长的调香课之后，走出调香室时，竟纷纷将手上的课本扔进了垃圾桶。原本校方还以为这是班干部们带头组织的抗议活动，谁知将大伙儿留下来开会批评时，所有人全一脸茫然：什么？我们做了什么？丢书？哪里丢书了？都快期末考了谁敢丢书啊？不对不对不对，书呢？

书还在垃圾桶里，被一脸茫然的学生们扔掉了。可大家脸上的不明所以也全都是真的，那短短几分钟的率性而为已经被其他同学录了下来，传到了网上，可这群倒霉孩子点开视频时全像是见了鬼："妈呀，我不记得自己有做过这种事啊！"

短短半天，事情就在网上发酵了。

有网友说："我怎么觉得这事似曾相识呢？"

很快有网友回答："豪朗怪事啊！"

半年前才出现过的豪朗怪事，简直就和这破事儿一模一样啊！一时间，当初博主们在豪朗门外打赏乞丐的怪异视频又被人扒了出来，两件事简直有着异曲同工之怪。而更怪的是，很快就有匿名网友曝出了重磅新闻："你们知道吗，我们班好多人都说，那天大家又在尹院长的调香室里闻到那种奇怪的味道了，就是那种会让人短暂性晕眩的香，方教授研究的那款香，就在院长调香室里！"

一时间，群情鼎沸了！

素末的手指在手机上飞快地移动着，看着网上的评论——

网友一："奇怪，方教授不是已经被学校开除了吗，江大怎么还会有那款香，而且还是在院长办公室里？"

网友二："楼上一定不是江大的人吧？我们江大的学生都知道，方教授是尹院长的老婆！"

网友三："不会吧不会吧？不会是夫妻联手一起研究什么邪恶的香水吧？"

网友四："楼上正解，我女朋友就在那所学校里念书，她们班都在传那款香水其实就是他们夫妻联手研发的。"

网友五："刚刚还听说了一个更有意思的事，有人来扒一扒吗：据说尹娉婷和尹素末都是尹泽的女儿。"

网友六："尹娉婷和尹素末是他女儿？不会吧？"

群情鼎沸。

素末无力地摊到了靠背上。

究竟怎么回事？她才出国多久，这小小的江海市竟已经天翻地覆！短短四天，讨论声从江大扩展到江海，现在甚至扩散到全国。就这么一件事，原本也称不上是什么大事，尹院长研制了什么香水和吃瓜群众有什么关系？不过就是诡异了一点，和"豪朗怪事"相似了一点，本来给网友们在茶余饭后当谈资当个一两天，就应该被更新鲜有趣的谈资取代了啊，可偏偏不知哪些好事的竟曝出了尹院长的关系链：夫人方宛，大女儿尹娉婷，二女儿尹素末……

尹娉婷，尹素末，这两个正当红的女子竟都是他女儿？这一回，尹院长想迅速从风口浪尖上下来，已经不可能了。

"你知道这件事吗？"她问江玄谦。

江玄谦已经收起了报纸，此时正闭着眼假寐："你在国外时我也在国外，你不知道的事，我能知道？"

她失望地垂下眼，脑中无数揣测翻滚而过：难道说，那款她至今也分解不出具体原料的香水，真的是尹泽和方宛一起研究的？可他为什么要这么做，既然方宛都已经因为这款香水被开除了，他为什么还要继续研究？

无数纷乱的念头闪过脑海，最终，素末还是拉了拉身旁男人的衣角："江玄谦，你有没有办法？"

"什么办法？"

"帮帮我爸爸。"

男人的眼睛睁开来，匪夷所思地用看外星人的眼神看着她："你在和我开玩笑吗？那家人这么对你，你现在还想让我帮他们？"

"可他是我爸啊。"

他冷嗤了一声："他把你当女儿了吗？"

是啊，十几年来不管不问，纵容方宛母女把她赶出家，就连在"爱丽莎"的决赛上也偏心得那样彻底——他把你当女儿了吗？

拉着他衣角的纤手默默收了回来，素末转过脸，看向了窗外。

"我不会帮他的，"江玄谦的声音在静寂中响起，"至于你，也不准去蹚这一摊浑水。我好不容易给你打造出来的好名声，不是让你拿来毁在那家人手上的。"

第十一章 认输

他神色冷硬，在她看不到的角度里，向来微笑的俊容上划过了一缕阴霾。

在电话里说第二天约"关竞风"见面，果然，第二天素末便出现在相约的地点——万花庄园后面的咖啡馆里，比江玄谦的专用包厢还要隐蔽的一个小包厢。

只不过这回传说中的"关竞风"并不仅关先生一人，还有亟须把真相向人坦白清楚的 Joe 和付冉。毕竟为了让自己的弥天大谎看起来更有说服力一些，Joe 可是打着关竞风的旗号做了不少事呢，虽说无伤大雅，但总归还是要向这倒霉的当事人说清楚的。

"关先生，所以从头到尾就是这么一回事，很抱歉借了您的名号，但我保证，我们所做的一切绝对不会伤害到您的个人形象。总而言之，还是需要跟您道个歉。"

关竞风了然一笑："我就说秘书怎么会突然跟我说有人给我订了张飞伦敦的机票，原来是你们。"他看上去并不怎么在意，反倒挺替素末欣慰，"恭喜你尹小姐，快要守得云开了。"

素末有些不好意思。四人在小小的包厢里煮着茶，Joe 和付冉坐一边，她和关竞风坐另一边，倒也算是相谈甚欢。付冉看着关竞风一表人才的模样，突然想到："你们说，待会儿江老板会不会真的闯进来，然后看到你们俩郎才女貌地坐一起，就开始失心疯了？"

Joe："有可能，我上回骗他说末末要去伦敦结婚时，他就已经有点儿失心疯了。"

付冉："哈哈哈，这一次我总算知道了，江老板犯起傻来还真挺像电视剧里的那些中二霸道总裁……"

Joe："可不是嘛！那时我都要怀疑我哥是不是被末末下了什么迷魂药了，有那么夸张吗？至于吗？不就是个又蠢又呆的姑娘吗？"

素末："……"

付冉没好气地捶了他一下："什么叫又蠢又呆？那叫萝卜青菜各有所爱！"

"是是是，你说得对。"贱 Joe 笑眯眯地往他家既不蠢也不呆的美人儿脸上啵了一口，"选对象，还真是萝卜青菜各有所爱。要我，我就特别受不了末末那种又蠢又呆,有事净往自己肚子里吞的。"

素末:"……"

"可我哥呢,他就喜欢末末那调调,觉得特萌特可爱,还特别喜欢有事没事就去逗一逗人家,把人家逗得气呼呼的了,他就高兴了。你说我能怎么办呢?有这种恶趣味的合伙人,我也是很绝望啊!"

还真是愈演愈烈浑然忘我了!平时关起门来糗她就算了,这会儿还有个关先生在呢!素末没好气道:"陆乔久,你这是把我当空气了吗?"

陆乔久这才勉为其难地打住,贱贱地冲着她一笑:"好吧空气小姐,你今天早上说有事找我帮忙,说吧,什么忙?"

其实昨天在那通电话里,机智如他一下子就明白了素末的意思:傻丫头当时一定是在跟他哥怄气吧?所以才故意当着江大神的面打这种肉麻兮兮的电话。

本来嘛,这种情况下他能做的就是邀请正牌关竞风出席,并在江大神醋意连天地闯进来时,卖力地在一旁煽风点火添油加醋——能酸死他最好,酸不死的话瞅个江氏臭脸也值当。可今儿一大早,素末发信息问他:下午早点儿聚行吗?我有事想请你帮忙。

"说吧,什么事?"

素末将手机递到他跟前:"就是这个,Joe,你能不能把它压下去?"

手机上显示的依旧是她昨天在车上查到的资料,满屏沸沸扬扬讨论的全是尹家那三口子的情况:尹娉婷抄袭,尹泽和方宛联手起来调制怪异香氛,接连在江海市制造了三起怪异事件。

奇怪的是,明明大家都知道素末也是尹院长的女儿了,批判的矛头却始终也没指到她身上。素末百思不得其解,昨夜思来想去怎么也睡不着之时,她突然又想到:江玄谦能帮她把所有的隐私全封锁起来,自然也能让她在这场混乱里全身而退,难道说,她之所以在群情愤慨下没受到任何攻击,全是他一手安排的吗?

既然如此——

"Joe,我想,你应该有办法帮助我爸……"

哪知她话都没说完,Joe就利落地摇头:"不行,绝对不行!这事儿帮不了。"

"为什么？"

"我哥不让。"他耸耸肩，一脸爱莫能助，"讲真的末末，这种事你会来找我，肯定是因为在我哥那儿碰了钉子吧？他不愿意让你插手的事，我能插手吗？我敢插手吗？小命不要啦？"

这家伙可真是……那条命不知有多硬呢！弥天大谎都敢撒，这点儿忙会不敢帮？

素末还想说些什么，可就在这时，包厢外突然传来了一阵惊呼声，高跟鞋气势汹汹踏着地板的声音越来越近。

下一秒，哗啦！包厢门被人从外头用力拉开了，女子愤怒地闯进来："关竞风！"

一时间，包厢里的四个人全都消了声。

那是一名高挑又美艳的女子，红着眼喊着关竞风的名字，风尘仆仆就像是从大老远飞奔而来。

其余三人皆莫名地将目光转到了关竞风身上，就见关竞风的表情微僵，向来严肃的脸上难得划过了一丝惊愕，不过很快，又严厉起来："你来做什么？"

"我来做什么？"美艳女子像是恨不得一口咬到他脸上，"关竞风，你说我来做什么？瞒着我结婚是吗？几年前瞒着我结一次，几年后又要瞒着我结一次！王八蛋！"

眼里充满哀怨愤怒，却同时，也充满了痛苦的爱意。多么多么地，像某些时刻的素末。

素末突然间不点自通，明白了这女子会突然出现在这里的原因。

包厢小门再一次被拉开时，美艳女子已经往关竞风脸上响亮地甩了一巴掌："我等了你十六年！十六年！"清脆的巴掌声在关先生严厉的脸上很不协调地炸开来，那一巴掌落下后，女子哭着离开了。

关竞风藏在桌下的双手慢慢握成了拳头，而素末抬起头，看到了出现在包厢门口的始作俑者。他就站在那里，如她几分钟前猜到的一样，带着抹嘲弄的微笑，站在那儿。英俊如斯，邪恶如斯。

那美艳女子怎么会出现在这里，现在还需要再怀疑吗？素末原本只是相信他不会对自己的"约会"无动于衷，可谁料得到，这人

江海不渡

竟然连关竞风的前女友也给请来了！而且看这形势，他请来的女子此时还与关竞风有着千丝万缕的关联，否则你看，她身旁这位永远严肃自制的关先生在女子跑出去之后，双手在桌下握了好几次拳头，像是在克制，可最终，再也无法克制了，朝在座各位匆匆扔了句"抱歉"，也冲了出去。

门口的男人如同早料中了这个结局，愉悦地微笑着。

"我说，这女人是怎么知道我们家末末要和关总结婚的？咱们的保密工作做得很好呀，哪个混蛋透露的？"Joe伸了个懒腰，故意咕哝着，"宝贝儿，我先走了，你好好安慰一下可怜的末末。"

付冉哪里不懂他的意思，回头很不悦地瞪了门口的男人一眼："真是个禽兽，自己不要，还看不得别人幸福了是吗？"

男人没回她，只眯着眼盯着坐在他对面的尹素末，盯着她平静得看不出什么感情的脸。

Joe拉着付冉出去了，很快，包厢里又恢复了平静。所有人都离开后，就剩下他和她两人，隔着一个包厢的距离，不说话，默默地对视着。

许久，还是素末先开口："这就是你想看到的吗？手段用尽地向我证明关先生是不值得的人，这就是你的目的？"

"他确实是不值得的人，他心中有别人，嫁给他，你不会快乐的。"

"那我该嫁给谁？你吗？"她轻笑了一下，看着他沉默地伫立在门口。

依旧是挺拔的身姿、优雅的面容，之前她被他这副用优雅堆砌起来的漫不经心蒙蔽了，以为他真的是漫不经心的。可是这一回，无论如何，她再也不会被他的优雅表象欺骗了。

"你是故意的，对吧？"她站起身，一步一步地朝门口走去。

江玄谦没明白她的意思："什么故意的？"

"故意把关先生的前女友引过来，就是想向我证明他另有所爱吧？"

江玄谦显然还没有嗅到危险的气味，声音还挺温和："傻孩子，相识一场，我怎能眼睁睁地看着你被坏男人骗？"

呵，又开始了，优雅的自欺欺人又开始重复。

第十一章 认输

"可我怎么觉得，比起因为他是坏男人，更重要的原因，是你根本就舍不得我去和别人结婚呢？"一步又一步，她缓缓来到他身边，就像在那夜万花庄园的月色里，在调香室外头，她一步一步地走到他身边。

当时那么绝望，对自己对他都充满了怀疑，可这一刻，她不会再被他的伪装欺骗了："因为舍不得我和别人结婚，所以你才会特意在伦敦等我吧？本来都已经打算要飞米兰谈公事了啊，可为了阻止我和别人在一起，你竟然放下公事，甚至让 Joe 想办法阻止关竟风去伦敦。"

江玄谦的脸上表情微动，就像是有什么秘密被当场拆穿："胡……"

"胡说吗？我到底有没有胡说，江玄谦，你比我更清楚。"素末盯着他的脸，固执地盯着他脸上每一分细微的表情，"为了证明关竟风心里有别人，你甚至连他的前女友都找来了，江玄谦，做这些事你费了不少劲吧？你下了那么大功夫，其实无非就是不想让我嫁给别人对不对？"

"不对，别乱想。"江玄谦拉下脸，很果断地否决了，转身就要走，可这回，素末是怎么也不会再让他走了。

素末一把拉住这人的手："别再逃避了江玄谦，这样一次又一次地欺骗我欺骗你自己，你觉得有意思吗？"

"别说了，放手！"

"不放！江玄谦，这一次，我是死也不会放手了。"

他明明那么关心她，她发烧了他比谁都着急，她被人欺负了他比谁都上心，她心中所执着的信仰，他倾尽了全力也要助她实现。行动上每助她一次，内心里他便要强行让自己离她远一点儿。她步步走近，他频频后退，做了那么多，然后又后退——凭什么？为什么？就为了十几年前那些根本就没有定论的谣言吗？

"江玄谦，你看着我，"她踮起脚尖伸出手，固执地扳过他的脸，他那么高，她需要好用力好用力才能够得着他的脸，"江玄谦，你敢不敢看着我的眼睛告诉我，告诉我你不喜欢我？"

他张了张口，想说什么，可话未出口，素末又道："不许骗人！"

"江玄谦，如果你现在说的话里有一丝丝掺假，"她幼稚地举起手，幼稚却决绝地做了一个发誓的手势，"只要你的话有一丝丝掺假，就让我现在一踏出咖啡厅就被车撞！"

"你……"

"撞死！"

"尹素末！"疯了吗这女人？

是，她疯了。她疯了一样地，眼睛眨也不肯眨一下地瞪着他，死死地瞪着："说啊，不许撒谎！我发过誓了，江玄谦，现在只要你说一句假话，就让我出门被车撞死！"

江玄谦："……"

"马上死！"

"靠！"熊熊烈火从他胸腔里愤怒地涌出来，"尹素末！"

门外的付冉睁大眼："我不是在做梦吧？"

门外的陆乔久也瞪大眼："你揍我一下——嘶，轻点轻点！"

不，不是在做梦，里面那头母老虎真的是平日里温暾的小末末，里面那个没风度爆粗口的男人，真的就是优雅绅士江玄谦。

可里头没有声音了，歇斯底里的怒吼出来后，两人都不再说话了。他带着满腔怒火瞪着她，有多久没有这么愤怒过了？他是真的怒了，熊熊燃烧的火焰几乎要迸出他胸腔，迸出他双眼。

许久许久，江玄谦一个字也不说。

许久许久，素末终于笑了一下，自嘲："都这样了，还是不肯说吗？"

好，很好。

软软地，她松开了他的手，无力地提起包："既然如此，那我就当你的意思是……不喜欢我吧。"

最后那几个字，伴着方才恶毒的誓言重重击入了他心口。他分明不是迷信的人啊，更不屑于去相信这种幼稚的把戏——真的，太幼稚太可笑了，成年人谁还会相信这么可笑的戏码？

可就在姑娘提起包，失望地走过他身旁时，江玄谦却下意识地伸出手，一把握住了她的细腕。

这一回，换成了他来握住她了，凝重的话语一字一字地从江玄谦口中传出:"尹素末,你这是以死相逼。"

明知他不可以,明知两人之间隔着理也理不清的万丈尘寰。

"可是,如果人活一世,却爱不到自己想爱的人,那和死了又有什么区别?"

他握着她细腕的手紧得发抖。这只手,那么细,细得仿佛他稍一用力就可以随时折断它。可没有人知道,原来某些时候,它也拥有着那么大的力量。

"江玄谦,我喜欢你,很久很久以前就喜欢你。不管我们的长辈之间发生过什么,我就是喜欢你。同样的话,江玄谦你敢说吗?"

你的这一生,有没有这样爱过一个人,爱到吻上他一次,耗尽半生的气力都愿意?

她有。

可是,他没有吗?难道真的没有吗?她好用力地看着他,看了许久许久,然后,挣了一下被他握住的手腕。可她一挣,他便越用力地握着。

"江玄谦,你放不放开我?"

怎么能放开?该怎么放?

"一旦放开我,我就默认为你不喜欢我,江玄谦,我马上就出去被车撞死……"

"够了。"江玄谦后槽牙咬得死紧,尽管誓言那么幼稚,可他见鬼的……竟然怕了。

那就这样吧,既然爱不到自己想爱的人和死了没区别,那么,就这样吧。

所有的旧事都去死,她和他活下来——他们都活下来,就好。

握着细腕的大手渐渐地放软了,放温柔了。然后,素末听到他突然间松下来的声音:"末末,我输了。"

你的这一生,有没有这样爱过一个人,爱到吻上他一次,耗尽半生的气力都愿意?

原来她有,他也有。

"末末,我认输了。"

简单粗暴,一"死"中的,原来最聪明的人落到蠢钝者手里,不过是因为最简单的以死相逼。

　　Joe 和付冉走出咖啡馆时,就像是在电影院看完了一场血脉偾张的大片,最刺激的剧情结束后,只觉得手脚发软。从咖啡馆里走出来,绕过万花庄园再走了一段,两人一句话也没有说,直到咖啡馆已经在身后变成了一个极小的点,Joe 才重重吐出了一口气,说:"小冉儿,我赌赢了。"

　　"是,你赌赢了。"付冉也吐出了一口气,笑了。

　　还记得那天在万花庄园里,当她第一次在他面前说出四个策划时,Joe 看起来那么震惊。震惊之中还有着道不明的苦恼,而她看上去那么生气——

　　"先是方宛被学校开除,再是尹娉婷被捧红又被曝出抄袭,现在又轮到尹院长出事,你们的四大策划就是素末一家四口吧?"

　　当时的付冉别提有多愤怒,尽管知道江老板就算处理了尹娉婷处理了尹泽也狠不下心来处理素末,可是:"明知道他要对付尹泽,你现在还把末末往江玄谦身上推?要真推成功了,你让她以后怎么办,夹在两边左右为难吗?"

　　"可如果现在不把她往我哥身上推,等将来我哥真处理完了尹泽,你又让我哥怎么办?小冉儿,你还真以为我哥离得开末末啊?我告诉你,说一句不好听的,你们家末末离了他还能找别人,可我哥要真离开她,就只能打一辈子光棍了。"

　　"那他完全可以先停了那什么见鬼的策划再来追我们末末啊!"

　　"可是小冉儿,你觉得筹划多年的策划,是现在说停就能停的吗?相信我,他那么对尹家完全是有原因的,他做得没错,十几年来我始终站在他那边。可这一次,我却不希望他把最后一步做绝了,知道吗,因为要真做到那一步,他和末末之间,就永远也没有可能了。我想赌,赌他的不忍,赌他能不能因为末末而不忍心走那最后一步。小冉儿,毕竟为了末末,他已经不忍了太多次,我只能赌,为了不让我哥终生孤独,我只能再赌这最后的一次。"

　　而最后的最后,他赌赢了,至少在这一场漫长战争的首赛里,他赌赢了第一次。

　　"你说接下来,你哥还会继续他的最后一个策划吗?"

第十一章 认输

两人都沉默了，直到陆乔久无奈地笑出了声："你忘了吗，他刚和末末说，他认输了。"

认输的意思是什么，这问题在那天之后，总时不时出现在素末的脑子里。但并不算苦恼，这不是个让人苦恼的问题。相反，用江玄谦的话来说，自那天后，素末总是动不动就陷入某种微妙的自娱自乐里。数不清有多少次，这丫头手头的事情做着做着，话说着说着，突然间就停了下来，像是想到了什么，微微地抿着嘴，笑了下。

"妈咪你不要再偷笑了，小青蛙都被你折坏了啦！"睿睿在今天第三次不满地嚷嚷。

素末的脸上红了一阵："对不起对不起。"一边脸红着，一边悄悄瞄了眼沙发上那正在看书的男人。还是那么副从容优雅的样子啊，也不知这家伙有没有发现她的窘态。

这两天，素末的脑子里总是无法自控地重复着那天下午的画面：她正要离开咖啡馆，这家伙突然握住她的手，然后，他说了她这辈子都不曾在他口中听到的服软的话……

"末末，我认输了。"

素末忍不住又笑了一下，今天第四次，忽略了一旁睿睿无奈的表情。

只是这回笑着笑着，素末突然又想起了一件很重要的事。

真的，她真是被那句"认输"冲昏头脑了，连这么重要的问题都还没有确定！

江玄谦坐在沙发上，手中一本《大学》已经被看得差不多了。素末帮睿睿叠完小青蛙后就蹭过去，有些扭捏地拉着他衣角："江玄谦，还有一件很重要的事。"

"嗯？"江玄谦将书翻到下一页。

目光压根儿就没落到她身上嘛，素末微微气恼。

江玄谦看她半天不说话，大体也知道了她在气什么，这才将书搁下，含着笑转过脸来："好了，什么事你说吧。"

素末这才严肃地开口："所以说，我们这样算是在一起了吗？"

这就是她的问题？江玄谦无语。

"江玄谦？"

他努力压抑住了胸中的叹息："当然。"

"真的？"小小的雀跃迅速在她眼中绽放开。

江玄谦无奈："没在一起的话，大小姐您给抱吗？给亲吗？"

这话说得可真是动听又讨巧，也不想想自己之前都做了些什么！

素末心里头突然又有了几万分的不甘心："说得好像以前没亲过一样。"

从前还没在一起时，这人不也是同一副德行？那贱 Joe 都不知嘲笑过她多少次了："你们那跟交往有什么区别啊？想摸就摸，想抱就抱，就差没想亲就亲了！"

她不甘心地皱了皱鼻子，算了，帮钟先生打下手去。只是人才刚进厨房呢，没多久，这人也跟了进来："你过来。"他拍拍她的肩膀，转身就往二楼走。

素末不明所以，还以为江玄谦要同自己说什么事，手上的活儿一搁，也跟着上去了。

书房就在二楼左拐的第一间，他推门而入，素末也跟着走进去："怎么了？"结果她脚跟才刚落地，他竟"咔"地落下锁。素末瞪大眼："你做什么？"

"做什么？"江玄谦长臂一伸，一整个地抱住她，"不是说以前也亲过了吗？"他低低地笑出声，"以前都怎么亲的？"

素末："……"

素末："！！！"

她的脸瞬间红透了。他把自己叫上来就是要……

是，她想的没错。男人好看的薄唇轻轻覆上她的眼："这么亲？"

"江……"

"还是这么亲？"那唇又移到她鼻尖，紧接着，往下，继续往下，"还是这么亲？"

素末的脸红透了，男人暧昧又凶猛地将她困在了他的怀抱与书房门之间，可书房门口，似乎有人正悄悄地趴到了木门上。素末连忙推开他："你儿子……"

江玄谦也听到了声音，懊恼地抽开身来，那表情真是一言难尽。

第十一章 认输

素末在心里偷偷笑了一下：老狐狸，看你还怎么继续！

可她没想到的是，这老狐狸竟直接朝门口扔出一道命令："钟先生，带着睿睿滚下去！"

命令完后他又重新俯下来，英俊的面孔罩下来："你以为完了？"那表情不知有多惬意，长指扳住她下巴，轻声诱哄："乖，张嘴。"

素末："……"

几分钟后，江禽兽神清气爽地打开门，身后跟着一脸红晕的末末。谁知那不省事的老头儿竟然还杵在房门口，素末真是崩溃了。刚刚被那混蛋吻晕了，完全没发现老头儿还没下去，这会儿素末只觉得浑身的血液全冲向了她脑门："老钟你……"

"很抱歉尹小姐，"钟先生努力控制着自己脸上的笑意，拿出最正常的声音，"老钟我不是故意要待在这儿的，只是有人实在是急着想和我们先生通电话哪。"

"你……"

"好了，"江玄谦摸了摸素末的脑袋，示意她别恼，回头看向老钟，"谁？"

"回先生，"钟先生将手机用消毒纸巾擦了擦，递上来，"是尹泽，尹院长。"

"我爸找你做什么？"

"过去聊聊天。"

"我能一起去吗？"

"不能，太晚了。"

"可是……"

"宝贝儿，你还得给睿睿讲故事呢，去，我很快就回来。"

一句"很快就回来"落下后，三个小时了，他的身影都还没出现在门口。素末不安地和睿睿坐在沙发上，不知为什么，自他接了尹泽的电话后，她的眼皮就开始跳个不停。

"小姐您先回房休息吧，这都几点了。尹院长肯定是想请我们先生去帮忙处理网上那些事，您这么不安做什么呢？"

"是，我也知道只能是这个原因，可是……"她叹了口气，心里总有种不踏实的感觉，可偏偏那种不踏实感无边无际，理都理不清。

江海大学的院长办公室里，江玄谦坐在长形办公桌的这头，尹泽坐在另一头，晚上十点钟，办公室的每一盏灯却都亮着，灯火辉煌地照着办公桌旁的两张脸。

自江玄谦坐下来后，两人已经沉默了十分钟，两个男人就这么面对面坐着，一个眉头紧锁，一个优雅微笑。在优雅微笑的江某人前面，一份全英文的文件正端端正正地摆着。他往文件上瞥了眼，再抬起眼睑时，还是那么微笑着。

尹院长终于先打破了沉默："半年前在豪朗的包厢里，方宛为了测试一款叫DEAR的香水，让人把包厢里的香氛换了，后来，就造成了传说中的豪朗怪事。"

他语气很平静，说出口的却是近来每一个江海市民都想知道的秘密。

江玄谦漫不经心地挑挑眉："是吗？"

"其实她当时的本意，是看看这款香是否真的能如她所希望的那样，让所有人都精神放松，一闻到香气就催生出愉悦感。可她没想到，为了阻止她继续研发这款香水，当晚我在包厢里对所有人进行了催眠，让他们到外面去做出离谱的散财行动，就是为了把事情闹大，大到足以让她害怕，进而中止香水的研发。因为我知道，这款香性质特殊，调香人在研发过程中一旦有一丁点不慎，就会陷入危险。而结果，我的催眠成功了，那件事被人传到网上，于是很顺利地让方宛中止了她的项目。"

江玄谦挑起眉，大半年来困扰了整个江海市的怪异事件，如今从头到尾由内而外地在他面前摊开来，可他无一丝愕意，只那好看的眉梢微扬，皮笑肉不笑："那就恭喜尹院长了，要手段成功。"

尹泽没有理他的讽刺，只眼中添入了缕阴霾："可让我震惊的是，方宛中止了研发之后，DEAR竟然还继续在市面上出现。第一次依旧是在豪朗，我们还什么都不知道的时候，整个江海市就已经沸沸扬扬地传着方宛在研究怪香的消息。那一次，她名誉扫地，学校也直接开除了她！可我没想到，那次之后竟然还有第二次、第三次……

第十一章 认输

江大一次又一次出现 DEAR，而每一次出现，都是在江先生现身的前后！"

"那可真不巧。"江玄谦微微一笑，漫不经心的样子。

尹泽布着阴霾的眼睛里迸出了一缕凶意："不巧吗？江先生，我看巧得很！"

"哦？"

"我当时还觉得奇怪，为什么无冤无仇的一个华裔会跑来江海陷害我们这一家，直到我查出了这个——"

桌上的文件被他一把抓起来，重重地甩到江玄谦身上："大名鼎鼎的江玄谦江策划，竟然就是江振华的儿子！"

"江玄谦，你到底想做什么？"

眼前的年轻人依旧优雅地微笑着，尽管被扔了一纸文件，他也不恼，只是不急不缓地将文件拿起来，像在欣赏什么名家画作，一个字一个字地欣赏：江玄谦，父亲江振华……

身旁尹泽的声音已经渐渐激动了起来："你这样一步步陷害我们，设计方宛名誉扫地，设计娉婷抄袭，现在还想设计我？那香水我半年前就已经制止方宛研发了……"

"可尹院长阻止方教授研发的原因是什么呢？"年轻人轻嗤了一声，"尹院长，您怎么不说制止方宛继续研发，是因为您知道这款香水一旦研发成功，那就是名也有了，利也有了，就连权也全掌握在手上了，所以，您想自己独占研发权？"

"你胡说！"

"我胡说？那十一年前指使方宛那蠢货去当我爸的助手，并在我爸过世后千方百计地让她去窃取我爸的实验记录，尹院长又居心何在？"

"你说什么？"

他微微一笑，优雅自若的模样，看着对面的长辈一时间煞白了脸。

十一年前调香界最大的损失同时也是最大的笑料——天才调香师江振华和苏微然双双坠楼，而在他们过世后，注资支持他们进行香水研发的企业家们怎么也找不到 DEAR 的研发记录——是的，就是DEAR，不要天真地以为是同名哦，此DEAR就是彼DEAR，就是在方宛在尹泽手上调制了无数次，又失败了无数次的那款神秘的香！它在豪朗出现过，它在江大的实验室里出现过，可它原本应该躺在江振华的调香室里，却自江振华过世后，和无数的实验记录、江振华毕生的心血一起，自这世界上神奇地消失！

"尹院长，您该不会天真地以为，我不知道那些实验记录就是你和方宛窃取的吧？"

尹泽"咚"的一声，跌坐回椅子上。眼前的年轻人还是那样优雅地微笑着，可那道笑，看清楚了，尹院长却心惊地发现，原来那里头盛满了瘆人的冷意。他的掌心开始冒汗，可嘴上仍强行坚持着："我、我们不是窃取，我们只是保护——对，保护！那么珍贵的一款香，一旦研发出来可以造福多少抑郁症患者？我们只不过是为了不让江教授的心血流失……"

"为了不让我爸的心血流失，所以你让方宛把所有实验记录偷走，甚至为了拿到我妈手中的半成品，让方宛到我妈那里添油加醋地丑化我爸和苏微然的关系？"

尹泽面红耳赤："胡说！谁说方宛丑化他们了？你爸和苏微然本来就有不正当关系！她在你妈妈面前所说的全都是事实！"

"事实是什么？是他们越界了吗？像你们杜撰的那样做出苟且之事，甚至殉情吗？啊？"江玄谦忽地站起身，滚轮座椅在强劲的力道下被推到了后面，"砰"地在墙壁上发出声响，"是，我爸是喜欢上苏微然了，苏微然也喜欢上了我爸，可他们做了什么？他们在一起了吗？所有不堪的传闻全是那姓方的捏造出来的！"他俯下身来，撑着办公桌的两只强劲有力的手臂上，因为愤怒还是因为别的什么，青筋一根根地暴起。

"不可能！方宛不可能捏造那些事！他们俩暧昧的证据都在我手上！每一次的约会记录……"

"谁给你的？方宛？"江玄谦冷冷地笑了一下，"一个做梦都想拆散你们夫妻的女人，她的证据你相信？"

尹泽怔住了："你说什么？你的意思是……"一张又青又白的老脸上突然间呈现出呆滞的表情，可很快，尹泽又否认，"不！不可能

第十一章 认输

的！方宛不可能骗我！"

"蠢货，她骗你的可多了！"就像是高高在上的死神在宣判愚蠢人类的罪行，他慢慢地，优雅地，靠近这个愚蠢人类，俯下了身子，"知道吗，那姓方的除了欺负我们家末末让我很不悦之外，还有一些事，一些非常重要的事，让我从回国的第一天起就决定要报复她。尹院长，您知道是什么吗？"

愚蠢的人类开始哆嗦，寒芒在背部一根根刺起。

江玄谦轻声说："因为我知道，当年对外把我爸和末末她妈妈的关系夸张化的，就是那姓方的女人！"

他很瘆人地笑了一下，话里的寒意让尹泽背部的寒芒更重了："尹院长，你那位夫人可真是了不起啊，为了带着DEAR的秘方嫁给你，先是破坏我爸的名声，再是想尽办法窃取DEAR的配方，甚至不顾我妈还患有重度抑郁症，为了从她手中骗走香水半成品，添油加醋地刺激她，你知道我妈在那女人的刺激下最后怎么样了吗？"

他直起身，在明亮的白炽灯下，冷冷看着瑟缩在办公桌另一端的罪人。陈旧时光永不复返，可往事一帧帧，一件件，一幕幕，呈现在他眼前。二十八岁的俊挺男人永远不会忘记十一年前那名少年，穿着整洁的白衬衫，从贵族中学出来时，被老管家领着前往某栋高楼后面的垃圾堆里。那里躺着他已经不成样子的母亲的尸体，在肮脏的垃圾丛中，她身上爬满了恶心的老鼠和蟑螂，她慢慢地破烂、慢慢地变小、慢慢地和这个世界永远地告别。

"她死了，学着我爸跳楼了！"

凶狠的杀意全数迸出，全数射到对面那个男人的身上。就像十七岁那年，看着母亲消失的少年浑身都是嗜血的戾气。十一年后，面对着尹泽面对着方宛，他浑身依旧是嗜血的戾气。

尹泽惊得浑身都在发抖："我不知道！我完全不知道！我不知道她有抑郁症，我更不知道后来发生了那些事……"

"可方宛知道！你们用卑鄙手段偷回去骗回去的那瓶香水知道！"

无穷无尽的冷意漫过他四肢，江玄谦眼眶发红，眉间戾色毕现。

"那你现在、现在……"

"我现在,要方宛进去。她曾经做过什么,就让她到监狱里一件件说清楚。这个社会给她戴了什么高帽子,就让她一顶顶给我脱下来——实验中心主任就是我让她脱下的第一顶高帽子,接下来还会有第二顶、第三顶、第四顶!"

尹泽"咚"的一声,这回,直接从办公椅上跌下去了。

江玄谦一步步走到他面前:"至于你,"优雅的嗜血笑容再一次浮上了他的脸,"我本来打算把你也弄进去陪她的,但现在我放手了,尹泽,我可以给你一条生路。"

"你……"

"只要你对外坦白出你所做的错事,把方宛交给警方,我,会停手。"

"为、为什么?"

"因为,末末她还在意你。"

窗外突然有人呜咽了一声,可很快,那人就被捂着嘴巴拖到远处去了。

"真是够了,我都还没哭,你一个大男人哭什么?"

"我……我忍不住嘛!"永远可爱又萌贱的陆乔久这回再也忍不住红了眼眶,"我哥真伟大!"

真的,太伟大了,你听他刚刚说的——"末末她还在意你",那一刻,他终于再也控制不住眼底的澎湃。

十一年的策划,就因为末末还在意尹泽,所以江玄谦撒手了,从那天在咖啡厅里认了输服了软后,他便打算一个人吞下所有的往事。

付冉轻叹了口气:"是啊,你赌赢了。可是 Joe,这就是江老板真正的秘密吗?就是因为这个,他觉得他妈妈去世是尹泽间接造成的,所以之前始终没办法接受末末吗?"

Joe 点头:"可他现在,是打算一个人把往事全吞了。"

付冉轻轻叹了一口气,突然觉得从前一次次喊那家伙"渣男"的自己,真是见鬼的蠢毙了。

明亮的办公室里,江玄谦在离开前最后再看了眼那个呆住了的

第十一章　认输

男人，自从他把最后一件事情说出来后，男人就一直是这样的状态。

三分钟之前，在离开办公室之前，江玄谦留下了一段话：

"曾经有件事让我觉得挺疑惑，为什么尹院长自从方宛母女登堂入室后，就基本不再拿正眼看我们末末一下了？直到前阵子，我的合伙人告诉我他发现了一件有趣的事。尹院长，据说当年方宛拿着您和两个女儿的头发去做了 DNA 比对，结果资料上显示的是，您只有一个亲生女儿，是吧？可真是奇怪，做完 DNA 之后，您不是更应该珍惜末末这唯一的女儿吗？"

"你说什么？"尹泽的脸上呈现出某种茫然，好像听到了什么费解的话。

"我说，我们末末那倒霉孩子，亲生的竟比不上一个野生的。那尹娉婷，是方教授为了更顺利地接近你，特意到孤儿院领养的呢。可惜啊，尹院长当年为了追求天才调香师苏微然，把传说中已经有孕在身的女朋友蹬了，几年后前女友归来，给您带了这么大一个惊喜，万万没想到吧？"

"你是说、你是说……娉婷不是我的孩子？"

可十年前在医院大门口，方宛分明还有口难言般地暗示他："那个，DNA 结果出来了，看来末末那孩子跟你真是没有缘分哪。"两份证明，一份显示父女关系，一份显示非父女关系，到头来，竟是弄错了。

尹院长还维持着他震惊的神情，江玄谦已经开了门，走出去。走下楼时，清冽的冷风迎面扑来，他恢复了理智。

Joe 和付冉还留在车里等着他，回家的路上，一路沉默。这两人有没有偷偷跟上去听一听他和尹泽的对话？无所谓了。

只是在 Joe 将车子停到万花庄园门外时，江玄谦欲下车，付冉突然叫住了他："江老板？"

"嗯？"

"谢谢你。"她很郑重地说，"谢谢你对末末这么好。"

"应该的，"江玄谦推开门，口气里有点儿不满，"不过，末末是我的，你谢什么？"

付冉："……"

回到家时，素末已经睡着了，却是睡在大厅的沙发上，好不安稳的样子。

江玄谦走过去，一抱起她，女子便迷迷糊糊地睁开眼："你回来了？"

"嗯，怎么不到楼上睡？"

"我想等你啊。"她揉了揉眼睛，感受着男人将自己一整个地抱到怀中，她满足地在他胸口蹭了蹭，"我爸没事吧？"

江玄谦垂眼，片刻之后答："嗯，应该还好。"

"那就好。"素末安心了，舒舒服服地伸出双手，揽住他脖子，"好困哪，困得不想走路了。"

他低笑了一声："然后呢？"

"然后，你抱我上楼。"

"小东西。"唇角不由得勾起一抹怜惜的弧度，他伸手在她脸上刮了一下。娇滴滴软绵绵的小东西在他怀中蹭了蹭，安心地睡着了。

第二天，素末是在江某人床上醒来的，而那将她抱回房的男人一大早就不见了。她疑惑地走出房，就看到老钟暧昧的笑脸："尹小姐昨晚睡得还好吗？"

瞧这什么表情啊？她昨晚几乎是一沾床就睡着了，困得连那床是谁的都不知道，所作所为根本就和老钟眼底的暧昧不相符好吗？

可她又没好意思那么直白地否认，只好问："先生呢？"

"在书房，说是让小姐赶紧把早餐吃了，去书房陪他看书呢。"钟老头儿一边擦着花瓶一边催着她，"快去快去，早餐都给你热着呢。"

江玄谦果然在书房里，素末吃完早餐走进去，就看到他坐在书桌后面，这回倒是没看书了，在他面前摆着的，是一张发了黄的纸。素末走过去："在看什么？"

他闲适地往椅背上一靠："吃完饭了？看你多能睡，都快十一点了。"

素末被他侃得有点儿不好意思："谁让你昨晚那么迟才回来？"

"谁让你要等门？"

第十一章　认输

这话说完，她不好意思了，他却笑了。等门？挺好的一个词是不是？在隆冬黑暗的深夜里，有人固执地等着，只为了替他亮起一盏昏黄的灯。

江玄谦揉了揉素末的脑袋，见她好奇地看着桌上那张纸："这什么？怎么还写了我们四个人的名字？"

"刚刚在一本书里发现的，可能是很久以前写下来的吧，我都忘了。"他拿起那张纸，随意揉成了一团，扔进桌下的垃圾桶里，"去，挑本书过来看。"

书好多，装满了一墙的书架。记得第一次进入这间书房时，她惊叹着这人怎么会有那么多书，钟先生还抱怨过呢："你是不知道啊，我们家先生每回搬家都得带上这几千本书，光是洗书架就要了我的老命！"

那时她说的是什么呢？她说："那下回我帮你吧。"

"那小姐可得在我们家待久一点儿呢。"

谁会料得到呢，当初不过是开玩笑的一句话，后来竟一语成真。

她在那一墙书架前逛啊逛，从十三经逛到二十四史，从四大名著逛到唐诗宋词，吃不准他今天想看哪本书。随手抽了一本出来，竟不是十三经也不是二十四史，而是这一墙中华古书里难得的一本外国传记，《勃拉姆斯》。

《勃拉姆斯》吗？一大早的，放一首勃拉姆斯的乐曲，再听这人给她讲一讲作曲家的故事，似乎也是不错的选择。

素末朝身后人扬了扬手中的书："江玄谦，你喜欢《勃拉姆斯》吗？"

身后的男人低低回了声什么，她背对着他，没有听清楚，于是又问了一次："怎么样？你喜欢《勃拉姆斯》吗？"

"我喜欢你。"低低的，沉沉的，生硬的中文。

瞬时间，素末手一顿，被这突来的告白冲击到了。背对着他的纤细身影就维持着将一本传记拿起来的姿势，那传记定在了空气中，她也定在了空气中，一时间竟吃不准是该先偷偷笑一阵，还是直接把书拿过去。

直到江玄谦的声音响起："末末，过来。"

男人还是坐在书桌后面的那张皮质靠背椅上，挺拔的身躯，优雅的气质。待素末有些不好意思地走近之后，他手一伸，将她拉坐到自己怀里。

她真小，原本就细细小小的，窝到他怀中，便越发袖珍了。江玄谦给她转了个方向，让她面对着自己："那天你不是很坚持要问我到底喜不喜欢你吗？你想想，如果不喜欢，之前给你投资、帮你铺路、免费给你做策划，我图什么？"

"你、你是策划师……"

他挑眉，像是听到了什么蠢得清新脱俗的傻话："你的策划师？就你这资质——没有个性、不会炒作、不懂沟通、不会宣传，连付冉都比你强。"他"哧"了一声，又想起来，"更何况我投资付冉还是看在 Joe 的面子上，全世界那么多调香师，我偏投资你，你以为我做什么？做慈善？"

"你、你这么聪明，找个笨一点儿的比较有挑战性啊……"

"所以总的来说，我不是吃太饱就是钱太多，要不就是有毛病？"

她"噗"的一声，忍不住笑开了。

"小东西，"他叹气，"听好了，头别低下去，抬起来，"一只手抬起她下巴，"你听好了，我喜欢你。"

窝在他怀中的女子再也无法控制自己的表情，偷偷笑了下，然后，再笑一下，那笑容越来越大，最终满眼满脸全是掩不住的甜蜜。

"听懂了吗？"

"嗯……"她轻轻应了一声，想了想，"江玄谦，我也喜欢你。"

"知道了。"

早就知道了，好早好早以前，他就知道了。

江玄谦轻轻拍了拍她后颈："去，把那本《勃拉姆斯》拿过来。想听作曲家的故事是吗？正好，那本书是全英文的，我给你翻译。"

尹素末发誓，这辈子她绝对再也找不出比这家伙更不会讲故事的人了！一本《勃拉姆斯》被他讲得缠绵又暧昧，讲几句他就得停一下，要么摸摸她的头，要么给她亲一下，素末最后实在是听不下去了："欸，其实你有没有想过，我们可以去把当年那些事查一下的？"

"哪些事？"

"就你爸爸和我妈那些谣言啊，"那时两人已经从办公椅移到了书架旁边的沙发上，素末还是黏在他身上，一只手轻轻划着他好看的指节，"江玄谦，我知道你心里还是会介意的，可是我相信我妈妈的人品，江玄谦，我们去证实一下好不好？"

"怎么证实？"

"找他们当时的同事吧，或者找他们的助手。"

呵，他们的助手？就那个把两人的暧昧添油加醋渲染成一则下三烂故事的方助手？

江玄谦想说不用了，可看到素末眼睛睁得大大的，满脸期待地看着自己，他还是叹了口气："我让 Joe 帮忙找找，看能不能找出什么线索。"

虽然他知道，永远永远，也不会有什么线索了。可素末真的相信了，许久之后，他还是有一搭没一搭地给他讲着勃拉姆斯的生平，这满脑子都是坚定希望的女子突然拉了拉他衣角，说的还是刚刚的线索："你说，如果线索证明了你爸爸和我妈妈当年真的什么都没有，你打算怎么做？"

门外似有窸窸窣窣的声音响起，那是衣服在木门上擦出的声响。素末原本的意思是，如果江爸和尹妈妈如她所料的清白，这家伙一定得做个大大的策划，替这两位调香界的前辈洗白。

可哪知这人竟冲着门口昐吶一句："老钟，带着睿睿滚到楼下去。"

再回过头来，他的俊脸上绽出暧昧的笑意："我能怎么打算？除了痛痛快快地吃了你，还能怎么打算？"

"江玄谦！"素末的脸瞬间红透了，谁在说这个呀，"我是说，你可以替他们俩申冤的……"

可这家伙，她话还没说完呢，竟言出必行地往她脸上亲了两下。

"江玄谦！"素末拼命躲着他逗弄的唇，好不容易等这家伙停下来了，她已经忘了刚刚要说什么了，想了半天，"那万一，我是说万一，万一查出来后，他们真的有什么呢？江玄谦，那我们怎么办？"

江海不渡

　　真是个伤脑筋的问题啊,可万能的江策划也没多想:"还能怎么办?再想其他办法,吃了你呗。"

　　"姓江的!"

　　"怎么样姓尹的,给吃吗?"

　　真是没办法好好聊天了!

　　素末气恼地推开他:"我去帮钟先生打下手。"

　　而那家伙呢?还是坐在那儿,看着女子一脸羞窘地开了门下楼,唇角漾起轻松的笑意。

　　突然间,他想起了之前的某一个午后,睿睿在画本上勾勒出年轻女子的面容:"这样对不对?末末妈咪的眼睛下面有一颗很小的痣,我画出来了!"

　　再后来,他又画了爹地,画了钟爷爷,再再后来,小家伙把自己也画了进去,然后在画的最上方,写了个歪歪斜斜的"家"。

　　吾心安处是故乡,而故乡,就是家吧?

　　他笑了一下,突然间觉得,心口缺了十几年的那一块,似乎圆满了。

第十二章

此岸

江海不渡

一个星期后，原本愈演愈烈的"尹院长事件"突然来了个急转弯，被更大的事情抢去了风头。今年秋天才刚被江大开除的实验中心主任方宛，突然被人揭发出十一年前给华人调香师江振华当助手时，趁着江振华出事、调香室大乱时，窃取了他当时的研究成果。

据悉，那研究成果原是一款名叫 DEAR 的香水，是江振华与苏微然联手调制的作品，致力于"让抑郁症患者使用后也能觉得快乐"。其最初的研发原因，就是江振华的太太患有严重的抑郁症。可香水研制到一半，因某些原料的特殊性，江振华与苏微然在药物的作用下双双坠楼了——当然，至于其中还有没有什么隐情，比如被人陷害或者被人催眠等更匪夷所思的内幕，已经不得而知了。

而将他人的成果窃取回国后，方宛与丈夫联手，希望能就着偷来的方案将 DEAR 研究出来。可结果，因为功力不深，屡战屡败，最后甚至引发了许多人在未成功的 DEAR 的作用下，短暂性地失去知觉等事件，严重扰乱了社会治安。

事情一揭发，方宛便被警方扣押了。据悉，她的丈夫尹泽还在此过程中为警方提供了重要的证据。而尹泽在事发之后，主动辞去了院长一职，在舆论压力下，交代了 DEAR 的来龙去脉，至此轰轰烈烈的"江大丢书案"总算告一段落。

那天末末又把自己关在调香室里了，一关就是一整天。江玄谦闲来无事，坐在大厅的沙发上看书。隆冬午后，日光越发珍贵，懒懒地从窗外的后花园里洒进来，带来了腊月梅花香与淡淡的温暖。尹泽打来电话时，他手上的一本《资治通鉴外纪》已被翻到了尾声，尹泽的声音像是一夕之间苍老了十几岁："江先生，我已经照着你的要求做了。"

"嗯，看到了。"

"希望你能遵守你的诺言。"

第十二章 此岸

"嗯。"

对方还犹豫着不肯挂电话,他又翻了一页书:"还有事吗?"

那头沉默了很久,很久很久,才说:"江先生,末末是个好孩子。"

这下他终于合上了书本,目光透过落地玻璃,看向后花园的那方小小调香室。小姑娘就在那里面埋头工作着,他可以想象得到此时埋首在一堆瓶瓶罐罐中的她该有多认真。江玄谦定定看着那间调香室,片刻之后,才说:"我知道,她是个好孩子。尹教授,这一点我比你更早就知道。"

电话那头终于传来了羞愧的哽咽声,在这句讽刺的话语落下后,那个为人父亲的男人,终于,在时光毫不留情地飞逝了十几年后,睁开眼睛看清楚了这十几年来的自己。他没有挂电话,尽管知道另一头的年轻人应该很忙,没心思搭理他这个大势已去的老头子,尹泽还是没有挂电话:"江先生,可否听我讲一讲末末的童年?"

断断续续的陈述从他口中流出,这个曾经拒绝参与女儿童年的男人,在很久之后,想起了年轻时的自己以及年幼时的孩子:

"她九岁那年,一个人在妈妈的灵堂里跪了七天。江先生你知道吗,我冷落她,带着对前妻的恨意刻意冷落她。那时她问我是不是不要她和妈妈了,我用最恶毒的口气和她说,她已经没有妈妈了,更不会有爸爸……

"她十岁那年,方宛母女来到家中,从那以后,我们父女的关系更疏远了。好几次我分明看到了她躲在角落里,羡慕地看着娉婷坐在我腿上。一个十岁的小姑娘,总是一个人躲在房间里偷偷地哭,那时我以为这孩子不是我的,但碍于面子又不想把她送出去,我痛恨前妻,所以更刻意地给那孩子难堪……

"方宛总是在背地里找她麻烦,我不是不知道。可她没有地方说,连告状的人都没有,她默默地吞下了所有委屈,一吞就是十几年,从九岁到十八岁,她一直是一个人……"

江玄谦举着电话的手渐渐地发白,渐渐地,他的眼前浮现出陈旧年岁里那一道小小的身影,那是他从未知晓过的尹素末,荏弱的孩子,一个人站在和睦的三口之家的外头,看着别人的家,看着别人的爸爸……

289

江海不渡

"江先生,从小到大,她都是个孤独的孩子。她的世界很小很小,一直到现在,都很小,可以说除了调香之外,就只剩下你了。她可以为了一款香水在尾调上毫厘的差距而通宵达旦干一星期,所以江先生,你的一点点儿介意,对她来说,都是天大的事。"

所以她那么固执地希望能解开江振华和苏微然的关系,那么希望有一天能光明正大地告诉他:"江玄谦,我们可以没有一丝丝芥蒂地在一起啦!"那么那么希望他能够由衷地、开怀地、没有负担地接纳她,一生一世。

电话那端哽咽的声音持续了很久,最后消失时,冬天的太阳已经快要落山了。调香室的木门被打开,他熟悉的那道身影疲惫地走出来,穿过后花园。只是来到大厅时,她见着他,他更熟悉的娇憨笑容又扬起:"还在看书吗?"

"刚看完,"他拍拍身边的座位,"坐过来,有个好消息想告诉你。"

"什么好消息?"

他微笑地看着女子晶晶然亮起的眼,为着这双眼,为着她眼底的欢喜,几乎只用了一秒钟,江玄谦便做出了人生里另一个重要的决定:"你之前不是让我找一找当年的线索吗?前几天我找到了。"

"真的?"

他摊开一只手靠在沙发上,等着小东西黏上来,软软地挨向自己。果然,素末所做的和他想的一模一样。江玄谦收拢长臂,将姑娘更紧地揽到了怀中:"Joe 的妈妈是我妈生前的心理医生,和我们家所有人都很熟,她可以作证,证明我爸爸和你妈妈没有任何暧昧关系。你妈妈一直很爱你和你爸爸。当然,我爸爸也一直很爱我妈。"

"真的吗?"惊喜来得太突然,素末一时间还不敢相信自己的好运,"Joe 的妈妈是伯母的心理医生?天哪,竟然是 Joe 的妈妈?"

突然间她想起了半年前的那个失眠夜,自己还想着要溜进这家伙的书房去找江妈妈的病历呢。当时她就是想着,既然江妈妈抑郁症严重,长年在看心理医生,这家伙会不会在她过世后去找心理医生要回江妈妈的病历呢?虽说心理医生都会为病人的隐私着想,可也听说有些医生在家人调查病人的死亡原因时,是会提供病历的。

第十二章 此岸

她那么想着,当晚就溜进了这家伙的书房。结果后来他告诉她,自己所有愚蠢的行为全被录进了他的监控器里。

素末忍不住笑了,忆往昔,峥嵘岁月稠。那时的自己还在苦恼着他对自己究竟是什么感情呢,还好后来一切都明朗了。

江玄谦伸手揉了揉她软绵绵的头发:"又在想什么了?你这动不动就发呆的毛病可真不好。"

素末没好气地捶了他一下:"你刚刚也发呆了,别以为我没有看到。你呢?又在想什么?"

"有吗?我什么也没想。"

可事实上,他想了,想起十几年前那个雾雨蒙蒙的伦敦夜,十七岁少年面对着心中已经有了其他爱人的父亲——那个他曾经最尊重、最崇拜的父亲,他用无奈的口气同他说:"阿谦,你不懂得成年人的世界。我爱你的母亲,很爱很爱,为了她的病,我把一生都奉献给了调香室。可是阿谦,我同样爱另一个女人。我欣赏她、敬佩她。可我们是清白的,不是外人所传的那种不堪的关系,我们只是精神上的伴侣。"

其实精神上的出轨怎么就不算出轨?少年的眼睛里有最纯粹的怒火:"我不知道你们这些成年人在想什么,我只知道如果有一天我喜欢一个人,我就会为她负责,为她的一辈子负责。少一分钟,少一秒钟,都不叫一辈子!"

那时的怀恨在心,那时的信誓旦旦,那时的他怎么也没想到,将来有一天,他真的喜欢上了一个女孩儿,他想着要为她负责,为她的一辈子负责。少一分,少一秒,都不是一辈子。

"末末,依附我,把自己交给我。"

素末有些奇怪:"怎么突然说这个?"

他笑了下,温柔地亲吻她脸颊:"情到深处,脱口而出。"

"肉麻!"

"你不喜欢我肉麻?"

她被他逗红了脸,一只手划着男人大手上的骨节,轻声说:"喜欢。"

原来偌大江海市,从东到西,从北往南,有一天,他也能为了

江海不渡

所爱的女子，从彼岸渡到了此岸。

两人始终有意无意地躲避着彼此的时候，他曾经看到她发过一条微博：Love is？（爱是什么？）

后来这句话被江海最大的博物馆转发，并附言：爱是寂寞，爱是死，爱是地狱沉浮永无止息。

再后来，她又转回来，在"永无止息"的旁边，添了一句：你和我之间，隔着万丈尘寰。江海不渡，覆水难收。

"江海不渡，覆水难收。"——原来曾经那么绝望，以为这段从一开始就注定好了的关系无人可渡，没有转机。她那么以为，曾经的他，其实也那么以为。

可后来，是什么触动了他心底最柔软的那一根弦？是 Joe 捏造出来的那场子虚乌有的婚礼吗？还是她无数次转身时的绝望表情？抑或，是自己一次又一次的挣扎与渴望？

他不知道，现在想一想，其实，也已经没有必要知道了。

万丈尘寰，江海不渡。可是末末，没有关系的，尘寰之中纵有缘于骨血的最复杂无奈的纠葛，命运不可渡，天地不可渡，江海不可渡。可是末末，江海不渡你，我渡。

"江玄谦，你喜欢勃拉姆斯吗？"
"我喜欢你。"

——正文完——

番外一

致友谊

江海不渡

关于两人的婚事，素末与江玄谦有不同的看法。对素末来说，毕业之后再结婚自然是再好不过的，可江某人等不及，他的说辞是这样的："根据《中华人民共和国婚姻法》规定，男不得早于二十二周岁，女不得早于二十周岁。由此可见，国家和法律都十分欢迎女士们在二十周岁就结婚，尹素末，你自己说你几岁了？二十几岁了还没想着要结婚，这不是拖国家后腿吗？"

最后两人折中，决定不办仪式，先领证——于是甫升上大四，当周遭的同学都忙着毕业大清考和找实习单位时，素末已经默默成了人妻——当然，人夫姓江名玄谦。

虽说不办仪式，但两人还是很慎重地挑了个黄道吉日去领证。

那一晚，钟先生为了庆祝这一桩大美事，特意备了桌好酒好菜，把 Joe 和付冉也给请过来了。酒足饭饱后两个男人坐在阳台上，从最近的策划案件谈到汇率的变化，最后不知谈到什么时，Joe 突然说："其实有件事我一直想问你。"

"什么？"江玄谦啜了口酒。

"在你和末末差点分道扬镳的那一阵，我伙同着钟先生设计你，这事儿其实你多多少少还是察觉到了吧？"

江玄谦漫不经心的神色微敛。结果这一敛就让 Joe 抓到了把柄，他贱贱地笑开来："果然！"

突然间便想起了那一段时光，在末末心灰意冷，而他这位自以为英明神勇的哥们也正抱着旧事钻着牛角尖时，Joe 同钟先生说："要不，咱来个破釜沉舟吧？"

"破釜沉舟？怎么个破釜沉舟法？"

"让我哥误以为，末末去伦敦是为了嫁给别的男人。"

"什么？"钟先生惊了。凭着江大老板的英明，平日里的小谎言他只需一个眼神就能识破，可现在撒这么个弥天大谎，饶是你陆先生再英明,他也不可能完全没感觉啊!"

可始作俑者淡定得很:"末末信了我们的话,一气之下把东西全搬出万花庄园。就这么个事,你以为我哥真能瞧不出其中有怪吗?"

钟先生一拍额头:"我就说!先生那么精明,怎么可能完全瞧不出?而且说句实在的,就尹小姐那固执性子,别说先生了,就连老钟我都不相信她会突然和关先生在一起呢。这计划实施下来,先生就不会怀疑吗?"

"会怀疑啊。"

"那……"

"可他只能忽略掉自己的怀疑,毕竟我哥现在缺什么?缺的,就是一个可以说服自己的理由嘛。"

"什么理由?"

"去找末末的理由。"

"啊!"一瞬之间,钟先生如醍醐灌顶。

于是,计划开始了,所有人的行动开始了。

而许久之后的这一晚,当 Joe 问出"其实这事你不可能完全没察觉吧"之时,江老板的沉默,恰好就验证了 Joe 的揣测。

Joe 拿酒杯碰了下江玄谦的,向来萌贱萌贱的他难得能挤出一句古语:"问世间,情为何物?"

江玄谦:"……"

"你还别说,当我妈咪知道你为了不让末末有负担,请她编故事来撇清你爸和苏教授的关系时,你知道妈咪说了什么吗?"

江玄谦知道,那时候的 Dr.Smith 很欣慰地说:"Caesar,你长大了。很庆幸,是爱让你成长。"

是,很庆幸,是爱让你成长。

十年前那个阴郁的充满了报复欲的少年,因为爱,在十年后选择了一个人承担起所有的往事。也因为爱,更往后时,他选择了永远地尘封那一段往事。甚至,篡改历史。

"末末后来知道了你爱她。可我想,她永远也不会知道,原来你这么爱她。"Joe 一口干光杯中酒,剔透的玻璃杯在月光下闪过华美的光泽,他想,原来这样的尊贵与华美,也只有握在掌心时,才能切身体会到它醉人的气息。如同爱情，也如同，他身边的哥们。

素末与付冉倒没有加入他们。酒足饭饱后，付冉就被好友拉着，神神秘秘地穿过后花园，来到末末的调香室。

素末说："我为你调了一款香水。"

"真的？"付冉大喜。

确实是真的，而且，这是在SUMOR品牌成立后，除了"CAESAR"外，素末调制的第二款香水：以热情奔放的向日葵混合着活力十足的白海芋为前调，乍闻下去，让人联想起活力与创造力十足的女设计师。

"这款香水代表了我心目中的付冉：热情，活力，永远年轻且富有创造力。"

付冉从来都是又酷又不会煽情的女子，可在听到这话时，还是手心微颤。尤其当素末按下喷头，让热烈活力的芬芳漾满了调香室时，付冉竟有了种不经意间触碰到另一个自己的感觉。香是这样一种奇妙的存在，适合你的香，总会让你在某个不经意间，如同看到了自己。

付冉心中微憾：这姑娘多么了解自己啊。

可事实上，她也同样了解末末，不是吗？

还记得末末差点和大老板分道扬镳的那一次，因为Joe的存心误导，素末千里迢迢地赴伦敦，就为了亲眼见一见"被冠上尹媺婷名字的自己的作品"。

那一次，是付冉将她送到了机场。分离本就伤感，可在即将过安检时，末末又突然握住她的手，这份伤感更上了一层楼："小冉，这阵子如果没有你，我简直不敢想象自己会是什么样子。"

从小到大，除去母亲早逝这件事，不知有多少人说她幸运——天生的调香师鼻子，未经系统学习就能识别出一千多种不同的气味，不过二十几岁的年纪却已经拥有其他调香师几十年的功力。人人都说她幸运，可很多时候素末都在想，她这一生最大的幸运，不是拥有一个比狗还灵的鼻子，而是有这样一位永远能无条件站在她这边的朋友，肝胆相照，不离不弃。

她用力地握住了付冉的手,想用最真挚的表情来表达自己的感激,可付冉反握住了她:"末末,"她说,"可是说实话,如果不是这样的你,我也不会这么用尽全力。"

她是一名设计师,一名最纯粹的艺术工作者。如果这位好友不是这样执着、坚持且纯粹,光凭天赋和传说中的友情,付冉断不会愿意这么赴汤蹈火。因为认可,因为钦佩,因为一模一样的对艺术事业的热爱,她愿意牵手这位志同道合的知己,因为她在梦想面前所做的抉择,亦是她的抉择。

付冉举起手中的酒杯,轻轻碰了下素末的:"走,为了这一场美妙的友情和你们的结婚证,去和他们喝一杯吧。"

江玄谦和 Joe 还坐在阳台上,素末与付冉过去时,正巧看到他们很痛快地碰了一杯。

素末走到江玄谦身旁,纤手很自然地搭到了他肩上:"我和小冉想和你们喝一杯。"

江玄谦伸出手,将肩上的那只手包住,一整个儿地包住,另一只手举起杯子时,还不忘取笑她:"你悠着点儿,喝醉了待会儿可没人扛你进房间。"

"你呀,你不扛吗?"

对面的付冉:"喂喂喂!"

对面的贱 Joe:"再虐待小动物我们要报警啦!"

素末笑了,为了这一刻的月色,也为了那些复杂往事尘埃落定后的安宁。

那一瞬,她突然想起了曾经在网上看到的一封信,印象派画家梵高写给他的弟弟提奥的一封信——

> 每个人的心里都有一团火,路过的人只能看到烟。但是总有一个人,总有那么一个人能看到这团火,然后走过来,陪我一起。
>
> 我带着我的热情、我的冷漠、我的狂暴、我的温和,以及对爱情毫无理由的相信,走得上气不接下气。
>
> 我结结巴巴对她说,你叫什么名字。

江海不渡

　　从你叫什么名字开始，后来，有了一切。

　　你看，就像江玄谦，就像付冉，就像陆乔久，就像母亲，甚至就像江玄谦的父亲，在生命之中，灵魂深处，这些只消一眼就能看到彼此的热情、冷漠、狂暴、温和的人，其实他们是如此相似。

　　为了一项事业，为了梦想，每个人活得疲惫而纯粹，孤独而热烈。

　　所以，这一刻，所有疲惫的纯粹的孤独的热烈的灵魂，都举杯吧！

　　致共同的梦想；

　　致风雨兼程的同伴；

　　致友谊。

番外二

初遇

素末一直以为自己与江玄谦的初遇是在万花庄园里，其实不是的，至少对江玄谦而言，并不是。除却早在回国前于各种资料照片上看到的尹家人外，江玄谦第一次见素末，是在江大的调香室里。

那时他正好在江大参观传说中的调香专业，路过某间调香室时，室内学子们正仰头观看着讲师的操作，忽有坐在角落里的女生举起手："老师，我觉得如果把沉香木和白麝香的顺序调一下，这款香的持久度和稳定性应该都会更高一些。"

"哦？"那讲师大概是个富有尝试精神的，一听便来了兴致，"那就让我们来试试吧。"

而后女生不再说话了，只安静地坐了下来，隐入角落时，又成了低调的路人甲，让刚路过调香室后门的江玄谦只将将看到了一个后脑勺。不过清清淡淡的声音，安静又软糯，就这么留在了他的记忆间。

后来江玄谦才知道那就是传说中的院长千金——那位不受宠的、在家住最角落的房间，在校被父亲明令没事不能向外透露自己与院长的关系，尽管那关系……其实早已经尽人皆知的院长千金。

那天下午在路过院长办公室时，江玄谦又看到了同一个背影。

办公室里的尹院长声色俱厉："谁让你当着所有人的面和老师顶嘴了？说了多少次让你别偷进调香室，别动不动到学校里偷偷上课，现在好了，你不仅擅自来上课，还在课上顶撞老师……"

他步子一顿，领着他参观学校的老师有点儿尴尬："那个……江先生，我们院长正处理家事呢，要不咱先到实验室里看看？"

江玄谦眯起眼，意味深长地看着那小小的脑袋。她背对他低着头，只露出一个后脑勺以及一截细白如玉的脖子。不知怎的，江玄谦脑中又浮起了之前那道嗓音，又安静，又柔软，一听就是乖巧的女孩儿。

"这位同学就是刚刚在调香课上发言的那一位？"他问领路的老师。

老师叹了口气："是啊，挺好一孩子，也有天赋，就是……"

就是什么，老师没说了。毕竟家丑不可外扬，领导的家丑，更不可外扬。

后来江玄谦让人去查了这位不受宠的院长千金：尹素末，尹泽与前妻的女儿，高考刚结束，即将进江海大学攻读调香专业的准大学生。未正式入门，可已逐渐崭露头角，就在父亲不让她去上的、不属于她的课堂上。

原来还不是正式的大学生啊，开学时间都没到，人就跑到学长们的班上去偷课听了——啧，还挺上进。不过可惜了，小姑娘在家受后妈、姐姐打压也就算了，在学校里，好几次小荷才露尖尖角，尹院长便拿着棒槌强势击落，击得她一日比一日更低调。这不，不过是在课上给老师提了个小建议，下午的课都没全上完呢，尹院长便将女儿喊到办公室，劈头盖脸就是一通训。而从头到尾，江玄谦没听到她反驳过一句。

最终在上课铃响时，这孩子终于低低应了声"知道了"。随后转身，在尹院长的同意下，安静又快速地离开了办公室。情绪稳定，不亢不卑。

那时的江玄谦不知道，她这样稳定的情绪，其实是因为早就经历了那么长时间的冷落和区别对待。他只知姑娘挨了骂也不伤心，更不把尹院长的话当回事，又回到调香室，全然没事人一般地继续手头的活儿，专心致志，眉目间有种乖巧的安静。

"江先生？江先生？"

"嗯？"

"江先生，我们又绕回到刚参观过的调香室了。"领路的老师提醒他。

他这才如梦初醒般："哦？瞧我这脑子。"

瞧他这脑子，不过是个小姑娘，怎么就把他的注意力给牵走了？果然洁癖是种病，影响身心健康的大病——要不是洁癖作怪，他二十好几了都没碰过女人，至于被这么个小姑娘牵着鼻子走吗？

"江先生，我们到院长办公室里喝口茶吧？"

"好，劳老师带路。"他微微一笑，朝领路老师露出了江大神式的绅士笑容。

欲离开时，又透过调香室的窗，看了眼最角落的女孩子。

白皙的脸，安静的气韵，在满室各异的馨香中，像一朵无声绽放的百合。她身上一定有花的香气，江玄谦想。

后来得知自己旗下的付冉竟然是她的好朋友，江玄谦在某天会议结束时，似不经意地对付冉提了句："我家有个后花园，里头拥有来自世界各地的植物，有兴趣的话可以去看看，说不准还能激发你的设计灵感。"

深知自家合伙人向来最讨厌外来者上他家，陆乔久乍听到这话，头皮瞬间一麻："哥你什么意思？让我的小冉儿上你家是什么意思？"

而付冉呢？

付冉："？？？"

付冉："！！！"

老板家的后花园！世界各地的植物！可不就是小末末最理想的素材来源吗？！

"成，去！明天就去！"

于是不管自家男友眼神有多哀怨，第二天，付冉就带了好姐妹登门造访。一开始小姑娘还挺不安："会不会不太好啊？人家邀请的是你欸……"

这厢在大厅里看书的江某人啜了口红茶，有意无意地瞅着后花园的监控视频，将小姑娘不安的话尽收耳底后，喊来了钟先生："给两位女士送去下午茶。"

而监控里的素末，那忐忑还维持不到三秒钟，目光一触及满花园的奇异花卉时，所有与惊艳无关的情绪就全都不见了。

花，各种花；香，各式各样的香。监控镜头下的姑娘瞪大眼，满脸满眼全是乍见心爱之物时的惊喜。

送过了下午茶的钟先生回到客厅，笑眯眯地和老板一同瞄着监控镜头："真是个可爱的好姑娘。"

江玄谦瞅他一眼,钟先生仿佛没看见:"要是家里能有个这么好的姑娘,该多美妙啊!"

好,很好,一语中的。

几天后,喝过了他家下午茶,同时在老管家的允许下带了几款罕见植物回家的小姑娘通过付冉联系上了江老板:"江先生您好,可以和您谈一项合作吗……"

她想入驻万花庄园,就在他的后花园里辟出一角做研究:"江先生,我研制出的所有成果可以都归你所有,就算将来拿奖、研发出有商业价值的香水,也全都可以为你所用。只要您同意让我使用您花园里的植物……"

其实江老板对那些研究成果哪里有兴趣?只不过听着耳熟而柔软的声音从手机里传出,耳朵已先脑子一步,决定了这件事情可以有。

不过,直接答应当然不是江老板的风格。电话这端的江老板慢慢把玩着手中的瓷杯,声音优雅而轻柔:"下午三点,万花庄园见。"

素末:"啊?"

电话挂断。

下午三点,万花庄园。

素末永远也忘不了乍见到江玄谦的那一瞬。这人原来这么年轻,不仅年轻,还英俊得不可思议。

此前付冉是怎么形容他的?

"阴森刻薄腹黑,分分钟就能将人拆吃入肚。末末,你绝对绝对绝对要小心他。"

如此评价早让素末在心里勾勒出了一个刻薄中老年的影像,可此时一见,英俊的面孔猝不及防地撞入她眼帘,素末怔住了:"您是……"

"江玄谦。"声音低低柔柔,唇角三分笑。

她耳根子莫名地红了,连自己都不清楚原因。只是好久之后,才后知后觉地察觉到自己的反应有多傻,一尴尬,一紧张,整张脸直接红透了。

江海不渡

　　小姑娘是不会掩藏心情的小姑娘，江老板觉得有趣，看着那张干净白细的脸一瞬间涨得通红，心底那点儿恶趣味开始蠢蠢欲动。他朝姑娘招招手："别紧张，过来坐。"

　　素末尴尬地往前走了两步。可，也只是走了两步，并没有坐。

　　看来是紧张得不得了啊，他在心里头喟叹，然后，决定让她再更紧张些："想让我在万花庄园里给你腾一间调香室，可以，不过我有两个要求。"

　　原本满心紧张尴尬的姑娘眼一亮：啊？同意了？

　　"您说。"她速速做出洗耳恭听状。

　　江老板微微笑："第一，合作关系只三年。这三年里，你调香所取得的所有收益，我要占百分之八十，为此我可以给你提供全世界最顶尖的调香设备。以及来自各大公司的精油。"

　　素末完全不在乎："好。还有吗？"

　　"第二，"他薄唇微勾，轻轻柔柔道，"你我只是工作关系。"

　　素末："欸？"

　　工作关系？那自然是工作关系啊，这事有必要特意说吗？

　　如此反应正中某禽兽下怀："不懂？"就见他很耐心地问。

　　素末直白地摇头。

　　"意思就是，让你好好调香，不要学外头那些蠢女人妄想利用职务接近我，一旦让我发现你有这倾向，"他微微一笑，说这话时，声音温和得一点儿也不像是威胁，"我会即刻将你'请'出万花庄园，明白吗？"

　　素末脑袋上缓缓打出了个问号。蠢女人……妄想利用职务接近他……

　　轰！漫长的反射弧终于绕地球两圈回归到她的脑子里，素末脑中那条许久不用的愤怒神经被彻底触动了："江先生！"

　　这人、这人怎么能这么狂妄自大，竟然那么恶意地忖度她！

　　她简直气坏了，一张脸儿涨得通红："江先生，这个您大可以放心，我、我只喜欢同龄人！"

　　可这傻孩子哪里会知道呢，自己那一副又紧张又气恼又尴尬又害羞的神色，看上去就像只被踩到了尾巴的猫，张牙舞爪地想威慑人，却不知被威慑的在一旁欣赏得有多乐。

"哦？尹小姐这意思是，江某太老了，入不了您的法眼？"优雅的微笑从眼底漾开，完美地染到了唇角。

说真的，江玄谦的气质原本就有些妖，此时又笑得这么魅惑，倒教素末不敢多直视了。她吞吞吐吐："我、我的意思是……"

"嗯？"他却忽地起身，俊脸毫无预兆地挨近。

素末一惊，瞬时间条件反射地后退："是、是……总之，我对江先生绝对不会有任何非分之想！"

他这才满意地点头："好孩子，记住你的话。"

好孩子重重地咬住了下唇，提醒自己往后的日子一定要离他远远的。

可，谁会知道呢——

"末末姐姐，末末姐姐，今天帮我检查作业吗？"这是入驻一个月时的场景，江睿已经同她很亲密。

"末末妈咪，末末妈咪，今天陪我一起叠小青蛙吗？"这是入驻三个月时的场景，小睿睿对她的称呼已经从"末末姐姐"进化成了"末末妈咪"。

素末纠正过一次："小睿睿喊我'姐姐'不好吗？"

"可是人家想要有一个妈咪啊！"小朋友撇撇嘴，孤零零地描述起幼儿园里其他小朋友被妈咪接送的场景，"每次看到大胖有妈咪接我都羡慕得不得了！还有那个小圆，更过分！还笑我是没妈咪的野孩子！"

"末末妈咪"心软了。

在沙发上看报的江老板收回了视线，垂眸，唇角一道似有若无的轻笑。

小青蛙叠好了，睿睿"哇"了一声，亮晶晶的大眼睛里盛满了欢喜："还是末末妈咪最厉害，爹地以前帮我叠的小青蛙丑死了！"

"光明正大地说谁的坏话呢？ Be polite, OK?（要有礼貌，好吗？）"看报结束的江某人瞅了儿子一眼，搁下报纸，走过来。

睿睿不服气，将小青蛙亮给他看："真的有差别啊！爹地你看，末末妈咪叠得多漂亮！"

当着人爹地的面被小孩儿喊妈，素末尴尬地咬着下唇，在江玄谦过来时，默默地往边上挪了挪。可偏偏江某人也十分自然地跟着挪了两步，一手接过小青蛙，瞅瞅青蛙，再瞅瞅那垂着脸的"末末妈咪"。

"不错。"他声音轻轻柔柔的，没等素末抬头，一只手已经伸过来，轻轻碰了下她柔顺的发丝，"心灵手巧。"

轰！素末脑子一蒙。这是江玄谦第一次摸她的头发。停留在发心的触感就像是会烫人，轻而易举烫出了某人之前的那句"不要学外头那些蠢女人妄想利用职务接近我"。

好好调你的香？你我只是工作关系？别妄想利用职务接近我？可这到底是谁在接近谁啊？！

蓦地，她一抬头，瞪大眼，瞪向江某人收回去的手。

江某人却像是不明白："怎么了？"

"你……"

江某人："嗯？"

姑娘咬着唇，被碰到的地方还在发烫，可她说不出话来，什么也说不出，于是只能更重更气恼地咬住唇。

"傻孩子，再咬唇就要破了。"江玄谦仍笑吟吟的，在姑娘有苦无处诉的尴尬僵持下，那手再一次轻轻撮到她的发丝上，然后，摸了摸，"松开，别咬破了。"

素末："！！！"

第二次了！怎么回事？这人不是洁癖严重吗？小冉不是说他跟人握个手都得立马洗手消毒的吗？可！现！在！

素末："你……"

他："嗯？"

素末："不要随便碰人头！"

他："哦？为什么？"

为什么？这不是最基本的社交礼仪吗？哪还有为什么？

可向来与人为善的素末说不出这么直白的批评，只能气恼地用眼神控诉某个没有分寸感的家伙，然后说："因为、因为被人碰头会变笨！"

"哦，"这没分寸感的家伙笑得更欢了，就像是恶作剧般，他的手猝不及防地又伸过来，在素末震惊的目光下，自然地揉了揉她发心，而后俯下身，挨近她，"感受下，变笨了吗？"

素末僵在了那里。

这人真是讨厌死了！真的，超讨厌！

那天之后，素末总有意无意地避开他，可睿睿小朋友也不知怎么回事，每天一下课，书包都还没摘呢，就蹬着小短腿来到素末的调香室里，托着下巴眼巴巴地瞅着她。等素末一系列工作做完，被瞅得实在不好意思了，这超有眼力见儿的小东西就黏黏腻腻地缠上来："末末妈咪，带睿睿去吃晚饭吧。"

"姐姐该回家了……"素末被这充满依赖的热情缠得没办法，不过口头上依然坚称自己是"姐姐"。

奈何小朋友不配合："可是钟爷爷已经煮了末末妈咪的晚饭了啊！还炖了妈咪最爱的佛跳墙呢！"

边说着，黏人精边热情地将她往餐厅那边拉。

餐厅里，喝过了红茶的江某人已经坐到了餐桌旁，老钟正麻利地上菜，见素末进门，立即亲切热情地招呼道："工作一天累了吧？来来来，快替老钟尝尝今天的汤，看是不是比上次进步了。我们先生啊，煮得好也不夸，煮得差也不骂，让老钟很是头疼呢……"

温馨的客厅，明亮的灯光，餐桌上精致的餐点绽着馨香的烟火气。素末心口微软，突然间，被这烟火气息温暖了眼睛。

"站着干吗，过来坐。"某人拍拍身旁的位置。

他机灵的儿子比素末领悟得更快，再次使出小朋友的缠人功，软绵绵地将素末拉到了江玄谦身旁："妈咪坐爹地旁边，我坐妈咪旁边，老师说，这叫'相亲相爱一家人'！"

他爹地眉一挑，"啧"了声。

当儿子的："爹地说，对不对？"

当爹的："我儿子那么聪明，说什么都对。"

说罢，拿过旁边的小碗舀了碗佛跳墙。

江海不渡

小朋友咽了口口水,眼巴巴地看着他……将佛跳墙送到了末末妈咪的跟前:"来,尝尝老钟的手艺。"

素末有一瞬间的失神。

江玄谦:"嗯?"

她回过神来,就见袅袅白烟将热汤的香送入自己的感观里。而身旁的男人微微笑,没拿碗的另一只手十分自然地,仿佛不经意地,第无数次地……揉上了她的发丝。

这才是目的。

番外三

恶趣味

江玄谦的恶趣味在两人正式建立情侣关系后就得到了彻底的释放。

两人没在一起前，每次江玄谦想碰她头发碰她手，素末都一脸防备，巴不得有多远就离多远；两人在一起后，混账东西的混账行为似乎瞬间合法化了，动不动就摸摸头、捏捏脸，有时开车送她上学，没握方向盘的那只手也总要牵着她的，然后时不时捏捏她的手指头、捏捏她的手心。

"江玄谦，能不能好好开车啊？"

"好好开车并不妨碍我牵你。"

"可你这叫'牵'吗？明明是在乱捏好不好？"

"好好开车并不妨碍我乱捏你。"

素末："……"

无语问苍天！

素末有时真的很烦江玄谦这坏毛病，尤其当她正专心致志地陪睿睿做作业时，混账东西即使原本在沙发上看书看得好好的，也时不时要喊她一下："末末，过来。"

头几次，末末还真当他有事，暂搁下小朋友的家庭作业就过去："怎么了？"

江某人拍拍身旁的位置。她不明所以，就着那处坐下了。随后，某人一手拿书，另一只手伸过来，胳膊环绕过她肩膀，把那手搁到了她脑袋上，慢慢地……摸着。

素末："……"

有病，真的有病！

"江玄谦，你要没事我可就走了，睿睿还在等我检查作业呢！"

可偏偏人才刚起身，又被拉下去。江玄谦对自己的恶趣味全无反省,还整出了一套仿佛很有科学根据的说辞:"知道什么叫'可爱侵略性'吗?"

素末:"???"什么意思?

"可爱侵略性就是,当一个人喜欢另一个人时,总会下意识地觉得她可爱,而后忍不住想逗逗她捏捏她,就跟熊孩子在学校会忍不住想揪可爱女生辫子一个理。只不过成年人表现得较为高级……"

边说着,那手边在人家脑袋上摸啊摸。末末被摸恼了,低声咕哝了一句:"可我看你这表现,也不怎么高级啊!"

江玄谦:"嗯?你说什么?"

素末咬住唇。

江某人声音轻轻柔柔地道:"说吧,大声点儿。"

边说着,那手边顺势往下,随手揪了揪她的马尾。

这家伙!素末怒了:"我说!成年人如你!一点儿也不高级!"

说罢,她没好气地扯回自己的头发,本想走人的,可想了想还是不甘心。行,不是可爱侵略性吗?不是有科学根据吗?既然你有可爱侵略性,那我也可以有!

她双手抱住某人结实的手臂,回想着自己日常受到的种种欺负,十分不客气地用力一捏。可捏完后,发现自己下了那么大力气某人还是不痛不痒,素末更加生气了,这会儿双手来到他脸上,捏住他双颊,用力:"江老板,感受到我的'爱意'了吗?"

"感受到了宝贝儿。"被捏得脸发僵的江老板十分优雅地拉过那双作乱的手,举到唇边,亲了下,"看来宝贝儿领悟到男朋友对你的感情了,我很欣慰。"

素末:"……"

怎么回事?为什么仿佛还是被将了一军的样子?

后来素末发现心理学里还真是有一种叫"可爱侵略症"的说法,大概意思就是,鉴于人类在看到特别喜欢的"萌物"时会产生愉悦的情绪,为了防止这种单一情绪过于强烈,大脑会触动相反的情绪来平衡它。比如看到小孩儿肉嘟嘟的小脸就下意识想捏一捏,看到憨态可掬的布偶猫便想伸手撸一撸,其实都是对于内心欣喜与喜爱的平衡。

所以，这真是一种正常情绪吗？真不是江某人深受洁癖困扰，好不容易遇到了个敢碰又可以碰的，于是就碰啊碰摸啊摸，摸个没完没了？

"妈咪妈咪，你在想什么？我水壶已经自己装好啦，可以出去玩了！"耳旁传来一道软萌的声音，原来是正准备一起外出野炊的小睿睿准备完毕，屁颠屁颠跑过来催她了。

今儿的江睿小朋友穿着一身蓝白相间的海军服，脑袋上还戴了个海军帽，又大又圆的褐眼睛在小海军帽下眨呀眨，双手抱着他自己灌好了水的小水壶，甭提多可爱。

素末被萌坏了，禁不住就捏了捏小朋友软软的脸颊："好可爱哦，小睿睿！"

哪知睿睿小嘴一撇："妈咪怎么跟爹地一样，真是的！"

素末："欸？"

"爹地捏妈咪脸的时候妈咪还抗议呢，现在怎么可以捏我呢？钟爷爷说，我已经是个小男子汉，我长大了！"

言下之意：脸可不能再乱捏了哦！

啊这……她做了什么？不过就是看小朋友太可爱了忍不住就想摸摸头、捏捏脸……不对，那"可爱侵略症"怎么说的？江玄谦的谬论是怎么说的？她怎么也犯了这毛病？

果然近朱者赤近墨者黑，靠近江某人的尹某人，也渐渐染上了他的恶趣味！

其实今天这日子选得不错，秋高气爽，不热，但阳光特别好。家中四人约了 Joe 和付冉，地址就选在最近还蛮火的野餐公园。

可大概也是因为太火了，偌大江海市，不该遇上的人终究还是遇上了。那是尹泽和学校里的老师——自方宛入狱、尹娉婷被赶出家门后，尹泽就一直孤零零的，同院系的老师有觉得他不容易的，出门组织游玩时便总要邀上他。十次邀请里，尹泽有九次是拒绝的，可偏偏就是这一次，十分之一里的这个"一"，他遇上了那个被自己用冷暴力赶出家门的孩子。

番外三 恶趣味

那时素末正牵着小睿睿，而自己则被江玄谦牵着，一家三口其乐融融。

老钟他们还在后边讨论着该将哪儿选作他们的野餐地，忽而前头三人步子一顿。

"怎么了怎么了？"老钟不明所以地转过头，就看到江玄谦和素末面前，一个已然僵成了雕像的中年人愣在了那里。

素末也愣了，像是一时间不知道该怎么反应。毕竟作为一双父女，他们之间实在是发生过太多事了，调香大赛上明目张胆的打压和栽赃，往前无数备受冷落的日子……

倒是江玄谦在片刻的错愕后，很快便回过神，敛了满眼完美的江氏微笑，江大神朝尹泽点了点头："尹老师，巧。"

尹泽："你们……"

他神色复杂地看着素末，许久，再看向江玄谦。

江玄谦晃了晃自己与素末握在一起的手："和您一样，出来野餐。"

那天的素末有些心不在焉，总觉得身后有双眼睛在盯着自己。直到她陪小冉去上洗手间，率先出来在洗手间附近等人时，那不时盯着她的男人才犹豫着，来到了她身旁："末末……"

尹泽欲言又止，似乎有好多话想说。

刚陪儿子放完风筝的江玄谦头一回，看到的就是这样的场景：小姑娘尴尬地垂着头，不知说了句什么，那话惹得尹泽神色一变，伸手就准备往她的脑袋上……

"做什么！"素末条件反射地一缩脑袋，什么话都还没说呢，就觉得身后有只手猝不及防地扬过来，一把截住尹泽的手。

"你想做什么？"他又问了一遍，声色俱厉。

是江玄谦。此时的江某人早顾不得自己强大无比的洁癖症，狠狠地揪住尹泽欲覆到素末脑袋上的手。

素末一怔。

尹泽一怔。

"我……"好半晌，反应过来江某人这是误会了的尹泽尴尬地咳嗽了声，"我只是想帮末末理一理头发。"

微风起，吹乱了她一头柔顺的乌丝。

江玄谦这才反应过来自己误会了什么。不过他也不尴尬，只是慢条斯理地松开了尹泽的手："那也不行。"

他低笑，又轻又柔，对着长辈的态度仿佛挺恭敬，可话间却充满了拒人于千里的味道："我们末末的头发矜贵得很，寻常人最好别乱碰。"

尹泽脸一沉，而他已经拉起了末末揪在一起的手，捏捏她手心："我们走。"

"可小冉还在洗手间……"

"她长了腿，出来找不到你自己会走。"

"好吧……"

尹泽的脸色难看至极，可看着两人交握在一起的手，再看着传说中的江大神注视着末末时眼底里纯粹的温柔，那阴沉终究还是散了，渐渐地，变成了更为复杂的神色，带着点儿柔软的复杂。

素末被江玄谦牵走了，离开前，还是犹豫着转头，和尹泽说了声"再见"。

她的手一直被江玄谦牵着，在公园的绿坪间慢慢地走着。

沉默横陈，许久后，还是江玄谦先开口打破了沉默："我知道你还没做好心理准备要面对他，所以我把你带走。"

素末被握住的手一僵。

"不过如果哪天你想开了，愿意面对他了，我保证，会把他带到你面前。"

云淡风轻的一句话，带过了此前所有恩怨，带过曾经苦恼素末太久的难题。她心口一暖："你……不恨他了吗？"

"恨有什么用？说到底，如果没有他，这世上也不会有你。"

不会有这么可爱的、用心的、温柔的，最重要的是让我一见便满心欢喜怜惜的你。

素末微微笑，阳光之下，垂着头。许久，那只没被牵着的手伸过来，轻轻捏了捏他手臂。

——全文完——

图书在版编目（CIP）数据

江海不渡 / 吕亦涵著. -- 成都：四川文艺出版社，2023.4
ISBN 978-7-5411-6616-7

Ⅰ.①江… Ⅱ.①吕… Ⅲ.①长篇小说 – 中国 – 当代 Ⅳ.①I247.5

中国国家版本馆CIP数据核字(2023)第048798号

JIANGHAI BUDU

江海不渡

吕亦涵 著

出 品 人	谭清洁
出版统筹	刘运东
特约监制	王兰颖　代琳琳
责任编辑	卫丹梅　范菱薇
选题策划	刘丽伟
特约编辑	王　琼　刘雪华　郑　蕾
封面设计	@RECNS QQ:3300392723
责任校对	段　敏

出版发行	四川文艺出版社（成都市锦江区三色路238号）
网　　址	www.scwys.com
电　　话	028-86361802（发行部）　028-86361781（编辑部）
印　　刷	北京市松源印刷有限公司
成品尺寸	145mm×210mm　开　本　32开
印　　张	10　字　数　290千字
版　　次	2023年4月第一版　印　次　2023年4月第一次印刷
书　　号	ISBN 978-7-5411-6616-7
定　　价	42.80元

版权所有・侵权必究。如有质量问题，请与本公司图书销售中心联系更换。010-85526620